新东北文学的赓续与新变

胡哲
Hu Zhe
著

春风文艺出版社
·沈阳·

图书在版编目（CIP）数据

新东北文学的赓续与新变/胡哲著. -- 沈阳：春风文艺出版社，2024.12. -- ISBN 978 - 7 - 5313 - 6895 - 3

Ⅰ．I209.93

中国国家版本馆CIP数据核字第2024CT2292号

春风文艺出版社出版发行

沈阳市和平区十一纬路25号　邮编：110003

辽宁新华印务有限公司印刷

责任编辑：周珊伊	**责任校对**：陈　杰
封面设计：郝　强	**幅面尺寸**：145mm × 210mm
字　　数：233千字	**印　　张**：9.75
版　　次：2024年12月第1版	**印　　次**：2024年12月第1次
书　　号：ISBN 978-7-5313-6895-3	
定　　价：60.00元	

版权专有　侵权必究　举报电话：024-23284292

如有质量问题，请拨打电话：024-23284384

序：东北、地方想象与新的审美经验

张福贵

说实在的，正像我不太赞同以代际命名或划分"70后作家群""80后作家群"乃至"00后作家群"一样，我并不十分认同"新东北作家群"和"东北文艺复兴"等概念。作为一种文学共同体，代际作家群的确立要有两个相对的标准：第一，这个群体具有相当一致的共同性，无论思想还是艺术；第二，一个作家群体和另外一个作家群体之间应该具有相当的差异性，而且是一定的本质差异性。综上所述，如果一个群体内部具有相当大的差异性，或者两个不同的群体之间有相当大的一致性，那么这种代际划分就值得怀疑。同样，无论是"新东北作家群"或者"新东北文学"抑或"东北文艺复兴"，必须与20世纪30年代的"东北作家群""旧东北文学"有一定的传承性和连续性。否则，就如"东北文艺复兴"的口号一样值得推敲。说得刻薄一点，东北文艺从前没有真正地"兴"过，何来"复"？当然这既是我的一孔之见，也是从百年文学发展过程中东北文艺与若干文艺中心区域的艺术成就和影响角度来判断的。当然，学术研究是一种学者思想的逻辑自洽过程。在一般世界本体认识论的基础上，我们能不能尝试提出：在本质主义和反本质主义之间，可否应该有"多本质主义"。从现象的生成过程来看，应该是一种因果联系或者逻辑关系；从现象的存在形态来说，应该是一种形式与内容的结构关系。什么样的种子就会长出什么样的苗，什么样的花就会结出什么样的果。所有的现象都有其本质存在，此事物与彼事物之所以有所差异，就是源自本质的不同，对牛弹琴鸡同鸭讲都是不同思想本质的差异。这种"多本质主义"使鲁迅看到了不同现象的不同本质，或者看到了同一现象本质的另一面。而且从反本质主义或者"多本质主义"的观点来看，学术批评的价值观不是一成不变和众口一词的。在这样一种角度下，我对于胡哲等一众学者的"新东北文学"以及"新东北作家群""东北文艺复兴"等问题研究持开放并支持的立场，因为学术没有边界，研究价值在于逻辑自洽。更何况，这些问题的讨论和研究成果已经产生了很大的影响和作用。

毫无疑问，20世纪30年代"东北作家群"的兴起及其经典化，使东北文学在百年中国新文学史上占据重要位置，并获取了一定的文学声誉和时代话语权，其中时代的共振极大地提升了其文学史地位。"东北作家群"的文学创作成为反殖民文学、启蒙文学和流亡文学的典范，其中呈现出来的民族主义话语和现代主义话语，以及独特的地方叙事模式对中国新文学的发展产生了重要影响。但是，这意味着"东北作家群"为东北文学确立了标识性特征的同时，也为其设定了相对固化的写作框架

· 序：东北、地方想象与新的审美经验 ·

和边界。或者说，"东北作家群"已形成一种共识性的写作传统，即把文学写作嵌入东北殖民现代化历史进程，讲述东北历史、东北社会和东北人的故事，因此"东北作家群"之后的东北文学面临的写作难题，是如何赓续和突破这种写作传统，实现思想与艺术的突破。这就要求东北文学一方面要从"东北作家群"的写作传统中提纯出既具普遍性又有地方性的写作特征，另一方面又要以此为根脉为其注入新的内容和新的审美经验，以此突显出东北文学的历史性和当代性的互文，进而锻造出的新形态，这是学界研究东北文学难以忽视和越过的一个重要前提。如果想真正发现当代东北文学的文化思想价值和美学意义，就必须将东北文学视为"东北作家群"文学延长线上的常态和变量。很显然，胡哲的专著《新东北文学的赓续与新变》已意识到这一问题，并将其融贯始终。这表明胡哲是带着历史意识和当代经验进入新东北的现场，借此对东北历史、东北意识、东北经验和东北文学进行有效对接，从中发现新东北文学的"守成"和"激进"。因此，胡哲提出了一个非常有意味的观点，将东北和地域作为一种"方法"和"视角"，借此观察东北在中国现代化进程中的位置、价值和效用，以及由此衍生出的独特审美经验。或者说，"'新东北文学'实现了'地域叙事''文学叙事''精神叙事'三个维度的超越与突破。'新东北文学'以地方性为中心，致力于全面展现地方特定历史经验与地方性格特质，并蕴含着具有普适性、普遍性的文化精神内涵。"但是，这种历史意识和当代经验需要指向更为具化的问题和典范性作家，这也是研究者文学经典化的集中体验，而且是极为独特和个体化的文学经典化观。

　　前面说过,20世纪30年代的"东北作家群"已经过文学史的经典化,这是一种普遍共识,但其经典化过程与反殖民战争语境、东北作家的流亡经历和文坛的推举密不可分,尤其"东北作家群"文学涉及的民族话语及其动员效果和价值观念起到了关键作用。那么,近百年之后,新东北文学是否仍然遵循这种经典化逻辑,是否产生了新的经典化机制,尤其是新媒介对文学创作的强力介入,改变了我们对地方的理解。这需要从文学史中的地方叙事演变过程来观察这种变化,中国新文学中地方意识的兴起始于晚清时期,与现代国家想象密切相关,其中交织着现代与传统、中国与西方、地方与中心等多种话语和复杂关系,这也导致五四地方文学启蒙思想的复杂性,20世纪30—40年代的地方文学更是掺杂了民族主义话语、现代性话语、大众话语等多种因素。50—70年代,地方叙事则下沉为农村题材文学,以乡村指代地方有着非常明显的政治意图,并因此产生了众多标志性的地方人物形象。80年代,以往的地方经验已无法处理革命终结之后的现实问题,在此意义上寻根文学是想通过对地方文化的挖掘,重新为中国的现代发展建构一套本土性的文化思想资源。这里,我还要插一句,新时期东北文学极少参与轰轰烈烈的寻根文学运动。90年代全球化和多元主义成为普遍性共识,地方逐渐被这种总体性话语蚕食,在90年代的众多文学思潮很少与地方性相关。进入21世纪以后,"新南方""新东北""新浙派""新北京群"等地方性概念和写作潮流集体涌现,其中的关键因素之一是影视、短视频的介入。那么,为

·序：东北、地方想象与新的审美经验·

何新媒介为何对地方叙事如此钟情？一个重要原因是，新媒介改变了人们的地方感，具体来说是微观叙事的突显和宏大叙事的淡化，个体情绪大于集体记忆，信息输送力大于自我驱动力，并由此形成新地方经验。按此逻辑，新媒介改变了文学的经典化或者说地方文学的经典化机制。这是我们在讨论新东北文学经典化需要意识到的核心问题。整体上看，胡哲对此问题进行了深入思考，在分析东北城市文学发展路径时就认为，"城市文学应当与网络文学开展合作，一方面是因为现代媒介一直先天地和城市有着血缘关系，它的产生和城市的发展总是密不可分；另一方面则是因为网络文学发展势头正盛，城市文学与之联手可有效扩大传播范围。再次，相关创作者要重视作品的影视化改编，在城市文学与影视作品之间积极搭建跨文本和跨媒介的互文空间"。这也许是在数字世界中成长起来的一代学人能够敏锐意识和发现的独特之处。

但讨论新东北文学的核心仍在于发现新东北文学产生的新的审美经验，胡哲在此方面也用力颇深。21世纪以来，地方性写作的共情性似乎变得越来越淡薄、稀缺和困难，一方面是因为地方性写作的提出是基于文学事实建立的一种非常抽象的情感联系，而这些文学事实与个体的精神近亲感因地缘感和时空感而建立，某一地方之外的人对此感到陌生，甚至走向猎奇；另一方面地方性写作在输送新的知识和信息之后就快速消散，可以称之为快餐式的文学，也许可以给人带来情感的愉悦，但很难汇聚成一种历史和时代的精神力量。我们似乎对地方性写作产生瞬间的情感亲近性，但很难长久维持和建构出确定性的情感共同体，这成为我们与地方性写作交流和交往的常态模式。但新东北文学对此进行了超越和突破，尤其是新东北文学提供了如"失落者""边缘人"等新的人物形象，并赋予其历史和时代意义，"他们在家庭、社会、婚姻爱情、学校友谊中体会不同的失落感，他们中有梦想的追寻者、时代的堕落者、道义信仰的守护者、清醒的行动者、醉心的隐士等"。除此之外，新东北文学在叙事视角、叙事语言、叙事时间等方面也多有创新，胡哲通过对相关作家的文本解读也给予回应。例如，在分析赵松的小说集《伊春》时，就精准地提炼出"不确定性美学"的艺术特质，"其模糊不定的叙事构建方式、漂浮黏稠的审美氛围，弥合形成了一个'不确定性'美学的闭环"，以此回应现代人精神的不确定。我对此想，更加扩大一点思路，东北现象的持续存在，绝不是改革开放和全球化带来的，恰恰是改革不彻底、没有搭上全球化这班车导致的。东北要振兴，东北文学要"复兴"，不能向后走而要向前看。

胡哲为人厚道，治学踏实。整体来看，《新东北文学的赓续与新变》展现出良好的问题意识和学术功力，希望他的学术之路越走越宽阔。

绪言：在当代文学发展格局之中讨论新东北文学的蓬勃发展

新东北文学这一提法的出现，标志着东北文学在当下的再次崛起已经成为一种共识。作为一个带有鲜明"新质"标签与明确地域属性的文学概念，新东北文学表征着东北文学的动态发展过程及深层文化传统，生成了一个极具召唤力的文学文化场域。新东北文学作为当下地域文学发展的一个鲜活样本，全新的美学特征、新颖的表现题材、"跨媒体"的传播形式等，使其收获了广泛的关注度与讨论度，成为当下不容忽视的文学现象和文化现象，这无疑是对新东北文学的重视与肯定。但能否超越"现象"本身，挖掘新东北文学连接过去与现在、地方与整体的重要纽带作用，对新东北文学的历史意义、传承意义与普世价值做出更为精准和深入的探索，仍然具有进一步讨论的空间。本质上，新东北文学是东北文学赓续发展的全新阶段，将其放置于整个东北文学发展的历史谱系之中，以及当下中国文学的整体发展格局之中进行考察与认识，才能最大限度发挥出新东北文学内在的文化意义和社会价值。

这部学术文集，意在构建起一个关于新东北文学的系统性、多元化的解读框架，深入认识和阐释新东北文学的内涵与外延。以整体性的研究视野看待东北文学在全新时代下的发展状况，重新探讨新东北文学的美学价值、文化价值、时代价值，首先需要回答三个问题：第一，如何认识新东北文学的发展线索与文学传统？第二，新东北文学之"新"体现在何处，又具有什么意义？第三，在什么样的参照谱系当中还原新东北文学的时代地位？

一、东北文化传统：理解新东北文学的必要前提

新东北文学在近年来的繁荣与崛起，并非一个偶然的现象，而是东北文学不断积淀成长的必然结果。所谓将东北文化传统作为理解新东北文学的重要前提，强调的就是新东北文学的深厚历史性、延续性与时代性，这种传承主要是针对三条历史脉络而言。其一，是文学性角度上，东北文学所积累起的深厚文学资源；其二，是地域风格上，地方特质的保持与坚守；其三，是文化层面上，东北地域性格与人民品质的传承。

新东北文学的发展首先得益于东北文学精神的滋养。从新文学肇始，东北得风气之先，以启蒙为己任进行白话文创作的尝试；20世纪30年代以来，东北文学率先成为宣扬英勇抗日、保家卫国的民族号角，以强烈的民族意识奠定了东北文学国家性、时代性的精神根基；社会主义建设时期，东北文学着重从工业等题材切入，展现新中国的火热建设场面，通过文学创作

巩固人民的国家意识、主体意识；新时期乃至新世纪以来，东北文学持续强化自身的地域民俗特征，着重在创作中表现东北城市的文化氛围、人民日常生活与精神世界；近年来，东北文学或从"集体记忆"出发，探索人民的生存方式，或立足于当下社会现实，呈现对社会问题的深刻思考。可以说，时代精神、人民关怀、现实主义精神成为构筑起东北文学的根本品格，扎根于一代代东北文学创作者的创作意识之中。新东北文学对东北文学创作传统的继承，外在表现为对东北地域文化的着重表现，东北独特的工业气息、东北人民豪爽利落的地域性格在创作中得到充分的表现。创作者们通过作品对东北地区的历史发展、文化特征和人民性格进行了深入的剖析与探讨，构成了新一代东北作家对个体文化身份的认同与反思。在新东北文学当中，东北人民乐观自嘲的独特"幽默精神"被呈现与放大，这种"幽默"是属于东北的地域标签，它象征着鼓励、希望、坚忍、挫败后仍奋然前行的勇气。人民在面临生活困境之时的坚强与乐观被着力刻画，与30年代在苦难中奋起反抗的东北儿女形成了跨越时空的对话。在困境之中保持坚韧的生活态度是东北一以贯之的文化精神与理想信念，构成了新东北文学发展的支点与内核。

二、多元创作姿态：东北文化的全新呈现方式

时代的发展必然要求文学在题材、形式、风格等方面的变化与丰富。在传承东北文学文化精神的基础上，新东北文学不

断融入新的时代元素与艺术风格。新东北文学的发展在传统文学与"跨媒体"这两条路径当中均实现了较大的突破与创新,既实现了对东北地域文化的深度挖掘,创新了捕捉时代精神的表现方式,也完成了对东北文学语言、艺术形式的不断革新与探索。

新东北文学注重对传统文学创作传统的传承与创新,秉持反映时代、关注人民的现实主义精神,赋予了东北历史变迁、风土人情、人民生活等元素全新的诠释与表达。从具体创作题材而言,新东北文学在题材选择上呈现出多元而广泛的特点,并丰富了经典题材的表现方式与文化内涵。在关注工业、城市发展等东北文学的传统写作方向过程中,新东北文学从代际身份、情感归属等多方面增添了东北工业文学及城市文学创作的内倾化特征与私人情感属性,创作表现内容逐渐拓展到文化传承、生态保护、科技发展等多重领域,如津子围的新作《大辽河》,正是在河流文明的视域之中探索了东北的文化基因与中华民族的根脉传统,涉及关于自然生态、人类命运等多方面的思考。题材上的丰富与开拓,展现了东北社会的不断发展,并进一步表现了新东北文学的时代意识与社会属性。通过捕捉东北在社会变革当中所遇到的机遇与挑战,新东北文学一方面成为对历史与现实的真实记录,另一方面对人性、生命进行深度剖析。与此同时,突破传统叙事的框架和模式,营造带有意识流、魔幻等先锋气息的叙事空间,成为新东北文学在形式上的重要特点,如班宇、双雪涛、赵松、牛健哲等众多东北作家正在通过运用现代技法与文学精神相结合的方式,激发东北文学的审美活力，强化东北文学的艺术属性。此外，在大众文化勃兴与"融媒体"时代到来的当下，新东北文学势必建立起新的生长点。文学与影视、音乐等艺术形式的结合，以及充分提升网络文学的创作质量，标志着新东北文学在时代大潮当中构建起了一种多元交流、融合共生的文化态度，这种借助于多元媒体形式和宣传平台的融合创新，极大程度拓宽了新东北文学的发展边界，为全新时代下的文学发展走向提供了参考与经验。

三、"南北对话"的文学格局：
新东北文学的地域性与超地域性

观察新东北文学的发展，不仅是深入当下文学现场的必要途径，也是延展东北文学谱系、丰富中国文学版图的必然之举。以地域作为某种文学趋向的划分和定义，不意味着对文学边界的严苛限定，而是试图在宣扬多元文化特色的基础上，寻求人类生存成长过程中相似的朴素情感，并找到对时代共性问题的深刻回答。与新东北文学相伴而生的另一个概念是新南方写作或新南方文学，二者在当下以一南一北，交相辉映的姿态，占据了中国当代文学的重要版图，文学界、评论界围绕此持续展开热烈的探讨。在新东北与新南方的对话局面当中，潜隐着一条阐释新东北文学的地域逻辑：既保留和突出文学风格、文化传统等鲜明的地域特征，同时指向"模糊"地域边界，追寻文学形式及艺术风格的"去地域"意识。

对新东北文学与新南方文学的命名和阐释，一定程度上体现出学界一种追求地域文学经典化的意识和信心，由此，东北和南方各自的文学象征符号和文本特征被提炼、总结与升华，形成具有代表意义的文化标签，如近年来新东北文学当中的工厂、悬疑、冰雪，新南方文学中的海洋、潮湿、方言。诚然，地域文学的发展和勃兴必然经过这一"树立文学形象"的过程，但如果一味沉湎于强化文学的地域性、特征性，则会导致文学的僵化，以及新的刻板印象的生成。班宇、双雪涛等东北作家都曾在访谈中谈及自己在创作中摆脱刻板印象的努力。新东北文学的深刻性正体现于超越地域的自觉，它正在以多样的美学风格尝试，触及更为普遍的人性、社会、文化与历史议题。

新东北文学的出现和发展接续了东北文学的精神传统，为东北的文化建设提供了新的发展思路和可能性。它不仅在审美风格、传播形式、时代表现等方面丰富和提升了东北文学的艺术性及社会性内涵，更构建起中国当下重要的文学格局，给地域文学的研究带来全新的路径与参考。总体而言，新东北文学代表着行进与成长，对其进行关注和阐释，是深化地域文学研究、把握当代文学发展趋势、推动中国文学多样化与创新性的重要途径，应以更加多维的视角、深刻的文化意识来看待这一正在并持续壮大发展的文学风尚，在其中探索中国文学的发展方向和文化力量。

目 录

第一辑

将地域作为方法,是新东北文学最大的意义和价值　/ 003
辽宁城市文学的"在地性"与"在地者"　/ 010
双雪涛小说中的"失落者"群像　/ 024
"重合与反转"　/ 044
后现代构建:赵松小说集《伊春》的"不确定性"美学　/ 050
隐匿的现实与生活的隐喻　/ 072
"80后"文学的限度及走向　/ 078
传承与新变:历史脉络中的"东北文艺复兴"　/ 093
误读的"复兴"与"繁荣"的困境　/ 109

第二辑

东北"地之子"的苦难史诗与伦理寓言　/ 123

小人物的困境人生 / 146
21世纪文学中的小镇青年"新人"形象 / 161
作为文学的人类史 / 178
"河流文化"视域下历史书写的精神向度与时代价值 / 196

第三辑

汇聚时代之光与培育精神之花 / 205
现实主义文学传统的当代表征 / 212
人工智能写作的新范式及其限度 / 220
媒体时代阅读与写作模式的新变 / 226
"贴地飞行"的姿态 / 233

第四辑

东北工业文学写作传统的赓续与新变 / 245
工匠精神的坚守与传承 / 267
中国机器人是这样长大的 / 270
讲好中国故事 / 273
新时代文学中的小镇青年形象 / 285

后　记 / 292

第一辑

将地域作为方法，
是新东北文学最大的意义和价值

"铁西三剑客""新东北作家群"的提法在学界不断发酵，黄平以"新的美学原则在崛起"作为对"新东北作家群"的价值评判，他认为："'新东北作家群'的崛起，将不仅仅是'东北文学'的变化，而是从东北开始的文学的变化。"继以双雪涛、班宇、郑执、赵松、谈波、杨知寒等东北作家走向公众之后，"新东北文学"也逐渐走向了"经典化"之路。新东北作家群体的形成实际上是"新东北文学"的发展样态和外在表现，于这一现象之中观察东北文学创作的新经验、新模式、新突破，才能挖掘出"新东北文学"的意义与价值。

"新东北"的"常"与"变"

所谓"新"必然脱胎于"旧"，"新东北文学"自然产生于"旧"的东北文学传统当中，二者具备着"常"与"变"的内在关联。其中东北的地域文化、东北人民的性格特质，始终是东北文学得以发展的精神资源,渗透在一代代东北作家的创作当中。自觉接续东北文学的写作传统与文化精神,是新一代东北作家的使命与责任。其中"东北城市书写"的传统是"新东北文学"的重要创作资源。东北城市文化的形成历史悠长,底蕴深厚。东北文学的起步是从乡土走向城市,一直以来,城市都是东北文学创作重要的表现内容。由于战争这一历史原因,外来技术及文化的侵入在无形之中加速了东北的现代化转变。中东铁路的修建刺激了东北城市的兴起,以铁路为依托,以商贸为契机开埠,哈尔滨、长春、沈阳等城市发展繁荣起来,东北成为现代中国城市集群最为明显的地区。在20世纪30年代,萧军、萧红等作家就已经发生了从乡土写作到城市写作的创作转向,其作品中直接描绘中东铁路、火车站、电影院、工厂等城市景观,并从乡土的视角赋予了城市"殖民性""现代性"以及"批判性"的含义。发展至社会主义建设时期,东北城市书写更多呈现大工业景观,如草明的《原动力》、舒群的《这一代人》等作品展现了国家工业建设的肌理与蓝图,具有贴合社会主义建设的主题内涵。新时期以来,东北城市的产业结构发生调整,由此带来整体的城市焦虑情绪,孙春平、李铁的创作书写了转型时期普通人的经历与遭遇。质言之,从城市书写当中反映时代的面貌,始终是东北文学创作的精神所在。东北的城市文化变革与东北城市文学的发展是互相影响、双向对话的关系。新世纪以来,作家们新的时代体验使"新东北文学"的城市书写发生了改变,呈现出新的发展趋向。时代的高速发展与物质生活的日益充实,促使了作家自觉于创作之中对人进行"精神寻找"。迟子建的《烟火漫卷》、老藤的《铜行里》《北地》、孙惠芬的《寻找张展》等作品,聚焦城市的过去与当下、历史与传承,努力寻求新时代下人的精神栖居。

从东北作家群创作到"新东北文学",于城市书写的过程中展现东北重大历史事件,始终是东北文学的重要表述内容。"新东北文学"之"新",首先体现在其创造了一种全新的叙述模式,以悬疑的框架搭建起别样的城市历史叙事空间。双雪涛、班宇、郑执善于以"悬案"作为认识东北特定历史的一个窗口,以"悬案"切入,一方面指涉历史,重新回到20世纪90年代经济转型大潮下的历史现场,另一方面指涉人文精神,旨在发现工人在特定历史时期下的精神境遇以及人性的多维和复杂。"新东北文学"的价值恰恰不在于其书写历史的伤痕,而是对"伤痕化"的突破。这种有意识的"突围"也就解释了为什么"新东北作家群"会默契地选择运用"子一代"的写作视角,而不是其他的创作视角。"子一代"所象征的绝不是狭隘的、个体化的"伤痛记忆",而是以东北后辈人的身份回望、清理、和解、向前。新的东北书写中蕴含着东北人和时代之间的奇妙张力,就像双雪涛《飞行家》的结尾,李明奇终于在红旗广场放飞热气球,让普通人的梦想、尊严与热爱在逆境中获得新生。书写历史的阵痛,而又不限于缅怀,作家想要传递的是一代代东北人"向前走别回头"的昂扬和"重生"。在"去伤痕化"的过程中,"新东北文学"也实现了对"娱乐化"的突破,打破了外界对于东北的刻板印象。幽默是东北独特的地域标签,而这种"幽默"伴随大众文化和新型媒介的传播影响力,外化成了一种较为肤浅的"搞笑娱乐"。在"新东北文学"当中,东北的"幽默"精神被重新启用,内化为一种带有鲜明地域性的文化资源。在"新东北文学"当中,"幽默"不只局限于东北人"苦中作乐"的自嘲精神,在自嘲之外,还具有一种抵抗外界刻板印象的文化价值功能。东北的"幽默"绝不是供他者凝视的娱乐对象,更不是"阿Q式"的"自我精神麻醉",而是通过"自嘲"生发出全新的文化资源和精神信念,以深沉的"幽默"意蕴流露出一种理想主义、浪漫主义的乐观的生活态度,并解构外界对于东北的误解与固有印象。可以说,"新东北文学"不是陷入历史缅怀的悲情叙事,而是以理想、希望、热爱和自信作为精神养料,宣扬对生活和普通人的爱。

打破东北"刻板印象"与"新的刻板想象"

"回望历史"构成了"新东北文学"的一个重要表现主题。在此之外,赵松、谈波、杨知寒等东北作家,又为"新东北文学"注入了更多活力。他们的创作延续了现实主义的本质精神,并吸收了现代主义的写作资源,将现实的厚重感与人性的纵深感统一于新的东北书写当中,为新时代的东北书写提供了新的美学范式,在一定程度上超越了特定历史时期的限定,以更为广阔的人文视角和现代生命意识填充了"新东北文学"的当代性和现场感。几位作家都曾提及自己对"母地的眷恋",他们以全新、独特的创作技巧给东北书写提供了新的可能。赵松运用现代主义的技法书写抚顺、伊春这两座东北小城,迥异于以往的"东北写实",作家通过表现普通人的意识流动,在现实、回忆与梦境的穿插中追溯工业城市的变迁并探索人在当下信息化时代当中的"悬停"状态。赵松笔下的"东北",并不是通常意义上的"东北","东北"不是一个被直接描摹和展现的客观对象,而是内化为一种气氛和精神潜隐于作品当中,传递出更具有普适性价值的"东北价值"。在谈波笔下,东北更多以"江湖"的样态出现。他不留恋于对小说情节的铺排,更多的是展现人物间的对话,以市井气的不羁话语塑造东北的社会江湖。"大连彪子们"与"长春炮子们"那句不经意的"跟那两个损色费啥口舌,直接干就完了",是对东北人豪情、信义的直接展示。从语言的角度全面展示东北,是一个新的创作角度。同时,大量东北俚语、段子的使用使得谈波的作品具有深厚的"东北民俗"价值。在杨知寒的创作当中,她书写的故事来源于东北,但不囿于地域。在书写东北记忆的同时,她将现实与梦境相互交织,揭开人际间的隔膜与芥蒂,剖析永恒的亲情难题与复杂人性。作家间创作技巧的异质性,使东北书写拥有了更多可能性,并直接促进了新东北文学现场的形成。而在技巧层面的"异质"之外,对生活的体察与对人的关怀始终是不变的内核。总的来说,"新东北文学"正在以一种全新、鲜活的面貌于新世纪中国文坛上焕发光彩。"新东北文学"之"新"在指涉美学价值与主题内蕴之外,也说明了新世纪"东北文学"正在生长、壮大与接受"经典化"的过程之中,仍不可避免地存在一定的不成熟之处。这种不足首先体现在"新东北文学"还缺少"强势"作家的出现,在"铁西三剑客"之外,其他新一代东北作家还未能引起更为广泛的关注。其次,在"新东北文学"努力打破了外界对东北"搞笑娱乐"的刻板印象之后,"悬疑""时代创伤"等文学创作因素,在一定程度上使东北再一次陷入"新的刻板想象"当中,如何处理好地域特色与地域刻板印象之间的平衡关系,是值得作家与批评家持续思考的问题。

"新东北文学"实现了"地域叙事""文学叙事""精神叙事"三个维度的超越与突破。"新东北文学"以地方性为中心,致力于全面展现地方特定历史经验与地方性格特质,并蕴含着具有普适性、普遍性的文化精神内涵。"新东北文学"的意义首先指向地方性,新的美学样式与文化心理丰富了东北文学的谱系,并建构了全新的"东北形象"。"新东北文学"的繁荣与发展,也带动了"新东北文艺"的蓬勃生长,在更为广阔的超越地域的公共文化空间不断地得到了关注与阐释。高质量、深内涵的影视作品,如《平原上的摩西》《胆小鬼》《漫长的季节》等都分别来自新东北作家的创作和文学指导,可以说,"新东北文学"在文学内部和外部均实现了新的发展趋向,实现了纯文学与大众文化的共同繁荣。

将地域作为方法

将"新东北文学"放置在新世纪中国的文学格局中观察,"新东北文学"占据了中国的重要文学版图,与"新南方写作"相互呼应。两大新文学浪潮有着不同的写作地域、美学风格。

· 将地域作为方法，是新东北文学最大的意义和价值 ·

"新东北"较之"新南方"具有更清晰的地域边界，更为统一的书写主题和叙事语言。但地方性绝不意味故步自封地自恋自夸，而是要通向更为广阔的中国。从本质来说，"新东北""新南方"二者的概念是相互融通的，二者共同指涉崭新的中国书写，为整个新世纪中国文坛提供了新经验，激发了新活力。

最后，"新东北文学"为全世界认识东北、认识中国提供了一个全新的路径。王德威曾强调"文学东北"对"东北学"及"东北文化"研究的重要意义。"东北"早已不是一个单纯的地域概念，"东北文学"更应被纳入到一个更宏阔的东北学的研究视域之中。东北自现代以来就受到日本及西方多种文化的影响，本土传统与外来文化相互交融，这是东北文学与世界文学相互交流的方式。新时代全新的东北书写，在主题内涵之中传递出对人类的普遍关怀。"新东北文学"当中存在着超越地域限制的"巨大隐喻"，面向整个社会和复杂人性，潜藏着对爱与未来的无限追求，既丰富了东北形象的构建，也回答了在新的时代下"人如何生存"这一深刻的哲学问题。将地域作为方法，立足地方，面向世界与未来，这是"新东北文学"最大的意义与价值。

辽宁城市文学的"在地性"与"在地者"
——以"铁西三剑客"相关创作为例

摘要：得益于工业化与城镇化的快速推进，辽宁城市文学起步较早且起点较高。城市书写的关键，一方面是对"在地性"特征的描绘，另一方面则是对"在地者"形象的塑造。近年来，青年作家双雪涛、郑执和班宇的相继崛起，成为辽宁城市文学发展的一个标志性事件。"铁西三剑客"的作品在一定程度上熔"在地性"与"在地者"于一炉，显示出东北文化的独特魅力。然而他们的部分作品过于偏重地域特色书写，在一定程度上削弱了"在地者"形象的艺术感染力。辽宁乃至全国城市文学的发展，应以深入挖掘"在地性"为基础，着力于"在地者"形象的有效建构。

关键词：辽宁城市文学；在地性；在地者；铁西三剑客

一

随着现代化与城镇化进程的快速推进，城市文化日益兴盛。

·辽宁城市文学的"在地性"与"在地者"·

基于城市文化而生的城市文学，与传统的乡土文学一道，共同书写中国故事。陈晓明先生在界定城市文学这一概念时曾经指出："只有那些直接呈示城市的存在本身，建立城市的客体形象，并且表达作者对城市生活的明确反思，表现人物与城市的精神冲突的作品才能称之为典型的城市文学。"①简言之，城市文学的要素有二，一为"在地性"，一为"在地者"。所谓"在地性"，是指与作家的"生活体验、文学活动相关的一切地域空间"②；所谓"在地者"，即为作家笔下生活在"此地"的具体个人。纵观辽宁城市文学的发展史，一代又一代作家基于对"在地性"的阐释，塑造出一个又一个鲜活的"在地者"形象。

作为由来已久的重工业基地，工业化的推进在很长一段时间内是辽宁城镇化进程的主要表现，并由此催生出众多饱含地域特色的城市书写。前辈作家草明生于广东，但20世纪40年代以来，她长居东北尤其是辽宁，并先后在东北作协与鞍钢党委工作，创作了相当数量的工业题材小说。草明以在鞍山的工作生活为背景而创作的《乘风破浪》是其代表作之一，小说生动地反映出社会主义建设时期辽宁地区钢铁产业蓬勃之姿。而辽宁本土作家对于辽宁城市的书写热情同样十分高涨。"60后"作家刁斗、孙惠芬、津子围与陈昌平在各自领域均创作颇丰。其中孙惠芬将乡土经验与城市写作相融合，创作出《民工》等优

---

① 陈晓明：《城市文学：无法现身的"他者"》，《文艺研究》，2006年第1期。

② 李永东：《中国现代文学研究的地方路径》，《当代文坛》，2020年第3期。

秀作品。通过乡土经验的融入,孙惠芬在城市书写中将"在地性"的内蕴进一步深化,赋予"在地者"以"寻根"的可能,进而有效拓宽了文本的阐释空间。"70后"作家于晓威和鬼金亦是辽宁城市文学的代表人物,作品地域特色显著。

近年来,"80后"作家双雪涛、郑执和班宇先后崛起,成为辽宁城市文学的新一批主力军。他们的作品植根东北老工业基地,特别是沈阳市铁西区,地域性浓厚,文坛由此将三人合称为"铁西三剑客"。在三人中,双雪涛年龄最大且成名最早。截至目前,双雪涛最广为人知的作品当数中篇小说《平原上的摩西》(以下简称《平原》)。华东师范大学黄平教授于2017年曾撰文指出,该作品是"80后文学"的"一个标志性的成熟时刻"。[1]在此之后,黄平更进一步将以"铁西三剑客"为代表的东北青年作家统称为"新东北作家群",并指出《平原》为这一作家群体提供了美学风格的"成熟典范"。[2]

"铁西三剑客"的崛起,不仅为辽宁城市文学再次注入了活力,而且还使以沈阳为代表的一批东北城市在新世纪城市文学史上留下了浓墨重彩的一笔。双雪涛、郑执和班宇这三位土生土长的辽宁作家,将"在地性"与"在地者"较为巧妙地熔于一炉,在向世人展示东北的同时,也丰富了新世纪城市文学的整体景观。

---

[1] 黄平:《"新的美学原则在崛起"——以双雪涛〈平原上的摩西〉为例》,《扬子江评论》,2017年第3期。

[2] 黄平:《"新东北作家群"论纲》,《吉林大学社会科学学报》,2020年第1期。

二

俄国形式主义文学批评主张"要着重研究艺术形式，要深入文学系统内部去研究文学的形式和结构"。[①]双雪涛的《平原》在叙事结构方面正体现了这一点。小说以7个人物共计14段第一人称视角的叙述组成，故事的讲述与情节的推动由小说人物完成。这样的结构安排使作者退出了作品，读者能够最大程度与小说人物直接交流，极具真实性与在场感。共情程度直接决定了读者对小说作品的理解程度。《平原》以东北地区国有企业改制为背景，故事时间跨度足有40多年。倘若读者无法走入作品所讲述的故事，那么后续的审美体验以及精神反思都将化为泡影。在《平原》中，双雪涛拒绝直接进入文本引导读者，而是将叙事的权力交给小说中的人物，让不同身份的叙事者分别讲述自己的故事。由此，小说人物与读者之间的距离得以缩小。与小说人物拥有类似经历的读者，可以与叙事者进行无障碍的"对话"；而缺乏相似经历的读者，则能够顺理成章化身为倾听者，将自身的共情投射到人物身上。如若作者采用传统小说类似说书人一般的全知视角，人物的行为与命运将完全由创作者决定，读者与人物之间将会产生巨大的隔阂。

[①] 朱立元主编：《当代西方文艺理论（第3版）》，上海：华东师范大学出版社2014年版，第29页。

需要说明的是，以全知视角谋划全文的小说作品自然亦有佳作，但在需要深入人物内心精神世界探求个体经验时，作者需要有所节制并适度放权。纵观《平原》全文，双雪涛意在通过小人物之口讲述一些尘封在历史中的往事，让人物自己开口说话显然是更为有效的策略。

除促进真实性与在场感的生成这一作用之外，多段第一人称视角叙述的结构在文本内部建构出广阔的互文空间，进而扩大了作品的阐释空间。《平原》中各主要人物的命运在相互影响的同时，又各自走向不同的终点。李斐的父亲李守廉虽然缺乏单独的第一人称叙述，但他实际上是两起重大案件的线索人物。因此，看似游离于主要人物之外的他，同样是文本间互文性得以生成的重要一环。在小说中，蒋不凡因一次错误的判断改变了李守廉父女的一生，而失误产生的原因则与李斐同庄树的一个约定有关。庄德增与李守廉在经济改革中分别走向了不同的人生，而命运却在不远的未来让他们以乘客和司机的身份再次相遇，尽管其中一人对此毫无所知。傅东心对童年李斐的教导，甚至直接影响了青年李斐对待青年庄树的态度。李斐和庄树这两个同龄人之间的纠葛，则贯穿全文。

小说中各个人物的不同人生，反映出经济体制改革过程中东北普通民众的不同选择。而人物间相互联系的个人叙述，又联手为读者描摹出一张全景图，赋予作品以厚重的历史感。根据格非的观点，"存在"与"现实"是两个完全不同的概念，"现实来自于群体经验的抽象，为群体经验所最终认可，而存在则是个人体验的产物，它似乎一直游离于群体经验之外"①。而在《平原》中，文本内部的互文空间为个人体验与群体经验搭建了桥梁，即聚合在一起的个人体验成为群体经验的缩影。由此可见，双雪涛在小说叙事结构上的功力十分深厚，他凭借对文本结构的把控便可丰富作品的内涵。除中篇小说《平原上的摩西》外，《刺杀小说家》在文本结构方面同样别具一格，作者交替描写现代世界与古代世界，在一真一幻之间讲述着复仇的故事。如果分别查看小说中的两个故事，实际并无过多出彩之处。然而经由作者的拼接组合，两个故事在分别自洽的前提下做到了互文互释，极大提升了读者的阅读体验。

行文至此，便不得不提郑执的长篇小说《生吞》。从某种意义上来说，《生吞》与《平原》具有十分相似的气质。一如《平原》，悬疑色彩贯穿于《生吞》的始终，为作品奠定了冷峻的基调。两部作品所依托的时代背景大致相同，并且两部小说中均描写了悬案，也都在叙事过程中用"子一代"的视角窥视"父一代"的生活。与《平原》相比，《生吞》带给人的苍凉之感更甚。不同于《平原》频繁的视角变换，《生吞》主要以王頔的视角展开叙事，并在需要的时候采用全知视角介入文本叙事。叙述者的转换可以让更多的人物开口说话，而相对固定的视角则对深入刻画特定人物有所助益。双雪涛在《平原》中为读者带来了众生合唱，郑执则浅声低吟了一个《生吞》的故事。此外，由于篇幅够长，《生吞》给予了秦理这一人物形象以足够的文本延宕，使其更加饱满立体。《平原》则因篇幅所限，在人物塑造

---

① 格非：《小说叙事研究》，北京：清华大学出版社2002年版，第15页。

方面有所偏废。

毫无疑问,《平原》与《生吞》均是优秀的作品,它们都在一定程度上为读者提供了东北地域文化的想象空间,"在地性"十足。然而如若剥开作品外层的悬疑故事,深入内在文本,则会发现两部作品中的"在地者"形象略显单薄,这一现象集中体现在小说主人公的最终选择上。在面对困境时,李斐走向神秘,秦理彻底自毁。如此安排在逻辑上并不突兀,然而单向性的选择令人物形象走向扁平,且一去而不复返。

三

城市文学应在充分挖掘"在地性"的基础上,集中笔力塑造"在地者"形象。毫无疑问,"铁西三剑客"对于城市"在地性"的描写是比较成功的。外在的物质景观能够"直观地反映出一座城市的形象甚至精神文化内涵",[①]"铁西三剑客"笔下的东北城市,尤其是沈阳市铁西区,不仅是他们创作的精神原地,而且正逐渐演化为成熟稳定的文学意象。需要明确的是,描绘"在地性"的根本目的是建构"在地者"形象。在这一点上,班宇的短篇小说《逍遥游》巧妙地将"在地性"与"在地者"熔于一炉,既富有地域特色,又不缺鲜活个人。

《逍遥游》放弃了以悬疑色彩来匹配转型过程中东北城市的固有气质,而是用更为"家长里短"的口吻,一点一点抽丝剥

---

① 岳雯:《作为方法的"城市文学"》,《上海文学》,2015年第6期。

茧，塑造出一个更加"生活化"的东北形象。两种叙事手段或许并无高下之分，但为棱角分明的冷峻城市注入生活的"烟火气"，无疑更能贴近读者的内心。此外，小说并非风景画，讲述城市生活样貌是手段而非目的，特别是单纯的苦难叙事除满足大众的猎奇心理外几乎再无优势。作者与读者均应将对人的关注始终排在第一位，而相对平淡的"在地性"恰恰有助于读者腾出更多的精力去关注"在地者"。

在小说中，许福明、许玲玲、谭娜以及赵东阳这四个人物，主要构成了两组二元对立，其一是许福明和许玲玲之间所形成的"父一代"与"子一代"的二元对立，其二是许玲玲同谭娜和赵东阳二人构成的"病人"与"健康人"的二元对立。两组对立在小说中相互推进并相互阐释，共同为读者阐释了底层人物的"逍遥游"。许玲玲对于父亲的情感是复杂的，起先她因父亲时常拈花惹草而对其有所抵触。但在她患病后，父亲尽心尽力的照料让她的想法不可避免地发生了微妙的变化。而之后谭娜和赵东阳的一个偶然行为，则彻底促成了许玲玲对父亲态度的转变。患病后的许玲玲不仅失去了男友，还主动脱离了原有的社交圈子。谭娜和赵东阳是她仅有的两个朋友，可是同处社会底层的三人相互间的关系却并不平衡，谭娜和赵东阳都是健康的人，在经济状况上也要稍微优于许玲玲。在这段关系中，谭娜和赵东阳可随时退出而无须付出过多的代价，但是对于许玲玲来说，谭娜和赵东阳几乎是她全部寄托之所在。因此，当许玲玲无意中发现二人发生关系时，她十分恐惧，她惧怕各自拥有伴侣的谭娜和赵东阳会因此而疏远甚至彻底抛弃她。

不过谭娜和赵东阳最终没有离开许玲玲,三人仍是最好的朋友。同许玲玲一样,谭娜和赵东阳也有各自的烦恼,谭娜的男朋友有家暴倾向,赵东阳的妻子则总跟他无缘无故地闹别扭,由此可见,他们发生关系的目的主要是为了解压而非其他。同为底层小人物的许福明,虽在女儿生病之前便已经与妻子离婚,但当他得知女儿身患重病后,仍义无反顾地回来照顾女儿。在巨大的生活压力面前,拈花惹草对他来说亦绝非满足个人欲望那么简单。许玲玲起先并未理解这一点,而谭娜和赵东阳的行为让她在某种程度上接受了父亲的所作所为。需要说明的是,本文无意对此类行为进行道德判断,所作之分析始于文本并终于文本。

小说题名为《逍遥游》,这是一个十分吊诡的命名。故事中所有的人物与"逍遥"二字均不相关,他们的生活琐碎而又悲凉,"逍遥"何在?纵使许玲玲最终接纳了父亲,并且也没有失去朋友,但身患重病的她依旧只能与父亲继续相依为命,艰难度日。许氏父女之外,谭娜与男友之间的分分合合可能还会继续发生,赵东阳和妻子的矛盾也难以解开,四人的生活似乎没有发生任何改变。尤其对于许玲玲来说,即便她在未来的生活中做到"生的坚强",最终大概率仍会面临"死的挣扎"。[①]所以,"逍遥"何在?

[①] 鲁迅:《萧红作〈生死场〉序》,载《鲁迅全集(编年版)》第9卷,北京:人民文学出版社2013年版,第247页。

实际上,许玲玲对父亲态度的转变恰恰是其"逍遥"的开始。起初,许玲玲对父亲的厌恶反映出她对未来的绝望,她以一种为反抗而反抗的心态度日,看似桀骜,实则脆弱。如果说底层人物的境遇是作品"加魅"的砝码,那么在祛魅后如何彰显对人物命运的关怀才是作品的立身之本。许玲玲因自身遭遇而与通常意义上的"逍遥"无缘。面对这一状况,班宇没有让她通过死亡等极端方式来达到"逍遥",因为那样的"逍遥"只是"逃离"。为了让许玲玲真正"逍遥",作者为她提供了一个出口,即让她在一定程度上选择与父亲、友人及自己本人进行和解。由此,许玲玲得以用一种相对积极的态度来面对生活,无须在亲情和友情的双重困境中继续踯躅。诚然,物质生活现状不会仅仅因为精神层面的改变而出现重大跃升,但无论如何,许玲玲已然迈出走向"逍遥"的第一步。

如上所言,班宇的《逍遥游》为读者展现了东北城市的"在地性",直面了"在地者"须面对的终极问题。更为重要的是,二者的有机融合在深刻反映城市生活给人所带来的精神困境这一前提下,将问题继续推进,在一定程度上解释了"之后怎样"这一难题。在面对终极问题的拷问时,文学作品并非必须予以正面回应,只做描述者而不做诠释者,在引发思考之后将问题留给读者,同样是行之有效的策略。不过,勇敢直面现实无疑是更为直接的办法。娜拉出走只是一个既定事实,她走后怎样才是问题的关键所在。班宇在《逍遥游》中直面终极问题的程度有如许玲玲同生活之间的和解,都是有限的,但这种有限的直面已经足以证明班宇的勇气。

四

"铁西三剑客"的横空出世是21世纪辽宁城市文学发展的一个大事件,三位作家以"子一代"的有限视角讲述了"父一代"在经济体制改革过程中所经历的世事变换。严格意义上讲,"80后"群体在这一转型过程中,或是因为涉世未深,或是由于父母的保护,他们与时事之间往往有所隔阂。但是当他们逐渐理解父辈所经历的"阵痛"时,人生已然出现了不可逆转的改变。作为亲历者,双雪涛、郑执和班宇用灰暗的色调书写了一个又一个关于下岗、关于生存乃至关于尊严的故事。

三位作家的成就有目共睹,然而他们在城市文学书写中同样存在一些问题,其中较为显著的一点便是部分作品偏重于刻画城市外在的"在地性",即地域特色,而在一定程度上冷落了生活在其中的"在地者",尤其是忽视了他们的精神世界。在阅读"铁西三剑客"的一些作品时,如果我们将小说中关于地域特色的描述文字抽离,那么剩下的将只是一个模式化的悬疑故事,其中所展现的人性较为普遍恒常,缺乏特殊性。应当说明的是,作为小说有机整体的一部分,对城市地域特色的描写自有其意义与价值,不过,在城市与人之间,城市文学应该更加重视"人"这一维度。在城市文学创作中,作家要深入个体于城市生活中所生成的精神世界,挖掘其中所表现出的精神困境,并为之提供排解压力的出口。总之,"铁西三剑客"相当一部分作品对"在地性"的描写相对较为充分,而对"在地者"内在特性的挖掘则往往浅尝辄止。悬疑与地域的结合为作品披上了一层神秘的面纱,而当读者为其祛魅之后,恐怕难以再次被此类模式化的写作套路打动。

从城市文学内部的角度来说,城市经验的生成既需要进一步挖掘城市内涵,又需要更为深入地进入人物内心,其中前者为表,后者为里。辽宁大部分城市在经济发展上长期倚重工业,学者巫晓燕认为城市发展的单向性"间接影响了当下辽宁城市文学的多元性发展"[①]。针对这一问题,以沈阳和大连为代表的辽宁城市在经济发展领域已经呈现出多元发展的新局面,城市文学创作应当紧跟城市发展的新方向,推动新型城市经验的生成。此外,创作者在城市书写中必须将"人"的塑造置于中心地位。在纷繁复杂的城市之中,人始终是最为活跃且最为重要的存在。城市文明因人的智慧和劳动而生,因此城市文学自然要着力于展现人在城市中的状态,特别是人的精神状态。此外,作家应当勇于直面现实,对人物的命运走向等终极问题要敢于回应。作者之于人物的责任,其边界如何划定,确实是一个需要依据具体情况来具体分析的问题。武断地认为作者必须对笔下人物的一切负全部责任,既是对作者的不公,亦是对人物形象的不信任。但对于急需掌握新型城市经验的辽宁城市文学来说,作家需要深入问题内核,解答一系列"之后怎样"式的问题。

[①] 巫晓燕:《辽宁城市文学创作研究述评》,《沈阳师范大学学报(社会科学版)》,2017年第2期。

除以上内部视角外,新世纪辽宁城市文学的发展还需要外部因素的助力。首先是相关文化政策的支持。城市文学创作是打造城市形象的重要方式,文化管理部门应予以重视并给予支持。其次,城市文学应当与网络文学开展合作,一方面是因为"现代媒介一直先天地和城市有着血缘关系,它的产生和城市的发展总是密不可分"①,另一方面则是因为网络文学发展势头正盛,城市文学与之联手可有效扩大传播范围。再次,相关创作者要重视作品的影视化改编,在城市文学与影视作品之间积极搭建跨文本和跨媒介的互文空间。双雪涛的《平原上的摩西》和《刺杀小说家》将在不久的未来与观众在大荧幕上见面。郑执的《生吞》也将被改编成电视剧,众多读者对此十分期待。对于文学作品而言,能否被改编成影视剧并不是评判其价值的唯一标准,文学自有其意义与功能。然而在现有的文化语境下,文学事业的繁荣需要整体文化产业的兴盛,因此主动与其他艺术形式有机融合,是文学发展的必由之路。总体趋势如此,城市文学当然不能自我封闭。但需要明确的是,城市文学绝不能成为影视剧本加工场以至单纯以经济利益为导向。

"地方"书写无疑会拓宽新世纪城市文学的发展格局,使其走出"由乡入城"和"由城返乡"的经验表述,这种生活经验所体现的"城市性"既有中国的独特性,又具有普遍性。观察"铁西三剑客"这一文学热点现象,就需要面对"地方"书写这

---

① 徐从辉:《网络媒介语境下新世纪城市文学的重构》,《探索与争鸣》,2010年第12期。

一问题,如何阐释"地方"书写与"中国经验"之间的关系,李怡先生就这一问题作出了回应:"文学的存在首先是一种个人路径,然后形成特定的地方路径,许许多多的'地方路径',不断充实和调整着作为民族生存共同体的'中国经验',当然,中国整体经验的成熟也会形成一种影响,作用于地方、区域乃至个体的大传统。"①双雪涛、郑执和班宇笔下的"铁西区""艳粉街"及"工人村"等文学意象形成了一条新世纪辽宁城市文学的"地方路径",笔尖指向之处皆是辽宁沈阳这座省会城市20世纪末的独特历史经验。同时,笔者也期待以"铁西三剑客"为代表的青年一代作家在坚守"在地性"的基础上,创造出内涵更为深厚的"在地者"形象,为新世纪辽宁城市文学乃至全国城市文学的发展添砖加瓦。

---

① 李怡:《"地方路径"如何通达"现代中国"——代主持人语》,《当代文坛》,2020年第1期。

双雪涛小说中的"失落者"群像

摘要：新世纪文学发展至今，文学现象层出不穷，"80后"批评家杨庆祥在"旧伤痕文学"的基础上提出了以改革开放为书写对象的"新伤痕文学"，其主要内容则集中于20世纪80年代以来"改革"给中国人造成的物质创伤和精神创伤。[①]双雪涛的小说集《飞行家》《平原上的摩西》以及中篇小说《聋哑时代》和《天吾手记》均是以改革开放为背景，塑造了20世纪90年代东北经济体制转型过程中的"失落者"群像。作者用悲悯的情感和人文关怀向我们诉说了父子两代人、知识分子和工人阶级、女性个体等被损害、被侮辱的人生。这类群像既是对"新伤痕文学"的一种回应，也是对底层人物精神困境的回应，使裹挟在时代洪流中的"小人物"形象更加立体。

关键词："新伤痕文学"；双雪涛；失落者；群像分析；文学价值

---

① 杨庆祥：《重建一种新的文学——对我国文学当下情况的几点思考》，《文艺争鸣》，2018年第5期。

"新伤痕文学"概念由"80后"评论家杨庆祥提出,它的书写对象是"改革开放史",延续了20世纪80年代"伤痕书写"的人道主义,体现的是一种对话式的倾向,看到阴暗和伤害不是目的,而是为了重建确定和信任的希望哲学。[①]童年时期生活在铁西区艳粉街的双雪涛,采用回忆的方式记叙了20世纪90年代,受下岗潮影响的工人群体被迫走出衰败的工厂,走向社会底层的故事。他们在面对身份地位的急剧分化、人与人之间关系的疏离时陷入物质与精神的双重困境。这群人深知改革是不可避免的,经济转型是时代发展的必然。在双重矛盾下,他们被打上"失落者"的标签,成为城市的边缘人,是被损害、被欺压的对象。对于"失落者"形象的研究,最早的是1987年韦湘秋和黄强琪在《科场上的幸运儿,官场上的失落者——赵文关》中对广西历史上第一个状元——赵文关从主客观两方面分析了其官场失落的原因,揭开了"失落者"形象研究的序幕。此后,学者对文学作品中"失落者"的研究主要分为三类,第一类是对张爱玲及其笔下人物作为苍凉的时代失落者的研究,如宋家宏《张爱玲的"失落者"心态及创作》和朱立新《心灵归宿的无望追寻——探寻张爱玲小说中失落者形象》等;第二类是对鲁迅作品中知识分子失落者形象的研究,例如许晖《不自知的失落者——〈肥皂〉中四铭形象分析》;第三类是对梦想

---

① 杨庆祥:《"新伤痕时代"及其文化应对》,《南方文坛》,2017年第6期。

失落者形象的研究，如朱飞英《刘震云小说中的小人物形象变迁之旅——从梦想失落者到精神异化者再到孤独逃避者》和游澜《迷失主体、世俗慰藉与沉默言说——雷蒙德·卡佛短篇小说研究》。其他如研究"无根一代"留学生失落者的曲树坤，研究《呼啸山庄》权力失落者希斯克利夫的刀喊英，研究灵魂家园失落者王建业的汤达成，研究文化身份失落者的金延英，研究《梦之谷》爱情幻象失落者的余凌，等等。通过研究者对失落者"失落"原因的分析，他们无非受权力、制度、物质、精神及情感因素影响。再观双雪涛笔下的人物，他们与张爱玲或鲁迅笔下的"失落者"不同的是，他们失落于时代变革，相同的是对精神和物质的失落。堆积的情绪在他们的心理和精神上渐渐形成一种"天鹅绒式"的创伤。随着下岗规模的持续扩大，失落的情绪弥漫到各行各业，渐渐形成一种隐形的社会创伤。隐形的伤害正是来源于杨庆祥所说的中国"改革"之阵痛。这种伤痛情绪是抽象的，而双雪涛却将抽象的情绪安置在不同的人物命运之中。

所谓"失落者"，是指在精神或感情上没有着落、失去依托的人。[①]在双雪涛的文字表述里，清晰可见散落在小说各章节之中的"失落者"形象，他们生活在中国东北最著名的工业区（因位于长大铁路西侧而被命名为"铁西区"[②]），居住在工人村或棚户区。作者在《走出格勒》中写道："那时的艳粉街在城市

---

① 朱立新：《心灵归宿的无望追寻——探寻张爱玲小说中失落者形象》，安徽大学硕士学位论文，第2页。
② 刘岩：《历史·记忆·生产：东北老工业基地文化研究》，北京：中国言实出版社，2016年，第108页。

和乡村之间，准确地说不是一条街，而是一片被遗弃的旧城，属于通常所说的'三不管'地带，进城的农民把这里作为起点，落魄的市民把这里当作退路……它好像沼泽地一样藏污纳垢，而又吐纳不息。每当市里发生大案要案，警察总要来这里摸一摸，带走几个人问一问。此处密布着廉价的矮房和胡同，随处可见的垃圾和脏水，即使是白天，也会在路上看见喝得醉醺醺的男人。每到秋天的时候，就有人在地上烧起枯叶，刺鼻的味道会弥漫整条街。"[1]"失落者"因其失落而追寻，追寻的结果通常分为两类，一类人因追寻无果而陷入无望，在无望中更加失落；另一类人在追寻中迷茫，在迷茫中期盼，在行动中重寻希望。他们在"失落—追寻—无望—再失落"和"失落—追寻—迷茫—期盼—重建希望"中徘徊挣扎，经历人生沉浮。他们不仅展现出人性的敏感多疑、自私卑劣、虚伪扭曲、软弱无能的一面，还展现出人性的坚韧和不屈的一面。通过对"失落者"生存状态的描摹，双雪涛的小说在整体上呈现出冷峻苍凉的文风，给人以无法言说的感伤和沉重。

一、"父"辈的记忆与重塑

双雪涛小说的精神家园中必然有一处对父辈的讲述，细数父辈独特的生命历程，在塑造"子一代"和"父一辈"的形象中重新思考历史的发展与变化，通过对父辈的回忆与想象，找

---

[1] 双雪涛：《平原上的摩西》，天津：百花文艺出版社2018年版，第187页。

寻被遮蔽的父爱和遗留的父辈精神。本文接下来对双雪涛小说中父与子的形象分别做三种类型研究，将"子一代"分为精神异变成疾的"失落者"、迷途知返的"失落者"和迷茫堕落的"失落者"，将"父一辈"分为落寞时代的担当者、隐士和追梦人。通过分析父子形象，掌握他们"失落"的深层次原因，感受父辈给予"子一代"的生活经验和精神能量。

双雪涛在小说中运用传统的叙事策略，采用多重叙事视角向我们塑造了"失落"的青年群体。精神异变成疾的代表性人物是霍家麟和安德烈，由于两个人极具相似性，所以选取霍家麟作为分析重点。在他者视角下，他是一个天才，初一即可熟练运用物理和数学知识总结出"镜子理论"，涉猎广泛，善于思考和纯粹的兴趣研究。性格孤僻，喜欢和学校不成文的制度作对，喜欢维护正义和友谊，但是最后却沦为精神病患者。"失落"的开始是对教书育人的老师的失落，不尊重学生的尊严和个性发展，任意处罚，是失德；政治课和历史课不讲知识却专门讲野史、稗史，是失职；升旗演讲限制题材，搞虚假情感，是失真，使得霍家麟不得不成为他者眼中的另类。在躲避"失落"的足球场里，他意外收获了与李默的友谊，当得知有人顶替了李默去新加坡留学的名额，他大胆地向校长写大字报揭发孙老师，自己却被告知退学回家。父母对他的期望，反而加剧了他的悲剧人生，由于家里靠卖肉为生，所有的积蓄只为供他求学，然而他的不学无术让父母陷入失望，逐渐转变为怨气，这使父子矛盾升级。辍学后，他无心工作，祈求书籍能够宽慰自己的灵魂，却无法直视卧病在床的父亲，最终他在迷茫中求索无望，陷入深深的失落,并患上精神疾病。当李默从医院离去,家麟对他最后的嘱咐语标志着这份"失落"走向最终的悲剧。

李默,是迷途知返的"失落者"代表。在第一人称视角下,读者找到了李默"失落"的源头:下岗潮带来了家庭经济危机,父母的期望与学校的现实形成鲜明对比,李默的精神出现分裂。现实的反差使这份"失落"进一步深化到内心,形成自卑的心理。这源于他去许可家里的一次经历:当头顶上硕大的吊灯发出柔和的光时,他的脑子曾一度陷入了停滞的状态,与自己家里暗黄的灯泡比起来,眼前的一切似乎是不真实的,他开始怀疑这是否是他一直所熟悉和痛恨的世界,在这种赤裸裸的体验和对比后,因物质带来的巨大的心理落差在他内心扎下了深根。升学考试的失利笼罩了他全部的高中生涯,失眠症的好转让他"准备选择像大多数人一样,无赖一般地活着",[1]逐渐地自我放逐,而青春的孤独只有当他在厕所抽烟时才有种被释放的错觉。高考的失利使这种颓废、自暴自弃的情绪又延伸至大学毕业直到参加工作。原本在这条迷途中准备荒废一生的他,却在爱情中迎来了他的人生转机。年少时的爱人在10年后出现,因一本日记而发掘出他的写作天赋,并鼓励他创作。当《一生所爱》被发表到某著名刊物时,李默的内心有了觉醒的声音,这种失落后孤独、孤独中迷茫、迷茫后自暴自弃的人生中断了,他开始尝试进入新的领域,而此时爱人的离开又将他打回原形,正是她的离去完成了他的青春成长。在与母亲的相处中,得知父

---

[1] 双雪涛:《聋哑时代》,北京十月文艺出版社2016年版,第100页。

亲离去的故事，他顿悟了，他终于在迷途中发现真正的自己，开始有意义的人生，正如他所说："我应该再也不会被打败了。"①迷途知返、重寻希望的失落者还有他们：《玻人》中的"我"失落于高考压力而离家出走，最后重新回来复读；《大路》中的"我"失落于学校、亲人、社会，得一"小女孩"的温暖帮助而告别盗窃选择铺路的职业，并坚持积极读书；《走出格勒》中的"我"也是选择学习作为逃离恶劣环境的出路。

柳丁，迷茫堕落的"失落者"。柳丁的悲剧在于母亲的离去和父爱的缺席。在自我与他人的叙事线索贯穿中能够判断，从小与姥姥一起生活的他，一直在苦苦寻找母亲，对于母亲的想象均是在他人的回忆性语言中建构而成："母亲大概一米六五，长头发，方脸，有点兜齿，走路有点内八，细腰，抽红梅，在春风歌舞厅当收银员，慢三跳最好，一只耳朵有点萎缩。"赵戈新的出场则填补了他对于友谊和父爱的缺失，被老师当作差生的他在老赵这里找到了平等。此外，赵用力刷牙的行为让柳丁误认为他当过兵，而当兵曾是柳丁的梦想。再者，赵愿意充当故事的倾听者，教他吹口琴，带他去影子湖钓鱼，等等。这种父爱般的陪伴正是柳丁所缺少的。当柳丁计划与赵一起去北京找母亲时，赵充当了他行为的支持者和精神上的共鸣人，所以当出水痘的赵向柳丁道出杀死林牧师可以得到路费时，他才会毫不犹豫地答应，并在赵的指导下完成一次完美的刺杀。虚假的父爱成为"失落"的助推器，使柳丁堕落进犯罪的深渊。这

---

① 双雪涛：《聋哑时代》，北京十月文艺出版社2016年版，第246页。

三位典型的"子一代"失落者"失落"的原因都涉及家庭因素，与父亲对立的霍家麟、受父爱压抑的李默以及父爱缺席的柳丁共同构成了双雪涛笔下"失落者"的"子一代"形象。

受传统儒家文化影响，父与子关系的绝对性和不可选择性是中国"忠孝"文化的伦理前提。从中国传统思想中"父亲"的角色，学者郑家栋总结出父与子关系的三种诠释面向：一是着眼于终极超越者的关系，二是着眼于身份伦理和社会契约的关系，三是着眼于文化类型。[①]父辈的品格和行为作为影响"子一代"价值观形成的重要因素，在重返20世纪90年代下岗经验叙事中，双雪涛对父辈们失业的伤痛进行再度体验，挖掘出父辈们对于社会的"忠"，对于家庭的"孝"，在子对父的依附中，讲述父辈对自主、公正、法律的社会契约精神的追求，用自身经验来完成"父权"的重新建构。《北方化为乌有》中的老刘是落寞时代的担当者，作者从小说家刘泳的角度布局了一场亲身经历的无头凶杀案，在饶玲玲的反问和陌生女孩米粒夜的来访中逐渐拼凑出案子的原貌，老刘的形象渐渐从幕后走向台前。在工厂即将倒闭时，老刘为了救工厂和工人，不满车间领导的"小舢板突围"策略和大批裁员行为，决定写材料寄给五个部门，举报厂长、副厂长四人侵吞国家财产、挪用工人养老保险在农村买地给自己盖房等行为，不料却被人暗算，凶手从排风口进入办公室将伏案的老刘一刀杀死，而这一切被身处于衣柜

[①] 郑家栋：《中国传统思想中的父子关系及诠释的面向——从"父为子隐，子为父隐"说起》，《中国哲学史》，2003年第1期。

内的米粒的姐姐所目睹。工厂倒闭,则意味着工人失去了赖以为生的家园,以工厂为象征的"北方"则化为乌有,老刘用生命作为砝码,不畏强权,担当起守护家园的责任。虽然他失败了,但这种精神永不泯灭。《大师》中黑毛的父亲,是下岗界的一股清流,嗜酒与棋,却从来不赌,以棋交友,棋外家庭,棋内温情,让无腿老和尚心服口服。在那段"失落"的岁月中,父亲不追求棋艺输赢,只追求精神富足,正如李振所说:"在一盘有输赢的棋里,双雪涛写出了没有输赢的人生:落寞也好,坎坷也罢,从地上捡烟头抽的父亲在他的棋里获得了心灵的超脱,而没了腿的和尚却在世俗的情义里了却凡尘。"[1]当父亲处于人生低谷时,棋局的博弈成为自我疗愈的途径,在与他人共情中领悟人生。如果说《棋王》王一生是知青下乡时代的隐士,黑毛则是20世纪90年代工人下岗时代的隐士。《飞行家》中的李明奇是时代的追梦人,他的梦来自父辈李正道的"爱折腾",信奉知识就是力量,劳动创造自由。下岗的失落、生意的失败、婚姻的不幸让他萌生出逃离的意识,于是他改造飞行器,带着抑郁的儿子和小儿麻痹的弟弟乘坐热气球飞向南美洲。"做人要做拿破仑,就算最后让人关在岛上,这辈子也算有可说的东西了。做不了拿破仑,也要做哥伦布,要一直往前走。做人要逆流而上,顺流而下只能找到垃圾堆。"[2]这是父亲李正道传给李明奇、李明奇又传给小峰的话语,这种对梦想不懈的追求和迎难

---

[1] 李振:《一个保守主义者的冒险——双雪涛论》,《百家评论》,2015年第6期。

[2] 双雪涛:《飞行家》,广西师范大学出版社2018年版,第175页。

而上的精神正是"子一代"身上所欠缺的。

　　双雪涛运用魔幻的手法讲述父与子的故事,结尾的开放性处理方式,使读者走进历史现场,并从中体悟时代人物的艰辛与苍凉。此外,双雪涛的小说语言善用短句,字里行间带有独特的东北方言特色,营造出黑色幽默的氛围,在叙述"子一代"的青春孱弱与孤独中,注入了一股悲伤和忧郁的气息。作者对父辈失败的体验叙述中,寻觅精神遗产,发现了失落的阶级光芒,重寻属于父辈的时代精神、工人尊严和荣誉,给当下青年以抵抗沉沦、重塑人生价值和社会道德的精神力量。正如黄平所说:"'父亲'净化了这类小说中软弱的悲悯,以不屈不挠的承担,肩住闸门,赋予'子一代'以力量。"[1]双雪涛骨子里缺少不了父亲的影响,他在与张悦然的对话中也曾谈及:"父亲当了一辈子工人,却极爱阅读,喜欢下棋。"双雪涛的小说中确实创建了相似的人物,如《大师》中的黑毛、《飞行家》中的高旭光等。中国作家需要从父辈身上汲取精神养分和灵魂向导,从而摆脱青年的迷茫和空虚的日常,实现向内心灵的超越,谱写"我们"的当代史。

二、知识分子与工人的裂痕

　　知识分子是那个时代独有的光芒,工人的身份则带有国家

---

[1] 黄平:《"新的美学原则在崛起"——以双雪涛〈平原上的摩西〉为例》,《扬子江评论》,2017年第3期。

共同体的光环，他们同样都是社会主义现代化的建设者。随着改革开放政策的推进，国有企业转型，大批工厂倒闭，二者的身份和地位发生了变化。经济的快速发展拉开贫富之间的差距，知识分子大多走上了经商之路，反观工人群体在遭遇"下岗"后只能选择廉价的生计过活，从某种角度上讲，这种变化打破了原有的平衡，此时的失衡也正是改革之后的"阵痛"。"互相区隔甚至是相互仇视的精神状态导致了一种巨大的分裂——不平衡总是与分裂密切相关——一种可望的共同体形态彻底破裂了。"[1]任何一种故事的结构模式一旦被确立，便会逐渐给阅读带来思维的惰性和走势，从而减弱甚至取消读者的想象和沉思。这种状况导致了故事叙述规则和叙事技巧处于永不停息的变化之中。[2]双雪涛用传统与现代相交织的叙事策略来讲述"失落者"们的故事，在线索的不断展开和视角的多重变换中进一步扩大了小说的意义空间。《平原上的摩西》通过7个人的视角勾勒出一条时间线，但是唯独没有李守廉的第一视角，在傅东心、庄树、庄德增、李斐、赵小东、蒋不凡的讲述中建构起他的整个人物形象。作为下岗工人，他失去了发言权，而晋升到新阶级的庄德增则拥有了新的社会身份和话语权。作者运用巧妙的行文方式暗示了知识分子与下岗工人在时代伤痕下的不同命运。

经商之路上的知识分子典型是《平原上的摩西》里的庄德

---

[1] 杨庆祥：《"新伤痕时代"及其文化应对》，《南方文坛》，2017年第6期。

[2] 格非：《小说叙事研究》，北京：清华大学出版社2002年版，第41页。

增。1995年，他脱离卷烟厂，南下做生意，给人画烟标，拿技术入股，赚得第一笔资金后回老家承包了印刷车间，接管了以前的工厂和工人。敏感的商业头脑和非凡的远见，使他走向了财富积累的道路，渐渐进入房地产、餐饮、汽车美容、母婴产品等行业。反观工人群体，自谋出路的状况充满无奈和辛酸，只能从事低技术含量、低成本的行业谋生，例如卖苞米和茶鸡蛋，有技术的工人会开诊所或者当出租车司机等，这些职业都是社会底层中较好的，不好的则是成了犯罪分子、无业游民、醉汉等。双雪涛笔下的李守廉正是"失落者"群像中的代表，从普通下岗职工不慎走向了犯罪的道路。下岗前，他是小型拖拉机厂的钳工，技术被人敬佩的李师傅，人缘好，从小便与庄德增相识，妻子在生小斐时离世，后来厂子里经常有人给他织围脖和毛衣，傅东心也收了小斐做学生，并传授文化知识，女儿也乖巧懂事。生活的平静被下岗所打破，先是好友孙育新向他借钱开诊所，后又将多年珍藏的邮票卖掉为女儿筹集9000元学费。1995年的平安夜，为了给女儿看病，被伪装成出租车司机的警察蒋不凡怀疑为近来杀害出租车司机的犯罪分子，意外中，女儿出了车祸，半身瘫痪，愤怒的他将警察打成了植物人，父女二人靠着孙育新的接济，过上了逃亡的生活。这一场变故迅速将他推向物质贫困的深渊，女儿身体上的残缺给父亲带来巨大的打击，精神创伤就此形成。12年的时光带走了李守廉对于现实世界最后的期望，他的内心之中布满伤痕与厌恶之感。当他看到卖苞米的女人被城管欺负，女人的脸被烫伤，城管却逍遥法外时，隐藏于心的精神创伤再次被放大，面对如此残酷的场景,他无法选择沉默,拼上一切只为维护内心之中最后的"道义",他将两个城管杀害,真正成了杀人犯。

双雪涛在小说中安排庄德增与李守廉这两个人物,巧妙地安排二者相逢的冲突场景,西装革履的庄德增在返乡时乘上李守廉的出租车,从而呈现出文本的多样性。冲突一:堵车钱的支付。庄认为将耽误司机的时间折合成现金,是对劳动者劳动的尊重和补偿;李则认为,给多余的钱是侮辱了他,把他当作奴才看待,并赶庄下车。冲突二:讨论毛主席像下静坐的老人。庄认为老人念旧,借这事泄私愤,忍着就有希望;李认为老人是不如意,将其比喻成海豚,海水污染了,它们就上岸集体自杀,懦弱的人才这样。冲突三:毛主席像下保卫战士的数量。庄忘了,而李能清楚地说出:"三十六个,二十八个男的,八个女的,带袖箍的五个,戴军帽的九个,持冲锋枪的三个,背着大刀的两个。"①通过以上分析,从中能够发现庄已经由知识分子变成资本家,站在资本的逻辑立场上思考问题,淡化了情感,遵从金钱至上的思维原则;李站在底层人的立场回答问题,充满真情实感。关于对共同体的想象和故乡的情感,搬家后的庄对于故乡的记忆和情感逐渐淡漠,他脱离了共同体,走向资本的市场;而李则一直保持对共同体的想象,用共同体时期的原则对抗世风日下的现实。

---

① 双雪涛:《平原上的摩西》,第24页。

三、女性的救赎

"失落者"群像之中一定不能缺席的即是女性形象,双雪涛笔下的女性形象被其注入了"救赎"的元素,这一元素的功效便是女性情感意识的显现。小说中所呈现的女性形象主要按年龄阶段划分:女青年失落于友情、学业、亲情和爱情;母亲失落于家庭;老妇则失落于苦命的人生。女性的多愁善感特质一方面将伤痛向内转向自残,向外仇视社会,另一方面则会转化为内在的精神力量,借助宗教的方式实现自我救赎,释放自我的情感意识。针对人性中的缺陷和顽疾,女性怜悯与温柔的天性,给予"新伤痕时代"中的人们以爱的呵护和疗愈。

失落于友情的李斐,她的悲剧源于友谊中爱的不对等,一方拼命在乎,一方熟视无睹。李斐出生时母亲离世,母爱的缺失让她对傅东心有着天然的依恋感,她十分珍惜和小树的友谊。开始的失落是傅东心对待小斐和小树的态度造成的。傅老师对她的教育和关心让她感觉到母爱的温暖,却让他感觉到母亲的陌生。由于傅老师的原因,小斐对小树是一味地容忍和关爱。在情感的天平上,小斐的爱在下沉,悲剧在悄然酝酿。小斐为了在平安夜给小树一个惊喜,她带着汽油向父亲撒谎说肚子痛,想去孙育新的诊所看病,其实诊所附近的高粱地才是她的目的地。这一晚,李守廉被怀疑成杀害出租车司机的嫌疑犯,她遭遇车祸,半身瘫痪。这一晚,小树忘记了赴约。时隔多年两人在湖上相遇,小树承认如果不是因为案子查到李守廉,永远不会找她,她的内心陷入更大的失落。在这场友谊里,她是牺牲品。尽管如此,她还是给他最后一次机会,"如果一个人心里的念足够诚的话,海水就会在你面前分开,让出一条干路,让你走过去。"[1]情感的天平在这一瞬间平衡,他们又回到儿时的"平原",它铭刻了作为生命本质的爱与美。[2]"失落"于老师的教育方式而向外攻击他人的陈书梦,因老师的宠爱和私心而精神成疾。当她因管理纪律而收到很多纸条时,金老师为了免遭学生的报复,将写满错别字和朦胧爱意的纸条归罪于她的不检点,这一标志性事件从此开启了她"失落"的旅程,她变得沉默寡言,专心学业。面对即将来临的升学考试,巨大的压力使她出现了心理问题,一次模拟考试的失利则将她推向了挫败的深渊。金老师嘲讽她"越到关键时刻越不争气,到底是个女孩子,一见压力就没用了",而她脸上温存的笑意惹恼了老师,进而遭受到更大的侮辱:她被她扯住红领巾,像牵狗一样把她从座位里拽出来,重复刚才的话。[3]积攒已久的怨气在这一刻彻底爆发,她将手中的铅笔戳进老师的腮帮子,最终酿成悲剧。"失落"于亲情而导致心理抑郁并企图自杀的安娜,4岁开始学习书法、钢琴、舞蹈,拿过书法全国赛的奖状,这种优秀却是在母亲长期的打骂和虐待中形成的。当她唯一的"朋友"——钢琴被母亲卖掉后,她迈向了"失落"的边缘,从此与她相伴的便只剩孤

---

[1] 双雪涛:《平原上的摩西》,第53页。
[2] 黄平:《"新的美学原则在崛起"——以双雪涛〈平原上的摩西〉为例》,《扬子江评论》,2017年第3期。
[3] 双雪涛:《聋哑时代》,第13页。

独。母亲是家里经济的来源,她的强势放大了父亲的软弱,她长期的外遇令他尊严扫地,他又因依附她的钱财而自欺欺人。父母的相处方式使她对爱情失去了期盼,终日游走在男性中间,她将爱情最后的希望赌在了李默身上,却没想到他也只是贪图她的美貌和肉体。安娜最终明白这个世界不曾有人给予她真正的关心和爱护,自此陷入更深的绝望,不断地伤害自身,一心寻死。除此之外,小说《天吾手记》中的安歌、《大路》中施舍给"我"钱和衣物的小女孩皆是因对亲情的"失落"而消失或自杀。"失落"于爱情的张可,被男朋友逼迫做皮肉交易,供养两个人的生活,而他自己却沉迷于网吧。她坐着一块钱公交去向下一站的终点,可笑的现实将她打醒,没有灵魂只有物质的爱情在现实面前不堪一击。在小说《宽吻》中,双雪涛还塑造了与动物相互依存的形象——海豚训练师阮灵,通过对这个人物的塑造使读者体悟到了生命之间的相惜,同时也能感受到生命陨落的伤痛。

根据波伏娃的观点,婚姻家庭在人的意义上,具有强大的生命力。母亲在家庭中扮演着关键性角色,是幸福家庭的维系者。知识型女性的代表——傅东心,当得知庄德增在"文革"时期打死了其父亲的同事,于是便对这段婚姻抱有戒心,李守廉在1968年救下了她被打的父亲,出于感恩,她对小斐进行学习和生活上的帮助,却忽略了儿子的成长,即使后来李家搬走,她仍到处找寻女孩下落,并给儿子留下了一张二人童年时期踢球的画。因画"平原"烟盒,她喜欢上了小斐,用母亲的温暖关照着女孩的成长,也正是这种爱为日后小树与小斐的重逢蒙上了亲情色彩，让迷失的二人重返儿时的"平原"时光。传统型母亲在双雪涛的小说中反复出现，小说《无赖》中的"我"母亲，每次搬家都带着一只红色的大皮箱，却从来没有打开过，"我"在情急之下撬开了锁，却发现里面全是土，"我"陷入认知的困境。在双雪涛看来，设置这样一个环节，母亲是为了给家庭留下希望而不是放大绝望，红色木箱子是母亲对家庭的爱，是为了激励"我"走出困境。这就好比如沙漠里最后的空水袋，只要它存在，希望就存在，人就会绝境逢生。《走出格勒》中的"我"母亲，丈夫进了监狱，自己下岗后从事卖毛嗑的小生意。生活的艰辛没有摧垮她的身躯，在穷困的环境下，她让"我"想象这个世界还有许多正常的孩子，他们每天读书写字，长大后就可以坐在有电扇的办公室上班，唯有超越他们，才能跳出贫困的圈子。不畏艰辛的母亲最终还是为"子一代"注入了向上的精神念力。追梦型女性——张雅凤，独自承担失业的痛苦和抚育孩子的艰辛，她将希望寄托在光明堂的林牧师身上，虔诚地侍奉上帝并期待得到救赎，当所依赖的人倒在血泊里时，她拾起《圣经》，系上带血的丝巾，带着林牧师的爱和主的旨意走向南方，以博爱来宽恕和她一样挣扎于边缘的底层人，光明堂的倒塌深固了张雅凤的信仰力量。老妇形象的代表——柳姥姥，身体饱受冻伤的疼痛，心灵饱受情感的伤痛——丈夫死于矿难、儿媳扔下孩子柳丁，她将改变现状的所有期望都寄托在对主的侍奉中，渴望得到主的救赎。双雪涛小说中宗教常常被提及，却没有准确的定位，通过以上的文本分析，似乎找到了神奇之门的钥匙，那就是底层人物无法言说的精神诉求，最终寻求宗教解答内心的困惑。

女性在文学的世界里大多充当着怜悯与温柔的角色，当"父一辈"面对现代化改革中身份的失位，难免会陷入情感、尊严与经济的两难，"子一代"在家庭的变故中势必将这种伤痕累加。反映在双雪涛一代的工人子弟身上，父辈所遭受的屈辱，给他们的童年造成了不可磨灭的阴影，难忘的是父辈在逆境中坚韧不拔的精神，以及母亲在困境中对家庭的守护，这是属于"下岗"职工家庭最后的慰藉与精神财富。"新伤痕时代"一定会留下新的创伤与疤痕，如果没有一种人文主义的关照，只会积久成疾。历史的真实性和它不可替代的重要性已经逐渐被人所忽略，作为这一历史的见证者和亲历者，双雪涛把这段历史再一次呈现在人们面前，用不可回避的方式正视这段历史。符号化艳粉街不是目的，疗愈时代所给予这群"失落者"的伤痛才是目的，为的是激励当下青年摆脱父辈的影子，继承父辈的精神和母性的温暖，在时代的巨变中站稳脚跟，探寻人生意义，实现人生价值。

结　语

双雪涛笔下的"失落者"是对"新伤痕文学"的回应，从杨庆祥所提炼出的抽象的时代情绪进一步落实到具体的时代人物形象上，有助于我们理解"新伤痕时代"。正如黄平所认为的：重返历史，是为了建立起一种新的美学向度，它从"地方"开始，但要始终对抗地方性，严重一点讲，也可以说对抗20世纪80年代中期"寻根文学"以来将地方"地方化"的趋势，重新从"地方"回到"国家"，从"特征"回到"结构"，从"怪诞的人"回到"普通的人"。①

双雪涛所塑造的失落者凸显了父与子、知识分子与工人、母与女的形象关系。他们在家庭、社会、婚姻爱情、学校友谊中体会不同的失落感，他们中有梦想的追寻者、时代的堕落者、道义信仰的守护者、清醒的行动者、醉心的隐士等。"失落者"是"新伤痕文学"中的主力军，在继承"五四"人文主义精神的过程中，双雪涛以独到的笔触刻画出了新时代的人物群像。

"失落者"形象进一步展现了当代知识分子从民间立场出发，关注变革之中的历史，对底层人物怀有的同情和悲悯之心。从双雪涛身上可以清晰地看到中国传统知识分子对于底层民众的关怀之情，他呼吁尊重人的价值和社会权利，直面社会体制转型时期特殊的历史阶段，给底层人民以人文主义关怀，继承了左翼文学以现实主义为主的写作手法，坚持对现实持批判和反思的态度。"文学的书写可以把这种社会的创伤表达出来，个人的创伤和社会的创伤是相互滋生的。只有当这种创伤被表达出来以后，我们才有可能发现问题所在、问题的根源所在。"②双雪涛通过写"失落者"，进一步揭露形成社会创伤的根源，给予失落者一份跨时空的理解和爱。从第一代东北作家群的萧红、

---

① 黄平：《"新的美学原则在崛起"——以双雪涛《平原上的摩西》为例》，《扬子江评论》，2017年第3期。

② 杨庆祥、魏冰心：《是时候说出我们的"伤"和"爱"了——"新伤痕文学"对话》，《当代文坛》，2018年第1期。

萧军、端木蕻良到"新东北作家群"的双雪涛、班宇、郑执，其共同之处在于对困境中底层人物的书写，揭露传统文化遗留在人思想中的痼疾，同时表达对故乡、故土、故人的生命共情。双雪涛与东北大地上的知识分子们一道，歌颂东北大地上人们骨子里怒放的生命力和不息的抗争精神，以人文关怀表达了"爱"的哲学，呈现了当代知识分子应有的责任与担当。

"每一个'地方'都是'中国'，一个充分包含了文学如何在'地方生产'的故事才最后形成了值得期待的'中国文学史'。"[①]双雪涛的"地方"文学生产已经成为一道独特的文学景观，"失落者"群像的构建正是双雪涛对于自我成长经历的回顾，为那些无法言说、不被关注的底层民众代言，重返历史中加深对人与社会、人与城、人与人之间关系的反思。随着"铁西三剑客""工人村""东北文艺复兴"成为时下热议的话题，关于"新东北作家群""新的美学崛起""东北地域文化"等话题也迅速升温，可以说，双雪涛、班宇、郑执重新开启了阅读者对于东北地域文学的想象与认识，同时也为学术界提供了一条研究"地方"文学的路径，重新审视"共和国长子"成长的心路历程。

---

① 李怡：《主持人语》，《当代文坛》，2020年第3期。

"重合与反转"
——班宇小说《于洪》读札

从2014年2月与"豆瓣阅读"签订专栏计划,班宇当年2月12日发表第一篇《野烤玉米》,之后双周更新一篇专栏,合计10篇,结集为《铁西疯食录》;2015年2月班宇在"豆瓣阅读"上初次发表小说,发表《铁西冠军》系列(含《铁西冠军》《车马炮》《我曾看见满天星斗》三个短篇),直到2018年班宇第一个短篇小说集《冬泳》出版,他的作品经历了从网络文学走向严肃文学的过程,《收获》《当代》《上海文学》《作家》《小说选刊》《小说月报》皆可觅得他的身影。《逍遥游》与短篇小说集《冬泳》迅速得到学术界与读者的反馈,不止于此,这种反馈还有来自娱乐圈的声音。著名唱作人宝石老舅以"蒸汽波"的独特风格,再次掀起复古的浪潮,殊不知《野狼disco》的歌词中"闪耀的灯球"与班宇笔下的"舞厅"无限重合,访谈之中宝石老舅曾多次表示受班宇作品影响很大。而知名艺人易烊千玺在机场手捧《冬泳》阅读的画面,更是直接将班宇送上畅销书作家的宝座。

当这位青年作家同时进入评论家和大众读者的视野后，随即而来的是"豆瓣ID坦克手贝塔""铁西三剑客""东北文艺复兴""新伤痕写作""80后作家"等定位与标签。阅读班宇作品，我们寻见这类定位与标签的足迹，"铁西区""艳粉街""工人村"与社会体制转型期的"下岗"潮，共同构筑了班宇小说世界的画卷，宛如时光机一般，将读者载回东北的20世纪90年代至千禧年初，沿着历史的足迹找寻其中暗含的巨大隐喻，描摹着复杂的社会环境与精神困境。"与其说班宇在讲述东北往事，不如说班宇是将自己的记忆流畅地书写出来"，类似这种判断应该是基于班宇在小说之中对人物的处理，文本中人物之间呈现出言之不尽的真情，《逍遥游》中的许玲玲、《冬泳》中的隋菲、《枪墓》中的刘柳都给读者留下了深刻的印象。班宇写作的第二件利器就是"语言"，李陀先生曾在《沉重的逍遥游——细读〈逍遥游〉中的"穷二代"形象并及复兴现实主义》一文中指出，"班宇大胆地断然拒绝了这种书面语言，他把大量的东北日常口语、俚语、谚语、土话，还有方言特有的修辞方式和修辞习惯，都融入了叙事和对话，形成一种既带有浓厚的东北风味，又充满着改革时代特有气息的叙述语言"。叙事策略与结局是我们期待这位青年作家更进一步的探索空间，班宇以叙述者"我"的聚焦视角、自由直接引语的话语模式，拉长读者与人物之间的距离，使"我"的叙述真实可信，形成冷峻的风格；在小说的最后，又往往让叙述者的可靠性失控，将读者带入魔幻的空间，在压抑的空间景观中追寻一分洒脱。

班宇的新的短篇小说《于洪》，发表在《芒种》2019年第11

期，他在叙事策略与结局的处理模式上做出了大胆尝试。这种新尝试体现在班宇将社会体制转型时期的观察放在了20世纪90年代的转业分配，以"我"作为第一叙事视角，等待转业安置展开情节。"等待"的过程是小说人物心态转变的过程，与以往部队生活相比，现实社会满是心酸，"劳务市场，人山人海，各怀技术，斗志昂扬，但我一到那地方就泄气，张不开嘴，话一句都讲不出来，转了半圈儿就又回来。返程的车上，内心沮丧，反复在想，当兵这几年，没学到啥本事不说，就剩下这么一点儿精气神，怕是也要耗尽了"。现实与情感的追问使小说中的"我"陷入反思，面对母亲期待的目光与人才市场的遭遇，"失落者"的形象浮出水面。抗洪一代的现实生活境遇为何如此艰难，这是班宇在小说开篇埋下的伏笔，为后面情节的"重合"与"反转"做了预设。

班宇在小说中设置三处"重合"，地点重合、时间重合、事件重合。地点重合："于洪广场""九路市场""铁西商业大厦""兴顺街"以及绕不开的"工人村""艳粉街"。时间重合："九八年抗洪""沈阳的电话号升至七位""千禧年"。地点与时间重合的设置基本与案件一致，使读者与真实的历史案件不期而遇，唤起曾经的记忆，直面令人深省的岁月，在被搁置的历史维度下，有种无力感，但绝非宿命论，班宇在本篇小说中做出了改变。事件重合：小说中讲述的"四一〇大案"即当年震惊全国的沈阳"三·八"大案，需要简单阐述一下案件始末，1999年孙德林、孙德松团伙抢劫载有300多万工资款的运钞车，犯案地点在于洪广场，藏匿地点在铁西区艳粉街附近，抢劫团伙先后用刀、猎枪和手枪杀害16人，犯罪时间长达12年。相同的历史事件在双雪涛的小说《平原上的摩西》中也曾讲述过，而本篇小说《于洪》所呈现的是人物命运重组与变化，班宇的巧思始终停留在人物身上，对于真实事件进行艺术加工，搭建考验人性的窄门与高墙。案件的主犯李德文（孙德林）、李德武（孙德松）两兄弟在本篇小说中仅作为情节发展的背景，班宇要描述的是"我""三眼儿""陈红"三者所建立的关系。叙述者"我"退伍后与曾经的战友"三眼儿"合伙在"于洪广场"卖烟，而"于洪广场"正是案发地，多条线索指向"三眼儿"有重大嫌疑。"三眼儿"无故失踪，这次失踪很显然是班宇埋下的伏笔，此刻"三眼儿"成了谜团的中心，小说就此开启了的悬疑视角。当我们都在疑惑"三眼儿"是否参与作案之时，班宇安排"陈红"登场。"陈红"本是主犯李德文（孙德林）的前妻，案件爆发后隐匿起来，后以商人身份出现，不知情的"我"与"陈红"相恋并产下一子，直到发现"陈红"的真实身份——藏匿李德文（孙德林）赃款的人——正是"陈红"。人证、赃物、犯罪嫌疑人悉数到场，故事应该可以告一段落了，唯有"三眼儿"的下落是小说仍保留的悬念。通过文本分析我们可以得出，"三眼儿"的人物形象，一直被叙述者"我"所建构，"三眼儿"的人设是"在部队时期，三眼儿手欠，却从来不拿沈阳人的东西，只欺负那些别的地方来的，对我们还是很大方经常买烟，四处散，所以也说不好他到底咋想的"，"三眼儿"除了游手好闲、惹是生非的一面还有义气的一面。"三眼儿"的消失，为小说悬疑部分增添神秘色彩，当所有证据都指向"三眼儿"时，不能忽略的问题是"所谓"证据或是线索的提供者,然而讯息的提供者正是叙述者"我"。"我"在于洪广场偶然间见到关于作案期间出现的摩托车,警察找到"我"询问"三眼儿"的消息,无意间联想到"三眼儿"在部队曾做过侦察兵,因纪律问题后被退回,在案发现场出现过,具备单兵作战的素质,案发后第一时间逃匿,姐姐的婚礼也没有出现,以上的供述形成了一个完整的证据链。证据面前似乎无法反驳,一系列的推理都验证了"三眼儿"的犯罪嫌疑,此时"三眼儿"出现了,班宇再次展示了驾驭故事的能力,安排"三眼儿"与"我"在医院门前相遇,将"我"与"三眼儿"互换叙事视角,这样透过"三眼儿"的第一视角,班宇为读者讲述了故事的一个全新版本,完成了小说最为华丽的转变:作案人是"我"而并非"三眼儿",退伍后等待专业分配的"我",联络了案件主犯李德文(孙德林),谎称自己是李德文在军队的部下,相约在于洪广场被邀入伙,因在于洪广场买烟负责收集情报,李德文核实身份时,谎称自己是郝鹏飞也就是"三眼儿",这样一来即便案发,自己也便于摆脱嫌疑,计划天衣无缝,百密一疏的是李德文并没有按照约定一同销赃,而是将赃物转移给了"陈红",这也解释了"我"主动接近"陈红"的原因,最后"三眼儿"用匕首顶住"我"的颈部一起走进医院。显然班宇还是留了一个开放性的结局,究竟是"我"还是"三眼儿"参与了犯罪?我们不得而知。班宇给出的回答是:"这是一场面向寂灭人生的巡礼,也是一个限知视角下的悬疑故事。'我'在这里向你诉说'我'的生活、爱人、朋友,包括于洪广场的谋杀案,但你,是否应该相信

'我'的诉说？"

小说的题目叫《于洪》，于洪亦有"御洪"之意，曾经奋勇抗战在一线的抗洪战士如何独自面对现实的巨浪，班宇为我们重新开辟了一种观察"小人物"的视角，故事依旧充满悬念，在生存境遇与精神困境面前，没有审判者，只有讲述者，正如小说中女主人公郝洁一生磨难，却将命运视为修行，在笔记扉页上写着这样的诗句：

> 这世上没有一样东西我想占有。
> 我知道没有一个人值得我羡慕。
> 任何我曾遭受的不幸，我都已忘记。
> 想到故我今我同为一人，并不使我难为情。
> 在我身上没有痛苦。
> 直起腰来，我望见蓝色的大海和帆影。

郝洁的温暖与阳光，才是隐藏在文本背后的班宇，"如果非要拒绝什么，不能拒绝真情"，雷蒙德·卡佛这位美国"简约主义"大师对于写作和人生的参悟深深影响着班宇的创作，班宇将这份"真情"散落在小说的各个情节之中，晕染出人生苍凉的底色，拼凑出"小人物"复杂的情感世界。《于洪》亦可以被看作是东北经验的再一次讲述，但对于那个时代的讲述不仅只属于东北，或许每个人都能从斑驳的故事中窥见自己的生活，或者身边人的生活。

后现代构建：
赵松小说集《伊春》的"不确定性"美学

摘要：赵松的小说创作始终保持了一种对"人"的自觉关注，2021年出版的新小说集《伊春》展现了新世纪以来在"高速""剧变"环境下的"人"的生存状态、精神症候，其中对数字媒介虚拟化所带来的交流方式、人际关系变革的关注，是其小说新颖之处。赵松以"不确定性美学"作出艺术特质上的回应，其模糊不定的叙事构建方式、漂浮黏稠的审美氛围，弥合形成了一个"不确定性"美学的闭环。本文在后现代主义视域下，分析《伊春》小说集的叙事方式、艺术氛围以及精神内蕴在"不确定性"审美上的互文作用，并站在中国当下文化需求的基础上，挖掘其审美价值和后现代建设性向度的意义。作者试图为我们提供处理现代焦虑、重建精神家园的可能，但这并不是赵松小说可以表达的全部意义，我们的人生亦不必寻找统一的、确定的"答案"，就像赵松的小说本身——探索和体验才是我们要做的事，故事和人生一样，都需要我们的积极参与和构建才能完成，这正是"不确定性"的魅力。

关键词：后现代主义；不确定性；《伊春》；赵松

后现代构建：赵松小说集《伊春》的"不确定性"美学

在中国当代本土作家的划分中，赵松似乎是难以被明确归类定义的：从地域身份上看，赵松会被称作"东北作家"，从其写作起点上看，他又被认知为先锋写作群体"黑蓝文学"的成员，但他本人都在不同程度上否定了这些划分。其带有回忆记事性质的随笔《抚顺故事集》（2009）是很多读者打开他文学世界的初始选择，这种选择却也会为他带来各种各样的标签。然而，无论赵松以什么样的方式走入我们的视野，他的创作始终保持了一种对"人"——特别是新世纪以来在"高速""剧变"环境下的"人"，以及"人"的生存状态的自觉关注，赵松相信小说应该"以更为复杂丰富的文体方式呈现一个普通至极的人的极具感染力的存在状态"，[1]而"生命的有限性，决定了人对于自我存在的理解并非不言自明的，而是充满了不确定性的"。[2]消费社会所带来的价值颠覆从20世纪90年代开始，走向当下已不再新奇，数字媒介普及所导致的变革已开启新一轮的"颠覆"，在新的社会变革下，后现代语境中的"不确定性"愈加凸显，人对自我存在的理解将更加模糊、疏离，甚至面临意义消解的危机。小说集《伊春》正是在这样的观照下，集结了近十年来作者创作的十个短篇，以"不确定性美学"的特质表现并回应当下人的生存状态，这体现出他构建审美的后现代性尝试，并在文本的灵魂深处接通了一种普世性的人文关怀——在高速

---

[1] 赵松：《用灵魂衡量的小说预留了足够的世界》，《上海文学》，2022年第1期。

[2] 同上。

世界挤压下的个体该如何"减速",如何审视人与人淡漠又紧密的关系,又该如何寻找生存的独立空间?然而这并不是赵松小说想要表达的全部可能性,我们需要真正浸入文本去"体验",故事的另一半就在这种体验中不断由读者进行参与、构造并完成,这正是"不确定性"所带来的美感。回到开头,关于赵松其人其文,或许不被定义就是最好的定义。

一、后现代主义及其语境下的"不确定性"

后现代主义作为一种文化思想潮流已经广泛弥漫于全球,渗入到包括文学、艺术学、社会学、心理学等在内的多个研究领域,甚至人们社会现实生活中的各个角落都会有其影子。但有关其定义和兴起的问题依然无法被学界明确阐释,其内涵和相关理论也在漫长的辩论、泛化中演变得难以精当表述,尽管同属后现代主义阵营,但思想家们各执一词的状况非常普遍,究其原因,与其"不确定性"的本质内核也有密切关系。柯勒说:"后现代主义并非一种特有的风格,而是旨在超越现代主义所进行的一系列尝试。"[1]在这一基础上,我们可以对后现代主义产生如下认知:后现代主义是建立在对现代主义的超越上,追求多元性的、消解中心的、反本质的、解构的、偶然无序的、不确定的等特质的一系列尝试。朱立元概括后现代主义思潮为

---

[1] [美] 米歇尔·柯勒:《后现代主义:概念史的考察》,《美国研究》,1977年第22期。

后现代构建：赵松小说集《伊春》的"不确定性"美学

"后现代社会的产物，它孕育于现代主义的母体中，并在二战以后与母体撕裂，而成为一个毁誉交加的文化'幽灵'，徘徊在整个西方文化领域"。[①]正因它建立在对现代主义及传统的反叛上，人们或许更多关注它叛逆、消解，甚至走向虚无主义的决绝姿态，但实际上从审美体验出发进行观照，后现代主义会给予我们全新的视野和感受，而且，到了20世纪80年代，后现代主义已经展现出更多的包容性，特别是90年代以大卫·格里芬为代表的建设性思维向度的一支，他们重拾"主体"，对现代主义进行扬弃，将后现代主义富有批判精神的眼光和建设性意义的内容加以宣扬。挖掘后现代主义的审美价值及其建设性向度的意义，这也是我们站在当代中国文化需求上，应予以利用和思考的。

伊哈布·哈桑的《后现代转折》[②]将后现代主义特征于文学领域进行剖析，他认为"不确定性"是后现代主义的核心构成原则之一，刘象愚将"不确定性"视为后现代主义小说重要的审美表征之一[③]。在接受美学的视域下，伊瑟尔认为"不确定

[①] 朱立元：《当代西方文艺理论》，上海：华东师范大学出版社1997年版。

[②] 伊哈布·哈桑的著作《后现代转折》，出版于1987年俄亥俄州大学出版社，这本著作表现出后现代主义的研究在文学艺术领域日益深入，其独到的见解、精妙的视野赢得文学理论批评界的肯定。参考版本：台湾时报文化企业1993年版，第168页。

[③] 刘象愚：《从现代主义到后现代主义》，北京：高等教育出版社2002年版，第15页。

性"是引起文本"召唤结构"①的直接要素,经过读者对文本创造性的积极参与,可以达成或接近或不同的意义。文本的能指和所指不再由作者的单一"霸权"被固定下来,而是将二者断裂开来,使文学作品成为作者与读者之间的"动态交流形式"。解构主义也十分青睐"不确定性"这一概念,文学文本的意义是不确定的,德里达用"异延""补充""播撒"等状态描述文本意义,文学本身的含混性也会让它们承载各种合理却不相容的阐释,由此让文本意图的构建无限制地扩大。因此,本文所讨论的"不确定性"是指在后现代主义特征下,小说在文本本身(创作手法、叙事结构、审美意蕴等)以及读者接受方面,均不含有明确的指向性意义,而是处于一种开放多元的不稳定之中。表现在小说创作上,则是情节变得简单、模糊不清甚至被消解,所描绘的现实与幻境难分难辨,人物、对话、空间环境表现出强烈的符号化倾向等,从而达成叙事建构的多重性、多元性甚至矛盾性;表现在审美氛围上,则会体现出一种模糊迷离、漂浮不定的气质;表现在内蕴精神上,各种阐释则需在读者的积极参与下完成,文本变为一种读者的体验和感受,而非明确的意义指向。

纵观后现代主义从诞生到传入中国的历史背景,其外在社会现实不断在发生改变,"人"对于自我认知及存在方式的思考

---

① 参考朱立元的《当代西方文艺理论》,"召唤结构"和"流动的交流形式"来自于W.伊瑟尔的阅读理论,指文本具有一种召唤读者阅读的结构机制,"不确定性"可以唤起读者填补空白,连接空缺,这是由文本自身的结构所决定的。

也始终在继续。两次世界大战让西方的现代文明瞬间坍塌，人的精神和信仰也随之流离失所，工业革命的齿轮永不停歇，人类变为社会流水线上的机械零件，人像商品一样被选择消费，像工具一样被迭代淘汰，身处其中，人该如何重建精神家园，重构自我主体？当中国被纳入全球化体系，这些问题逐渐成为每一个现代人亟须面对的共同焦虑。新时期文学以来，"先锋"派、"新写实"以及"新生代"小说等，都从不同侧面、不同程度地参与到带有某种"后现代"特征的创作尝试中来，这不是对西方技巧的简单模仿，而是作家们对中国现实政治、文化心理需求的回应。然而由于中国对西方文化的特殊接受条件，现代与后现代自从进入中国，就始终杂糅交织，结合中国本土社会现实、文化特征和文学传统，它们形成了一种多元激荡、共生共存的文学生态图景。因此，虽然我们以后现代视域研究赵松小说的审美特点，但其作品中多种流派风格和技巧的共生状态依然鲜明，其文本背后阐发的对"人"的关注，也是符合"现代性"对"主体"构建的期待的。深入赵松的小说集《伊春》，我们可以在一个个极其个性化的体验中拼凑成一幅普适性极强的精神重建地图，尤其在表现互联网时代下人的关系的虚实相映、冷漠疏离上，显现出作家对新社会语境下精神症候的准确把握。然而无论是自我和解还是逃离悬置，地图或许没有终点，我们的人生亦不必寻找所谓统一的、固定的"答案"，就像赵松的小说本身——积极的探索和体验才是我们要做的事。小说的这种内在精神指向与其叙事方式的模糊性、审美氛围的黏稠性，弥合形成了一个"不确定性"美学的闭环。本文尝试在后现代主义视域下，从《伊春》的叙事构建切入，分析小说艺术氛围和精神内蕴在"不确定性"审美上的互文作用，以及赵松对"人"的精神和存在的关注，站在中国当下文化需求的基础上，挖掘其后现代审美价值和建设性向度的意义。

二、模糊的边界：幻想与现实

从五四时期开始至今，中国现当代小说的主潮始终是现实主义。在这种文学传统中，作家们致力于塑造一个对现实世界还原度极高的文本，甚至成为某一时期的社会风俗画、历史复现图，并力求对自然历史规律进行认识。其中所呈现的"现实"是稳定凝固的，清晰易辨的，其"真实感"会让我们误以为小说中的故事都是真实发生过的。但打破真实与虚构的壁垒则是后现代主义所要做的——我们看到马原在"元小说"中轻易地揭开了虚构性的面纱，并大声地向读者宣布；莫言数次将有关自身的信息交织于小说之中，消解故事的真实性。现实和它的对立面"虚构"走向了重合，现实和虚构的界限变得模糊不清、交织交融，处于"幻即是真，真即是幻"的状态，[1]此种尝试导致了小说确定性的土崩瓦解。在《伊春》中，梦境、幻觉与现实经常交织缠绕，让我们无法辨认文本中的现实世界究竟是何种模样，身处其中的人物又经历了何种遭遇，甚至文本中的人

---

[1] 胡全生：《英美后现代主义小说叙述结构研究》，上海：复旦大学出版社2002年版，第175页。

物和事件本身可能并不存在，一连串的叙述或许只是人物意识流动的内容。作家模糊现实与幻境的边界显然是有意而为之，这种模糊赋予小说文本强大的张力，幻觉和梦境背后，是焦虑欲望的惊涛骇浪在平静无澜的现实水面下潜藏，时不时就要撕掉伪装，喷薄而出。真正的现实总是虚伪的，而幻觉与梦境才是更为真实的"现实"。

这种幻境与现实边界的模糊，有时体现在现实与记忆的脱节和不一致上，比如《鲸》中的"他"认为自己从未给陌生女人打过电话，但翻看通话记录却发现自己确实在深夜一点半拨号了，人在极度非理性状态下做出的事，往往不会被清醒后的自我所认同，极度的空虚和孤独让"他"做出越界的怪异举动，而理性意识出于对自我的保护又对这种"孤独感"拒绝承认；有时也表现在人的超感力上，比如《公园》里的男孩认为自己可以和玩具以及鱼池里的锦鲤说话，而且它们可以听得懂，他还试图把这个能力教给玩伴，并要求她在他离开后陪伴鱼儿说话。这个情节本身看上去是非常不可靠的，但作者巧妙地把对象设置为小孩子，又使其增加了几分真实。因为我们通常认为儿童的感知能力是远超成年人的，他们的五感是更通透的，莫言笔下"黑孩儿"那发达的感官，让他能看到透明的、金黄的胡萝卜，这种情节可以自然地让读者感受到神秘感下的真实，和真实性下的神秘，能和鱼对话交流的少年，倒也让人不足为奇了。

赵松在《伊春》后记中说，"在《凤凰》里，主要写的是一个女孩对一位中年同事加领导的暗恋以及那种精神上的父亲般的依赖感"①，在阅读该文本的时候，我们可以明显感受到"不确定性"带给文本的巨大张力和审美价值，因此，我们是否可以做出另一种解读呢？

在《凤凰》中，人的幻觉塑造出了第三重世界，我们无法分辨"他"究竟是作者在说话、在构建现实，还是人物在说话、在描述幻想，第三人称视角下全知全能的叙事权威被消解，文本中的能指和所指总是处于漂浮的不稳定状态，时间叙事被打破，形成一种"拼贴"的碎片化结构②，文本中充斥着混乱的时间、空间以及人物，由此来解构世界的有序性和完整性，我们亦无法在这种不确定性下对情节产生信任，这让文本的可探索性大大增强了：整篇小说讲述了一个以"他"和邻居家14岁女孩躲避现实，外出旅行为线索的故事。开篇的场景是在旅馆内，"他"是独自一人，接着突然写"那个小姑娘在床上睡着，把自己紧紧裹在毯子里"，后文"他"又在短信中提到"我甚至觉得她们中的某个人还会跟我住在同一个房间里"，这又一次证明他是单独一个人的。由此我们无法确定"旅行"是否真实，尽管真实，也无法确定这是否是同一场"旅行"，而小姑娘睡在床上究竟是发生在"他"家里（因为女孩总去他的家里玩耍），还是发生在旅行之中。此外，作者还描述了两个女人，一个女人也在外出旅行、看佛像，是"他"的下属，并和"他"发短信；

---

① 赵松：《伊春》，上海文艺出版社2021年版。
② "拼贴"的手法和碎片化的结构是后现代主义、解构主义常用的解读文学或其他文本的基本策略和方略。摘自朱立元的《当代西方文艺理论》13章第3节。

·后现代构建：赵松小说集《伊春》的"不确定性"美学·

另一个女人会经常给"他"写信。但作者又通过细节，在一定程度上消解了这两个女人存在的真实性，先是以小女孩的口吻说"他"根本无法证明，也不屑于证明"短信女人"的存在，而关于"写信女人"，作者说"他"查看着房间里的信件，发现有37天没有来信了，准确的数字看起来让人信服，但随即作者又写"信封上永远不会留下发信的地址"，这种非常理的做法又让人觉得无法解释。这些女人像一个个幻影，极其模糊，我们不禁要问，"他"是真的在与人发短信、通信吗？还是这一切不过是"他"过度孤独下喃喃的幻想？然而，"他"曾去过一个老旧小区找"她"，"她"的父亲也与"他"产生了一段对话，看起来是十分真实又充满生活细节的场景，然而这个小区的破败不堪中却总是盛开着漂亮的夹竹桃，这和"他"儿时记忆中家门口夹竹桃的印象发生了重合，这个小区是否也只是"他"精神家园的象征呢？在短信中，"他"说："在一个瞬间忽然有些恍惚地看到，你正坐在自己家的沙发上，而你的脑袋上面，有个很大的乌鸦窝，里面有好几只小乌鸦，它们在叫着……""他"的幻觉如此真实可感，坐在沙发里的已经不是"人"，而是一种感受，孤独感达到极致的时候，人或许成了树，甚至变成了死物，连乌鸦都可以在上面富有生气地筑巢安卵，这种生命活力的对比将孤独具象化，而"乌鸦"所代表的死神、厄运等意象也随之进入我们的脑海里，一种凝滞、死寂的体验形成了独特的氛围，环绕在文本之中。小说情节越发展，幻想和现实也愈发混乱，作者不停地进行建构，又再不停地做出消解，我们已经无法辨别不同的情节，究竟是发生在哪个"她"身上，也无从知晓她们是否是同一个人，而她们又是真的存在吗？那个"她"生活过的老旧小区和夹竹桃树或许仅仅只是"他"儿时美好愿望的寄托、精神故乡的回归，"她"的出现和"分身"不过也是"他"处于极度孤独中幻想出来的精神依靠，那个14岁的"叛逆少女"和"他"同病相怜，也许也是"他"自己的分身呢？幻觉和现实之间根本没有明确的界限，没有任何的提示和标志可以让它们停下，就这样永无止境地来回穿梭。

当然，这种"不确定性"的审美特质让文本具有更多的可能性，我们也可以选择信任作者的叙述，将这些人物全部视为真实存在着的："短信女人"和"小姑娘"都有着不幸的家庭，缺失而无法完整的爱，她们二人从未相见过但却在精神上达成互文性，小说末尾处描写了"他"的梦境：一个秃顶老男人拉着姑娘跳舞，住在学校的姑娘在风中捏着纸条。这个梦境是对现实中"她们"的回应，年长的"他"对于她们来说，是"父亲"能量与爱的象征，是她们填补内心世界情感空白的一剂良药。但从另一层面上说，梦也可能回应的是，"她们"不过是"他"的一段幻想而已。然而，无论对这篇小说做出何种阐释，都会增强文本"不确定性"的审美力量，"情节"对于赵松的小说而言，本就是无关紧要的，在阅读后所留下的对"人"精神状态及存在状况的体验感，以及对文本内蕴和表意无限探索的乐趣，才是赵松想要带给读者的。

三、虚拟的符号：人物与语言

当下社会的新一轮颠覆性变革，是由数字媒介的普及带来的。赵松敏锐地抓住了新的时代语境下人际交往和交流的痛点，我们发现《伊春》这部小说集更倾向于把人物的交流安置在各种屏幕话语的媒介上，通过QQ、短信、邮件等数字媒介标记人的身份并展开对话，从而代替面对面的情感交谈。在这一过程中，赵松将人物的身份、语言对话的意义等都抛入"不确定性"的汪洋大海，变为一个个虚拟的数字符号，于海上漂浮的仅剩零星脆弱的连接。人类像终端一样通过数字信号连接情感回路，其跨时空性可以让数字媒介像传统媒介那样帮助人类打捞沉没的记忆，跨过时间的迷雾，记忆的回溯和构建成为可能；然而，没有地域空间限制的交流在范围上无限扩大的同时，似乎也在宣告"深入性""沉浸式"交流的过时与破产，以及交流主体真实性的解构，人类的情感交流愈趋于空洞无聊的重复。我们试图通过数字接入世界，但这种媒介却无法给予个体更深层次的社会认同感，交流本身及其主体的"人"逐渐成为虚拟空间中的一串代码符号。

从交流对话本身和语言叙事来看，赵松的语言和叙事结构是碎片化的，不稳定的，有时语言传递信息的基本能力都被加以消解，而这种破碎性、消解性的阅读体验却恰好能回应当下社会人与人之间交流互动的脆弱连接，以及情感的飘忽不定。首先，从语言本身的意义出发，人类的情感交流本应是有显明的目的性的，但在赵松的小说中我们无法确切捕捉这种目的性，特别是在虚拟的媒介之下，交流的意义变得愈加漂浮不定，有时候甚至是无意义的。比如本书同名短篇小说《伊春》中的一段QQ对话：

　　嗯。
　　嗯？你在敲钟吗？
　　这是开始了？
　　什么？
　　没什么，要是你想，就开始吧。
　　没有，我得先睡会儿了。
　　嗯。

　　虚拟媒介下的交流丢弃了惯例的沟通意义，我们试图在这段对话中寻找有助于情节走向和人物塑造的作用，但显然赵松挫败了我们按图索骥、寻求答案的愿望，我们甚至连这段对话本身的基本指向是什么都说不清楚，这种碎片化、无意义的语言，也是后现代小说的典型表达方式。随着我们期待的确定性答案落空，人际关系的淡漠和疏离却在"不确定性"中呈现出来。其次，叙事结构的拼贴和穿插也弥合了这种"不确定性"氛围，《伊春》在叙事中不断拼凑插入Y和S的对话，还有Y转发给S的关于Y和Z的对话，以此打乱叙事的节奏和情节的完整，这种阅读体验的破碎感，也回应了人际交往中被网络延时所打断的现实状态："当我打出这个几个字时，其实某种隔阂就有了。""我的那些，则像是敲打在金属板上的，带着毛刺。我们这不是对话,倒像是自言自语。""每天当我重新打开这个窗口,翻翻过去的记录,我就会觉得是在看别人的,而不是我的。"……人物的这些感受来源于网络交流延时性的直接作用,当对方不能及时回复的时候,人们的内心就会产生不确定感与焦虑感,情感的双向流动也由此变为单向的。后现代主义思想家鲍德里亚认为"传媒的介入中断了人的内省和人与人相互间的交谈。大众传媒的播出是单向度的,不像对话那样有情感性的交流回应"[①],这也是当代人缺乏有效交流、封闭心灵和导致误读、误解的现实困境。

从交流主体的"人"来看,现代媒介的虚拟性和不确定性不仅带来了交流的阻遏和对话意义的消解,同时还使交流主体——也就是"人"的真实性、稳定性退居到可有可无的状态,其身份可以是虚拟的、随机的、流动的,这在传统的交流模式中是不可想象的。"有的时候,因为闲着没事儿,他会找到某个朋友的手机号,然后改变其中的一个数字,发个短信。要是对方回复了,他就会聊下去,直到对方无语为止。"(《南海》)"你在那里,我在这里……我可以是任何人。你也可以。"(《伊春》)。交流成为驱赶孤独、确认自我存在的手段,至于交流的对象是谁,是人们所不在意的。《伊春》中的"他"可以跨越城市寻找一个"他"根本不认识、身份不确定、住所不确定的网友,这个人或许即使"他"见过,也都无法相认。但"他"却

[①] 有关后现代主义思想家鲍德里亚大众传媒理论的阐释,摘自朱立元的《当代西方文艺理论》15章第8节。

觉得"无所谓的，随便你是哪一个……"甚至对方都在"一直配合他的想象"。人物这种神经质的、不符合常理的交流选择，是为了寻找确证自我存在的方式，以及排解内心孤独的手段，交流的对象和主体因此而被边缘化、工具化。在高速挤压变形的现代社会，人们通过这种荒诞的交流方式，为自己在闭塞的角落寻找精神生存的空间，现代媒介的虚拟性为人们的心理需求提供了载体，但同时也创造了这种将人异化的交流模式。除此之外，虚拟的媒介运用还可以实现交流者身份的虚构和造假，交流者身份的真实性无从依附，身份成为虚拟编造的故事，情感交流成为游戏愚弄的对象。"她叫什么，他是无所谓的，反正都一样，明天她会换另一个名字。"(《爸》)《伊春》中十七岁的女孩有着丰富的网恋经验，她会根据聊天对象的喜好编造自己的身份、照片和经历，如果对方认真了，她则会突然消失。S遇到的女孩叫"伊春"，但其实她的名字是经常改变的，最短半个月，最长一年，她觉得"换个名字就能换个活法"。无论是被动接受其虚拟性，还是主动创造其虚拟性，数字媒介都可以满足人们的精神期待，在当下社会，人们不需要真实性，更不想要真实性。

我们发现作者偏爱于描述不确定的人物形象，"看不清脸。挺柔软的一个人。轮廓有些模糊，好像随时都在变换形状。"(《爸》)此外，许多故事中的人物是没有姓名的，大部分都是些让读者难以辨认身份的"他""她""你""我"，或是一些英文代码，他们围绕着一段似有还无的情节，喋喋不休地说着，想着，这些人称代词的所指经常处于断裂、漂移的状态，彼此之间相互指涉，互相缠绕，让它们变为一堆可以随意改变代替的符号，而任何一个符号都不是固定的。《南海》中设置了多位女性，"你"是心理咨询师，"她"是太太、平面模特、老陈的暧昧对象或是已故的女友，她们和"他"与"机场"有不解之缘，围绕着"机场"和"旅行"，作者不断地进行着无缝的转场切换，有时她们彼此独立、性格各异，有时她们混乱不堪、合而为一，我们不得不将这些眼花缭乱的符码搁置，透过重复的台风新闻、差不多的电视播放内容、旅馆奇怪服务员的话，以及已故女友遗言中"我就像你的孩子"和心理咨询师口中的幻觉"怎么搞得像是我生了你呢"等等"解谜"线索，我们只好把叙述者的话当作精神错乱者的呓语，作者将人称符号任意结合置换，在空白地带设计叙事迷宫，又在微弱线索的关联中消解人物的稳定性和解谜的焦虑，这些人物的虚幻不定，回应着当下社会人和人关系的脆弱连接，以及种种精神重压带给人的迷茫感、荒诞感。有趣的是，在不确定的人和对话之中，我们可以捕捉到很多确切的细节成分，比如《伊春》中一段Z和Y的对话："Z：没有，我讨厌我自己。Y：为什么呢？Z：不为什么。（到这里出现了十分钟零十五秒的停顿，然后才继续下去）对不起，刚才我爸过来了。"我们知道在QQ等聊天程序中，两条消息之间的间隔时间如果过长，就会显示在屏幕上，但一般都是精确到分钟，而不会有秒数的计算。这里作者明确写两人的对话间隔了"十分钟零十五秒"，这种超越常识的精准计算，反而更加突显出叙述者的不可靠性，或者只是孤独等待中的人对时间流逝的虚构性刻画和精神隐痛的外象表现。

在《伊春》的小说世界里，赵松消解了人物的名字和语言的意义，通过切断故事的时序性造成阅读体验的破碎，由此我们可以感受到小说叙事手法对于展现其艺术气氛的强大力量，"不确定性"在人物、语言及文本神经中到处游走漂浮，"在这里，人与世界、人与自我、人与他人的对立似乎消失了，似乎不再有主体与客体的对立，不存在超越性和深度性，不再有舞台和镜像，只有网络与屏幕，只有操作的单向涉入和接受的被动性"[①]，赵松将当下社会交流沟通及其对象的荒诞虚幻、人类精神世界的孤立无援，巧妙地弥合在"不确定性"的美学之中。

四、漂浮的空间：环境与氛围

赵松对于环境和人物活动空间的构建、小说氛围的把握，具有强烈的内在联系性，他们是小说"不确定性"审美成功构建的有机组成部分。赵松曾谈到，"在日常生活里，人的存在状态其实会清晰地投射到其生活的公共和私人空间里，投射到其所使用、接触甚至观察过的所有物品那里。因此所有与某个人相关的空间与物件里自然会包含着其个人信息并反映个人的存在状态，它们拥有强大的叙事功能"[②]。在一个个不确定的、漂

---

① 引自朱立元的《当代西方文艺理论》中对鲍德里亚后现代大众传媒理论的探讨，参考自让鲍德里亚《交流的迷狂》一书，发表于纽约，1988年版第12页。

② 赵松：《用灵魂衡量的小说预留了足够的世界》，《上海文学》，2022年第1期。

浮的空间中，"人"的不安、焦躁与恐惧被读者慢慢感知到，体验到，无论这些空间是什么，具体代表着什么，最终的指向仍是作者对大时代下的小个体的精神症候和存在处境的关注。

小说构建了很多流动漂浮的空间，这些空间具有强烈的流动感和不稳定性本质，包括机场、火车、旅馆、出租车等。往往此类外在环境意象与人的游离感状态紧密相连，是人物追求稳定的心态外现。在社会体系中他们总是处于一种游离状态，无所适从，找不到自我存在的位置和自我价值的实现方式，对存在和价值的意义感到怀疑甚至虚无。他们对"旅行"表现出态度上的关注，或是认可或是讨厌，而他们总是不知道何去何从、目的地是哪。比如《爸》中的"他"，"检票员在敲门，同时问他去哪里？他说还没想好，让他再想想……"还有《伊春》中的对话："你在哪儿？火车上。要去哪里呢？不知道。"赵松习惯将这类"游离者"以"无目的"的状态，放入极其动态而不稳定的空间之中，此时人物会产生微妙的"确定感"，以此来构建精神的避世之湾。"机场"是作者非常偏爱的场景，"在机场里，你什么都不用做。你才能充分感觉到什么是悠闲"（《鲸》）。"他觉得你就像这座巨大的机场一样稳定，什么都装得下，又不会被占据。"（《南海》）在这里，"机场"成为人们躲避现实的重要一环，外在世界的拥挤喧闹可以在机场中获得完全的剥离，机场作为连通地域的交通纽带，注定要承载成千上万的人流量，然而在机场目睹他人为特定目的忙碌地拨打电话、奔跑、叫嚷，会让没有确定性目的的人感到额外的放松，在对他人的"凝视"和"观看"中，为主体的生活按下"暂停键"，正如《南海》中说的"他觉得你就像这座巨大的机场一样稳定，什么都装得下，又不会被占据"，机场对于人物来说有一种"稳定感"，但这种稳定其实是在庞大外在世界的"不稳定"中的微弱一角，对这种"稳定感"的追求，更突显出人物内心的游离感与不确定性。作者还在《鲸》《伊春》《南海》《爸爸》等多篇小说中写到了关于乘坐出租车的体验，在这个狭小而密闭的空间里，司机作为一个他者而存在，不会让处于其中的人保持完全的放松，偶尔还会因为"后倒车镜里露出的那双眼睛"而感到交流碰撞的尴尬与失语。然而，坐在动态行进的出租车中，又会让人感受到时间的凝滞与气氛的黏着，动态的、不确定的事物会更显示出人本身的静止，身处其中意识会随之飘远，进入自我的空间。在这样的空间中，人可以得到精神的放松，也会觉得终于抓取到了漂浮流动之中难得的确定感。

作者笔下还有一类试图追求"不确定感"的人，他们厌倦稳定的、一成不变的事物，将"未完成""不稳定"状态作为松懈精神、释放压力的方式。《公园》中的女人，十分迷恋公园的"未建成"状态，当公园未完工时，她下班后的第一件事就是去散步，"弯曲的路径""散乱的材料""突兀的假山"，让她感受到审美和精神上的愉悦，每当它发生一点变化，她就会在写生本子上填上一笔。可是当她发现公园建成时，她深觉它的"丑陋"，是因为它被塞满了。这种稳定的感觉让她觉得几近窒息，此前对这种不确定性的微妙期待，全然不复存在，她只好把写生本撕毁扔掉。原生家庭中母亲对她的控制塞满了她的生活，让她无法透气、不寒而栗，这种精神的枷锁让她觉得自己被捆绑、被束缚，因此那种"未建成"状态哪怕是杂乱无章的，也会让她感受到自由、新鲜以及精神重压的释放。就像她那空无一物的家，除了床和一些书，什么都没有，"有时候她甚至会觉得，这房子，就是她自己。她不能忍受任何有可能会带来家庭氛围的东西，她要的只是空的空间"，她被生活的琐碎、亲情的枷锁填得太满、束缚得太紧，只有这种"不确定性"的空间才会让她感到舒适放松。

而作者为不同的人物设置了不同的"家"的状态，"家"这一独立而自有的空间往往是人物精神的最后避难港，其承载的意义也是不确定的，多元化的，比如《凤凰》中的他就和《公园》中这个女人截然相反："他家里就这样被各种东西塞得满满的。他喜欢这种放眼望去到处都是东西满满的感觉。"对他而言物品是填补内心空洞的安全感和充盈感；而《南海》中的他却十分喜欢在家中堆砌无序之物，特别是那些容易腐烂干瘪之物，诸如香蕉、橙子等，它们不仅可以帮助他对抗日常生活中陈冗而沉寂的有序，还能代替他去"腐烂"，缓解他对于消亡的恐惧。赵松对于"家"这一空间的塑造从不是固定下来的，它的替代意义多元而复杂，这些环境或许并反映现实真实的，但却是人物内心世界某种体验和情绪的外化折射与具象呈现。无论是焦虑恐惧，还是孤独迷惘，种种精神隐痛被浸泡在小说的气氛之中，那种对于人生方向感的失控、精神与情感的失焦，都在一个个"不确定性"词语的塑造下，成为小说氛围千丝万缕的组成部分。作者90多次描述"烟"，以及抽烟的状态和感受等，这是赵松小说常用的一个意象；49次描绘"浮"，包括"浮肿""漂浮""虚浮"等等；除此之外，34次谈及做梦或梦境，14次使用"柔软"，都是描绘人物，12次描绘"雾"，有时是写环境，也有时是写人。诸如此类的词汇还有很多，乏味、游离、黏稠、冷淡、幽暗、疏离等都是小说中常见的，这些词语的使用使小说整体的"不确定性"审美氛围进一步增强，使文字变成一个个"雾状颗粒"，这种艺术氛围与叙事方式、精神内蕴在"不确定性"审美上的起到互文作用，为读者构建了完整而微妙的精神体验，进而形成赵松小说独特的虚构世界。

结　语

勾勒人物关系、厘清故事情节是现实主义小说的阅读方式，在赵松充满先锋性、实验性的小说中并不适配。因此，当以后现代视角打开文本，我们便不会再被赵松小说中千丝万缕、缠绕交织的文本线索所迷惑束缚，随之而来的"不确定性"美感便在阅读接受中展开自由体验的翅膀。赵松要做的，正是"从更多的角度和更细微的层次探索人的意识之暧昧难明的本质对于叙述方式的深度影响，或许正是因为在人的意识与现实世界之间存在着诸多的不确定性，才使得某种无尽的叙事成为可能"[1]。作者将人的意识、人的关系的模糊暧昧性，于某种"不确定性"的叙事艺术、美学氛围中，抽丝剥茧式地展现在读者面前，它们之间充满了审美上的内连性、互动性，构成了一个

---

[1] 赵松：《伊春》，上海文艺出版社2021年版。

完整的"不确定性"美学闭环。

  虽然文本之内处处体现着后现代的消解性、解构性以及不稳定性，但在其背后，赵松小说的精神内蕴并未走向消亡，它依旧展现了对"人"存在状态的思考：人的工具化、功能化变异不停地与人的自我意识和精神自性进行搏斗，由此带来的各种孤独迷惘，甚至消亡的情绪是新的时代语境下，城市人群的普遍精神症候，而作者依旧为我们提供处理现代焦虑、重建精神家园的可能性尝试。这是赵松基于中国当代文学现实土壤以及城市人群的心理文化需要，对后现代主义中的建设性向度的一种把握，不仅可以规避现代性的弊端，同时又不会走向全盘解构，小说中构建主体精神的呼唤正是建设性向度在文学上的实践，由此，赵松的小说集《伊春》便给予我们双重的力量，它不仅具有后现代主义的审美价值，还展现了观照人类社会精神生活的普适性现实意义。当生命的状态愈发被外在世界的声音、社会规则的限制所裹挟，回到个体化的状态、找到自我主体的独特认知方式，是我们必须要构建和厘清的基点，只有找到个体的存在可能以及其在社会中的位置，构建起健康而有意义的精神生活，才能更好地开创社会、体验世界。

隐匿的现实与生活的隐喻
——牛健哲《秋千与铁锹》读札

"新东北文学"之"新",并非单纯指向创作题材的丰富与扩展,更重要的是作家在创作观念与创作方法上的创新,强调东北文学发展的多元路径和别具特色的美学表达。就此而言,牛健哲的小说创作以独特的现代主义气质和对人类生存的关怀,为东北文学提供了一种全新的创作经验,他的创作极力追求对小说形式与思想内容的有机结合,为"新东北文学"注入了无限活力。在其新作《秋千与铁锹》当中,牛健哲将对人类精神境遇的深切感受融入进"我"的回忆讲述当中,借助于一个带有内倾化色彩故事的讲述,作者试图揭示人类所面临的精神困境,并给予它正面的回答,从中凝练出关于生活的形而上的抽象哲思。探究现实问题与表现人类情感的创作旨归,使得牛健哲的创作超越了以往的"冷静"形式,在生活的隐喻、情感的象征当中拓宽了表达现实思考的美学维度。

隐喻是《秋千与铁锹》的一大突出特点,作者从文本主体故事和小说形式结构方面同时设置了"关于生活的巨大隐喻"。

小说题名中的"秋千"与"铁锹",从表层看是陪伴"我"度过成长时期的两个"伙伴"。而从深层看,二者不仅共同隐喻了"我"情感的多元与复杂,并分别由"秋千"引申至"废弃的游乐场",由"铁锹"连接起"两代人分别抡起的臂膀",将"我"的故事放置在具有"普世"意义的巨大生活场域当中。小说中,"秋千"是自我的心灵栖居地,象征着美好、柔软与对生活的希望,在暗示着"社会边缘"的"废弃游乐园"中,"我"在"一个还能晃荡的秋千上",找回了属于孩子的"安详"。而"铁锹"兼具着工具和武器的双重作用,它一方面寄托了"我"对父亲的想象,也就是自我防御的强烈保护意识,另一方面又暗含着受外界负面影响形成的失控、绝望的暴戾属性,小说中"铁锹"的两次被使用代表着人生方向的不同选择,面对美好与堕落交织的主题悖论,小说同时给出了分别通往光明与黑暗的两份答案。如果说"秋千"是"我"永恒的追求和向往,那么"使用铁锹"就是不断靠近它的方式与途径,"铁锹"的第一次被使用是"他"替我夺回"秋千",而"我"也由此放下"铁锹","反复重温着他的语调,同时由瓢子里舒展开自己",放下对周遭的防备,试图感受并散发生活中的善意。"铁锹"的第二次被使用是"我"无法接受朋友的背叛与他人的恶意,抡起的"铁锹"是绝望、惊诧、痛苦情绪的凝聚,是重建起的生活信念的解构与崩塌。牛健哲将边缘少年的人生之路拆解成关于"秋千"与"铁锹"的生活寓言,传递出少年成长当中对于孤独、疏离的恐惧,以及对关怀和善意的渴望。小说的另一重隐喻在于,成年后的"我"作为故事的叙述者,具有一种"经验既得者"的寓言属性，此时的"我"已然明确"要是得到些许滋润，也可以期待脉络重生枝叶再现"，于是"立时可享的同情、好感和方便"仍是"我"当下的渴求。作者不断在叙述者"我"的讲述过程中安排其面对听众时的心理活动与行为，如"我"渴望听众，又时刻畏惧被冷淡、忽视，以自嘲的口吻或满不在乎的编造故事的态度讲述个人的创伤和脆弱。这些行为的呈现构成了少年"我"的镜像，成为少年经历的回响。从小说结构来说，不同时期"我"的行为构成了作品的两条线索，主体故事中的"我"与叙述者"我"，共同构成了一个完整的现代人，向往温暖、关爱和一种正向的情感引导成为永恒的希冀与盼望。

隐喻的表达方式是牛健哲创作观念的缩影，他将现实生活潜隐于小说的形式外壳之下，主人公流动的内心世界、被象征符号所指的人生感受、具有私人化和内倾化特点的叙事空间等，都承载着作者对于现实的认知，关于反思、批判、人文关怀的创作意识散落在文本各处。牛健哲善于观察、挖掘和提炼社会现象背后的文化精神、时代问题，并形成他独特的"讲述现实故事"的方式。《秋千与铁锹》当中，牛健哲实现了对以往创作习惯的超越，在秉持现代主义冷峻、理性、旁观的创作风格的基础上，对第二人称的"不自觉"运用以及对"外显事件和动作"描写的酌情增加，为小说增添了理性反思之外的情感温度。牛健哲将现代主义"清醒的理性"气质与作者的情感投射相互结合，并实现完美平衡，《秋千与铁锹》当中充分体现出作者创作上的节制与分寸。作者避免以细致入微的情节吸引读者，而是强调故事本身，用情感来讲述对现实的感悟和生活的思考，书写一种具有抽象意义的人生经验。小说采用第一人称的叙述方式，大量书写主人公"我"的内心独白，在成年与少年双重"我"的自由流动当中，小说打破了传统叙事当中对于时间和空间的限制，以一种非线性的叙事逻辑自由穿梭在对过去的回忆、在当下的反思之中。在一定程度上，第一人称的叙述方式会使得读者以评判、冷静的姿态对"我"的故事进行思考，但作者不断在自我独白中插入与第二人称的对话，这种对话所指向的并非双向的具体言语，而是"我"的意识在"你"身上的体现，"我"的主体地位被极力突出。对第二人称的使用，构成了小说形式与思想内容二者间的强烈互文，自我独白当中所流露出对爱的渴望，正映射在与他人交流的渴望当中，同时也暗含着作者对于"我"的关怀、同情与悲悯。在小说中，"我"与"你"交谈的过程，亦及"你"的回应是什么，或许都不重要，小说所强调的是二者之间的意识流动与心灵沟通，尤其是"我"对"你"的情感期待，和"你"之于"我"的精神寄托意义。《秋千与铁锹》中关于回忆的主体故事是开启真正现实的闸门，明确故事叙述者成年后的"我"对"你"的态度，才能形成理解小说思想的完整闭环。《秋千与铁锹》将一种个体意义上的经历、事件抽象为具有普遍意义的人生感受，提供给我们的是一种揭示隐匿现实的经验路径，更体现出作者对于现实的敏锐感知。

现代创作技巧的背后是作者深刻的现代性体验，正如米兰·昆德拉在谈及现代小说时曾强调："小说不是作家的自白，它是在世界已经变成了陷阱时，对陷阱中人类生活的探究。"在

《秋千与铁锹》当中，深刻体现出作者对人的生存和命运的探究，呈现出作者关注人类精神世界，关注社会的现实主义精神，对人类自我的解构与剖析构成《秋千与铁锹》的重要思想维度。牛健哲继承了现代主义文学当中关于"认识自我"的创作传统，从自我反思的角度回答了"我是谁"这一经典的哲学母题。小说开篇，"关于我是什么样的人，又为什么会是这样的人，我对你说过"。不同于其他作品当中关于解开自我之谜的挫败和迷惘，《秋千与铁锹》是一场透彻和精准的自我解读，从家庭、社会、个体等多重维度探寻了一个完整自我的建构过程，并重新阐释了关于孤独感的现代性体验。"边缘"构成了《秋千与铁锹》中"我"之所以成为"我"的情感根基，小说不仅刻画了"边缘"的人生感受，并剖析了这种情感的来源，探求了人与人之间关系的本质。在小说中，作者首先消解了家庭内部的亲密关系，在亲情的缺席与隔膜之中，传统意义上的信任、亲密与实际上的冷漠、伤害构成巨大冲击力，将人的孤独感、无力感渲染极致。家庭是人感知情感、形成生命体验的最初来源，在"我"讲述回忆的过程中，"从小就没见过父亲"成为故事的开始，父亲的缺位、母亲的隔膜直接关系到"我"的心理健康和人格发展。"我"与母亲是血缘上的亲人，却无法实现心灵上的对话，母亲不肯向"我"说出她的秘密、"我"厌倦母亲对我的管束，二者在一次次互相的伤害和冲突当中消弭着无法复原的家庭关系。小说同时涉及了社会关系上的"边缘"体验，人无法脱离社会而单独存在，小说将"巷子"设置为重要的空间意象，然而空间的狭窄无法拉近人与人之间的情感，相反地，恶意与中伤被无节制地释放，超越地理空间的限制对人造成无法愈合的创伤。在巷子中孩子互相欺侮、大人言语攻击、朋友袖手旁观，空间无法拉进人们的距离，反而滋生并放大了暴力的行径。在"我"的回忆当中，小说深刻揭示了个体在现代社会当中所面临的"边缘"境遇。值得注意的是，小说并没有在此戛然而止，而是持续进行开掘，尝试探寻人类如何从这种"边缘"的孤独感之中跳脱出来，"拉自己上岸'稳稳走几步'"，重新燃亮对生活的希望。从这种意义上来说，《秋千与铁锹》既提出了时代的问题，又努力对其做出回答，在其中突显出人的主体反思意识，完成了对现代人类个体的完整构建。从个体"我"的角度来看，成年后的"我"能够正视少年时的孤独，对这种情绪的来源拥有清晰认知，并直白地表现出渴望同情和关注的情感需求，而这也恰恰体现了在面对现代人类精神困境之时，个体迈向自我救赎之路的重要方式。

牛健哲的《秋千与铁锹》不仅专注于对个人生命体验的书写，还将其与社会现实紧密结合，实现了现代主义创作风格下的现实表达。他在有限的空间布局中拓宽时间的长度，由个体的讲述切入，传达出对时代和社会的深刻思考，展开了一场关于人类成长主题的宏大叙事。作为一名东北作家，牛健哲的创作超越了单纯的地域书写，他坚持以现代主义的创作技巧揭示并努力解决人类共同面临的精神困境和挑战，这种对普遍价值的追求与书写，不仅拓宽了"新东北文学"的内涵与外延，也为中国文学的发展增添了动力。

"80后"文学的限度及走向

"80后"作家及其文学写作已经成为当代社会的一种文化现象，围绕着"80后"作家和作品的文学批评从未停歇，但也从未达成一致，始终处于争论和争吵之中。而这在巨大的纷争旋涡中关于"80后"作家群体及其文学写作本身所具有的审美特性、文化特质、叙事方式等关乎文学本身的因素却往往被忽略和遗漏。"80后"作家与其他代际作家的差异是什么？出生于20世纪80年代的作家作为中国社会特殊的群体对历史、社会、现实理解的逻辑方式和写作视角是什么？"80后"文学的文学观念、叙事方式、写作手法等审美细节呈现出何种特征？同时，又存在哪些局限和不足？如何来弥补和消除这些局限，从而使"80后"文学展现出强劲的生命力和持久力？这些问题的澄清和确认无论是对"80后"写作，还是对与其相关的文学批评都具有现实与未来的双重意义。

一、"小我"、自恋与封闭

在"大时代"的社会语境中，"80后"文学的写作视域比较狭窄，缺乏广阔的现实主义精神和"社会意识"，将表现"小我"作为恒定的核心内容和主体，在不断的幻想和幻象中营造只属于自我的"小时代"，从而使文学写作成为一种纯粹标榜自我的行为，文学作品成为飘浮在时代、社会和现实生活上的文字游戏和自娱自乐的载体。"小我"意识使得"80后"的作品在某种层面上脱离了社会，脱离了现实，这表现在由"80后"开创的网络文学，包括那些网络小说、博文和微信。

  这是个相当无聊的年代，而我没有办法回避我无知和被动的前二十年，我们也在毫无知觉的状态下被温水煮了青蛙，还需要我解释什么，你还问我那些做什么，这不都是你们造成的后果吗？我说不明白，你们自己理解去吧！
——木子伟《陡峭的悬崖》

"80后"是孤独的。在"80后"的作品中我们可以阅读到他们的挣扎与纠结，从他们的幻想中捕捉到他们内心的畅想和盼望，也能够从他们的字里行间找到他们对另外一种价值的追逐。那些充斥在作品中的厌倦情绪，悲情的、伤感的，甚至是无厘头的内容都是他们宣泄的焦点，都是他们寻求慰藉的方式。他们渴望被关注，又害怕暴露自己的弱点，他们不自信却并不缺乏欲望，他们是矛盾体，是社会转型期的试验品。在这样的大环境下，形成了"小我"的思想境界并不奇怪，就像林静宜的《葬蝶》，不论是穿越还是奇幻，不论是现代还是民国，都无法逃离现实；不论是林曦媛还是高崎舞，不论是石瑶还是曼莎，都无法超越作者自己。你身处大世界，看到了小小的我。

在不断塑造"小我"的过程中，对个体生活的迷恋和偏执逐渐走向肉体和精神的自恋，失去了对历史、时代、社会、生活本质的思考，丧失了通过个体视角去重建世界的努力和功效，文学写作最终沦落为"自恋"的镜像，道德、信仰、精神、普世价值在"80后"文学中逐渐隐退。实际上这些精神的隐退的方式体现在"80后"的文学中是很现实的表现，因为这些价值观念本身在"80后"所处的这个社会时期正在逐渐被隐退、被重构，实际上伤痕文学的产生就足以说明了20世纪70年代在思想领域内的探索无疾而终后，被"80后"以另外一种方式继承了。自恋，让我们看到了萨特、波伏娃等人的身影，那些最终抑郁而终的灵魂大师，难道不是在自恋中失去方向的吗？这种自恋可能代表着对这个世界的爱，成长中的"80后"也需要付出成长的代价，表现在"80后"文学作品中的"不懂事""不知事"，同时也看到了在自恋背后那些海阔天空与天高云淡。任何思想都是有价值的思想，任何的自恋的方式都代表着另外一种博爱，我们这样认识"80后"，这样认识"80后"的文学作品，在整个叙述的过程中，那些阴沉的、骄傲的、放肆的语言不应该招来嘲笑和批判，反而应该在莞尔一笑后，默默地关注他们的成长。正如李海洋的《乱世之殇》中那些白发飘飘、桀骜不驯的辅佐之臣，让公子明翙于乱世崛起的情节。北大著名教授曹文轩这样评价："李海洋的小说就是李海洋的小说，它成就了他，也只属于他。"[1]同时认为李海洋的势头不错，并期待着他的明天。

---

[1] 李海洋：《乱世之殇》，北京：接力出版社2006年版。

不断膨胀的"小我"与"自恋"使"80后"文学成为一个封闭的文学空间，在"80后"文学中寻找不到文学的传承："50后"作家的感时忧国、"60后"作家的反思精神、"70后"作家的现实情怀被"80后"作家以断裂的方式抹杀。用一个形象的方式来形容"80后"的这种特点：把自己一个人关闭在黑暗的屋子里，躲藏在角落里，学着成年人不成熟地吸着劣质的烟草，眼中充满了迷茫，浑身瑟瑟发抖地无病呻吟，心有不甘却又无可奈何地进行心理安慰。

> 到现在也没明白他到底吸引我的那一点是什么，也许什么也没有，但我每天生活在迷幻里。
> ——春树：《春树四年文集》

"'主观'取代'客观'是'80后'文本的重要特征。独生子女的童年寂寞、父母朋友的过高期望、升学就业的精神压力、经济大潮的物欲迷惑等，使得'80后'们有太多的无奈和迷惘、痛苦和纠结，他们需要自我表达、自我呐喊、自我消解，他们需要尽情宣泄和释放自己的青春感受。因此，'80后'文本敏感地抓住个人的感情波折进行无限放大。"[①]《被绑在树上的男孩》的作者金瑞峰就是这样一个具有封闭情结的人。正如他在前言里就很明确地提出，他的小说是少数人的盛典，试图展现的是

---

① 朱爱莲：《论"80后"文学的想象世界》，《湖南社会科学》，2012年第3期。

极少数人的心灵：这些心灵都饱受折磨，在常人的眼里，他们都成了"疯子"一类的心灵，多疑、忧郁、不安，有时还会显得很暴躁。在这些心灵里，孤独既是毒药，也是安慰；恐惧一直追逐着他们，使得他们遍体鳞伤；死亡是强壮的血滴，在他们的眼里滴滴答答，时刻诱惑着他们，就像脖子上挂着一个收紧的箍圈一样无法摆脱；梦幻是他们在苦难中的慰藉，但也成了麻醉自我的精神药剂。

二、平面、碎片与浅显

"80后"被这个时代的娱乐精神和物质精神所制约，不得不面对前所未有的挑战，那种惆怅和哀怨早就不是父母辈可以理解和沟通的，他们必须靠自己，才能走向彼岸。这种"80后"群体所独有的精神特性和思想状态不断侵入和掌控他们的文学叙事，并形成了叙事结构的平面、人物的碎片和主题思想浅显的特性。

小说的叙事结构缺乏逻辑性、连贯性、起伏性和立体性。小说对日常生活的讲述仍然停留在简单的复制和拼贴阶段，"80后"的爱情、工作、生活等各种情节被平铺直叙地放置在小说中，不能全面地反映现实生活的复杂性和丰富性，"80后"作家仿佛失去了讲故事的能力和企图，而"讲述"和"虚构"才是小说的根本所在。"80后"的文字要么平铺直叙，要么多愁善感，甚至不需要结构，文字往往可以天马行空，事件组织可以杂乱无序。所以，"80后"的小说是写个体的生命感受，在某种程度上说他们不需要别人看，不需要别人的评价，他们仅仅需要在文字的标签说明上注上一个"如有雷同,纯属巧合"就可以了,"像韩寒的《三重门》和《一座城池》、春树的《北京娃娃》、李傻傻的《红×》、孙睿的《草样年华》、甫跃辉的《核舟记》、小饭的《我的秃头老师》、张悦然的《葵花走失在一八九〇》等等"①。

> 从那以后,家里人总用异样的眼光看着我。我跟他们讲那天晚上看到的,他们总是不相信我,他们一口咬定我在说谎,他们的理由跟两年后哥哥的理由一样:你躺在屋里的床上,怎么可能看到屋外的竹林里有什么。我无言以对,我陷入了孤立无援的深渊。
>
> ——甫跃辉:《核舟记》

浅显平实,易于表达和理解,抒情性极强。这种结构特征与他们的文学经验有关,与他们的市场追求有关,更与他们文学上追求本色表达相联系。"平面"这个词的关键意义不在于语言的平涩无奇,相反,"80后"的文学作品在语言上往往能够别出心裁;"平面"这个词的关键意义也不在于结构的无条理、无逻辑,比如我们在《核舟记》中看到无言以对后,就陷入了孤立无援的深渊。这种现象显然是"80后"的特征。相反,"80后"追求一种秩序的建构,追求在文章中创建属于自身的秩序准则,看上去属于无厘头,实际上都有一定的创新痕迹在其中,

---

① 朱爱莲:《"80后"文学自由混搭的表现手法》,《时代文学》,2012年第3期。

而且运用的是"众声喧哗的多元化语言风格"[①]。当然,这个前提是对"80后"文学这个概念的把握,不能把所有的"80后"作者的作品都算作是"80后"文学,思考"80后"写作,最重要的应该是思考其写作的文化语境的变化,也就是说,延续上面所说的观点,"'80后'写作的种种形态,包括他们的出场方式、写作方式、传播方式、写作资源的来源方式、对审美惯例的突破方式其实都与这个时代密切相关"[②]。

小说人物缺乏整体性和丰富性。"80后"文学对自我一代成长史的叙述已经成为一种常态,但对"80后"人物形象的塑造却十分模糊和暧昧,往往采用平行叙述和对层次的碎片讲述,在作品中存在的只是"80后"的某个侧面和剪影:狂傲、放荡、极端、不恭、堕落、颓废、奢靡,缺乏对人物的精神探索,读者无法在文本中找寻到一个类似《平凡世界》中高加林这样代表一代人的完整形象,停留在读者记忆中的似乎只有豪车、名贵服饰等时尚符号。

> 手指叠上手指,温度散去又重新聚拢。你在我身边,画出从未见过的晴天。音容笑貌渐强渐弱,声色逐步渲染。于是你就停在我五步之外,不曾走远,也不会靠近。未散的大雾永远都是一场谜。
>
> ——郭敬明《幻城》

[①] 朱爱莲:《"80后"文学文本的语言特色》,《中州学刊》,2012年第4期。
[②] 江冰、田忠辉:《80后文学综述:文化视野中的合法性突破》,《南方论坛》,2010年第3期。

《幻城》可能是最碎片化的典型，整本书的内容简直可以用不知所谓来形容，碎到极点，看上去似乎"层次"很高。碎片化不仅仅是"80后"文学的特点，更是当前中国社会的主要特征，整个社会的碎片化。如果仅仅从文学作品的角度来评价"80后"文学，显然是不公平的，应该从文学作品中看待整个社会，既然社会的发展是碎片化的，那么"80后"的作品显然更符合这个时代的特征，显然不是无的放矢的"涂鸦"。"80后"文学作品可能没有《平凡的世界》的高加林，却有《三重门》中的林雨翔、马德保、Susan、钱荣。"一个人代表不了一个时代，那么'80后'就用一个群体代表一个时代，就像这个时代的文学作品被冠以'80后'文学一样，碎片中残破不堪的各种身影，正是无法看清的自己和无法理解的社会现实。"[1]我们在但是那些碎片中或多或少的都能找到自己的影子，形成了种种的共鸣，像水韵涟漪般荡漾开来。

三、现实、反思与坚守

如果"80后"文学想突破自身局限，拓展自我写作空间，不断延续自己的生命力，并寻找新的增长点和未来，那么，重返现实批判精神，反思自我思想主体，坚守文学的本真和社会责任

---

[1] 朱爱莲：《试析"80后"青春文学的主题表现》，《河南师范大学学报（哲学社会科学版）》，2012年第3期。

是"80后"文学未来发展的维度和路径。在当下文坛,写作的多样化和多元化已经成为一种常态和必然发展趋向,"80后"的文学写作规则也必然呈现出多种样态,现实主义、现代主义、浪漫主义等多种写作方式被移植在"80后"作家的文本中。但现实批判精神却从中消散,"80后"文学似乎有意躲避现实和隐藏起批判的锋芒,当下社会现实的弊端、人性的丑陋、道德的滑落、信仰的缺失、阶层的分化、底层的苦难等社会现实问题及其批判被搁置和悬置起来,使其文学失去内在的阔达、雄浑、悲悯的气质。因此,"80后"文学想要突破单一的自娱自乐性,寻找更为旷阔的写作空间和写作意图,必然需要重新确认自身的"精神之父":现实批判精神。"80后"文学需要现实批判精神的支撑和引领,需要面对纷繁复杂的社会现实时发出属于自己的批判的声音,并在这种批判中注入勇气、正直和崇高,挣脱"80后"群体自怨自艾、自言自语的话语特性,成为国家、社会、民族和民众的代言人,从而使"80后"文学成为有现实感、独立性和批判性的文学,真正为"80后"文学浇筑内在的精神力量和思想深度,让"80后"文学充满现实的诗意和伦理的自觉,对受众的个体生活和社会现实发生有效的影响,以此拥有人类意识和历史眼光。"'80后'作家中很多已经步入而立之年,或是即将步入而立之年,'80后'文学行走在当代文学的版图上,这些已经三十而立的'80后'作家,在心智和文学才智上的成熟是当代文学最为期待的。"[①] "80

---

① 叶建斌:《论"80后"文学起源,发展,未来》,《福建师范大学学报》,2012年第1期。

后"的文学作品处于一个发展时期,需要的是宽容,需要的是理解,需要的是引导他们走向真正的平凡之路,从虚幻的、魔幻的,回归现实的、人文的世界,真正地触及这个世界的灵魂,意识到自身的责任,强化自我的使命感,将文笔当作改变世界的工具,真正地形成一套更加完善和独立的文学体系。在这个即将到来或者已经到来的大时代中开创一片新的天地。在"小我"与"大时代"中找到契合点,南辕北辙也好,殊途同归也罢,自由的和个体的追逐终将回归理性主义的思考,因为主宰这个世界的根本精神就是理性。比如李傻傻的《被当作鬼的人》,那种朴实的、乡村的、经历的内容并不次于任何一个时代的写实作品,这是值得进一步关注的,那种现实的态度和趋势,以"80后"的姿态展示出来的。

同时,"80后"文学应该放弃固守自我群体的生活观念、价值取向和道德准则的封闭姿态,对"80后"群体的存在境遇、生存状态和精神指向进行理性反思和重建。因此,"80后"文学必须剔除物质、金钱、权利、名誉、欲望等功利性因素,及这些因素所导致的人生荒谬、价值颠倒和思想混乱,推倒因"80后"文学所宣扬的低沉、灰暗、堕落、放纵、毫无敬畏和崇高的生活观念、价值取向和道德准则对受众群体肆无忌惮挥霍自我人生所提供的文学依据,切断"80后"文学与商业市场的低俗性、媚俗性、功利性之间的关联和异化,以文学自身的审美性、艺术性、崇高性收获自我在当代文学中的存在位置和认同,从而为受众群体在纷杂迷乱的时代境遇中提供一种长久的精神慰藉、一份文学想象中的美好和无法替代的存在勇气,而非剥掉物质、金钱、权利、名誉、欲望的外衣只剩下无法站立的孱弱和贫瘠。真正让人们能够清晰和坚定地确认生活在这个时代的人们、当下中国社会和中华民族需要"80后"文学，需要"80后"文学中的尖锐、率真、真挚、自然和自由，而非"80后"文学的内容虚假、主题空洞、思想乏味和精神无聊。

"青春"在春树、李傻傻的小说中则是以"残酷"的面孔呈现的，韩寒《我想跟这个世界谈谈》正是发出这种音色的一个个例。幻想如同泡沫，一碰就碎，头破血流之后，他们最终能够认清他们的改变不是妥协，而是一种进步，他们从来都不需要真正的放弃文学，反而是在受伤之后有感而发地感激文学，并进行再创造，用自己的经历和人生感悟诠释时代，诠释世界。幻想的另一面就是理性的世界，捅破它或者藐视它都可以自由选择。"80后"文学的倾向必将整个时代的文学带入一个新的反思时期，正如《三重门》引发的种种思考，一个孩子写的书，为什么能够卖到200万册，为什么能够产生共鸣？需要反思的不仅仅是"80后"的作家们，更需要这个世界认真地反思自己，"我想跟这个世界谈谈"本身就是一种反思，也是"80后"发自内心的一种呼唤。我想跟你谈谈，你能听我说吗？

在重拾现实批判精神和重新反思自我价值观念的基础上，"80后"文学必须勇于承担自己的社会职责，坚守文学的道义和责任，放弃将文学作为沽名钓誉的工具，以文学的力量来纠正社会的偏颇和时代的病象，重新重视文学的叙事技巧、价值意义、语言形式等内在审美因素，以纯熟的文学经验表现现实生活，不断提升"80后"作家的责任感和使命感。"历史上任何一种文化、文学现象的形成和发展其实都是不可以简单地做线形的界定和划分的，但是各个不同的年代到底还是有着区别于相近年代的独立性特征，处于这个年代的人们，特别是有着精神文化敏感的文学家更会有自己年代的情绪记忆和书写方式。"[①]这个世界有太多东西需要坚守，比如那些优秀的传统文化和革命年代的价值取向。在文学的领域里，除了基本的良心和道德需要坚守外，更需要对文学精神和使命的坚守，在那些虚幻的内容中找到他们逃避的现实真理。真正地做到坚守"80后"文学的价值理念，坚守自由价值观念，真正地在理解了这个社会后，又能够锲而不舍地坚守对这个世界的责任，这个时代的文学特征也将最终脱胎于上下求索当中，不再是违和的文字情节，也不再是愤青的代言，而是真正的屹立于这个世界的"80后"，真正地拿出更加具有影响力的作品引导时代进步。坚守是为了下一步更大的跨越，坚守是为了理想的隐忍，不必责难任何人，因为这个时代需要付出的仅仅就是那种坚守，对真理的执着。

第一次见她是一星期前，她按照他在五八同城上的合租帖，按图索骥赶了过来。当时她站在房间里四处瞥了几眼，只说了一句，"这房子户型好奇怪。"他问怎么了，她眯着眼笑说，"像把手枪。"他探头探脑观察了一番，表示佩服她的观察力。她没说一定要租，也没说不租。她说这

---

① 王涛、何希凡：《跨年代文化交叉中的自我彰显——关于80后写作的独特性存在的思考》，《当代文坛》，2006年第1期。

离上班倒很近。那天她穿的高跟鞋，不紧不慢的，下楼的时候叮咚声尾随了一路。他惊愕，她怎么长得这么像刘若英，特别是笑起来的时候。他一手拎起一只编织袋往楼梯口走。东西比他想象的要沉一些。她几次提出来帮忙，但是他拒绝了。女孩跟在后头，他尽量做出轻松的样子，一口气爬上了六楼。"看你瘦，力气可真够大的。"她撩了一下耳际的发丝，微笑着道了谢。他脸顿时有些发烫。

——郑小驴《赞美诗》

选取《赞美诗》的这个片段实际上并非最为经典的，却是最有代表性的。因为整个描述的语言和特点是那样的朴实，那样的简洁，但却是那样的具有画面感，让人能够直观地感受到这个女孩的美丽青春，非常具有带入性。这是我们在郑小驴的作品中所经常能够体察到的，语言与语言的使用能够具有如此的带入感和现实感非常不容易，体现了"80后"作家写实一派的具体作风。在郑小驴看来，为写作注入深层的思考与作者对社会的责任感相通，都是自然而然的事，年少并不是回避意义与责任的理由。现实、反思、坚守并不是被迫的，而是自然而然产生的，不能否认20多岁的青年，依然具有能够透析现实的文笔，也会有直接挖掘现实内涵的作品，比如乡土文学，也会有直接参照传统文学形式发生的作品。比如郑小驴的文学创作方法，看上去非常的不"80后"，让人难以相信这样的作品是"80后"的创作。看上去除了青春气息以外，更像是上一个时代的作品。反思的过程对于"80后"来说，不是一个认错的过程，因为他们从未错过，反思只发生在80视阈，让人无法参照去评价，去品评。从中我们也看到了"80后"的坚守，那份独有的时代情怀，那份被冠上的种种标签，他们从不避讳，依然我行我素。

"80后"的时代是一个新的时代，所有的社会价值观念和社会发展背景都有了较大的改变，他们是新的人类，是新的时代产物，不可否认的是他们在遵循传统的时候，也冲击着时尚，冲击着新鲜事物。这体现在"80后"的文学作品中，我们既能够看到充斥幻觉的网络文学，也能够看到言之无物的碎片小说，更能够看到具有文学精神的真实作品。从郑小驴、甫跃辉、张悦然、春树等人的小说特点来看，他们在"80后"的文学作品中独树一帜，包括李傻傻的作品。"80后"的作品还可以分为两个派别，从本质上说，郭敬明和韩寒的作品是一样的，韩寒并不具有独特的概念标签，相反，他和郭敬明的作品一样存在非常大的争议。再一种就是网络文学，一种在"80后"为主干延伸到"90后"的文学形势，也是不容忽视的文学作品内容。如果真的谈限度，"80后"文学的限度是要建立在这三个主要象限中的，其走向并非一路高歌，却依然将会成为未来"80后"文学的主流。我们在网络文学的调查中看到了玄幻类作品的大势所趋，也看到了青春校园、绝世重生、网络游戏等构成的新的文学题材，这都是非常值得关注的发展趋势。所以，"80后"文学不可限量，这句话的含义是，"80后"文学是新时代的产物，是开启新事物的起点，"90后""00后"将延续这种风格和内容，直到时代发生根本性的变迁或者技术革命带来新的文学体验，直接抹杀文学形式。这就是限度，这就是未来，尽管不可预测，但是充满了期待与挑战。

"80后"的文学是一场青春的饕餮盛宴,里面的内容十分丰富且复杂,那些精致的、混搭的、跨届的、伟大的和渺小的事务都掺杂其中。宴会的场面有时候很清淡,似乎每个人都在自言自语,或者两两清谈;有的时候却很喧闹,似乎每个人都毫无顾忌,或者愤怒或者呐喊。精心地品味这场盛宴,却无从下口,需要评判的地方很多,有争议;需要解释的内容很多,有瑕疵。但是无法否认,在这场文学盛宴当中,需要静下心来体会的内容有太多太多。有思想才有争议,在面红耳赤地争吵"80后"的文学限度的时候,在对"80后"文学发表着未来宣言的时候,"80后"的文学作品却依然我行我素,似乎他们不需要评价,也没有人能够评价。"如日东升的'80后'文坛和文学,不仅在挑战而且也在讽刺当今的批评家们。文学批评不只是有点滞后,简直已有迟暮和腐朽之态了——二十世纪八十年代以来,批评还从未有过如此迟暮之态。这大概是真正预示了历史性的文学'换代'的开始。"[1]"对'80后'文学的漠视或武断贬斥无疑是'掩耳盗铃',需要在一个更加宽广的视野中对其进行诊断式的批评,深入解析其社会语境、意识形态上的意义及其在复杂的社会冲突中所发挥的功能。"[2]因为在这些作品中,只有属于他们的青葱岁月才能够理解,只有某一段历史大家才能够讨论。宴会终将散场,青春散落一地。

---

[1] 吴俊:《"80后"的挑战,或批评的迟暮》,《南方文坛》,2004年第5期。

[2] 石培龙:《80后文学——第二媒体时代的文学景观》,《兰州大学学报》,2010年第1期。

传承与新变：
历史脉络中的"东北文艺复兴"

摘要：东北文学的发展是观照"东北文艺复兴"景观的一个重要切口。新世纪东北文学的创作当中所蕴含的文化精神与地域属性，是"东北文艺复兴"成为关注焦点的根本原因。纵观百年来东北文学的发展路径，从20世纪30年代东北作家群的创作心态与表现东北地方精神的创作传统，到社会主义建设时期辉煌的东北工业题材创作，再到90年代的东北城市文学创作热潮，都是推动新世纪东北文学发展的珍贵养料。本文试图通过东北文学发展的历史脉络来观察"东北文艺复兴"的成因，探究新世纪东北文学得以发展的历史资源，并探讨其在当下实现了的创新与超越。

关键词：东北文学；东北文艺复兴；传统；继承；地方性路径

2019年10月8日，说唱歌手董宝石与作家班宇共同接受了"GQ Talk"的采访，在这场采访当中，董宝石提出了"东北文艺复兴"这一口号。同年的11月30日，董宝石在网络综艺节目《吐槽大会》上以略带调侃的口吻再次提及"东北文艺复兴"。借助网络媒体的传播效应，"东北文艺复兴"这一口号迅速被大众熟知，东北文艺的发展状况也再次受到人们的广泛关注。这其中既包括董宝石、梁龙在音乐领域的探索和创造，双雪涛、班宇、郑执等东北"80后"作家对一代东北人失落挣扎的生存境遇的回溯，还包括充斥着东北工业凋敝气息的《钢的琴》（张猛，2011）、《白日焰火》（刁亦男，2014）等影视作品的尝试与创新。创作者们不约而同地回归了一段沉潜的东北历史，再现了20世纪90年代市场化经济转型下的东北面貌。然而，这些呈现共同的东北记忆的作品，何以被视为东北文艺的复兴？新世纪以来的东北文艺发展状况是否具有更为深刻的"东北文艺"价值？事实上，东北文艺不仅是一个限定地域的空间概念，也是历史延续的时间概念。百年来东北文艺的发展，是不断传承与新变并逐渐接受经典化的过程。新世纪以来的东北文艺发展再一次成为人们关注的焦点，根本原因在于，此阶段的创作接续了百年东北文艺的文化精神与地域属性。双雪涛、班宇、郑执等作家的创作，尤为突出地再现了20世纪30年代东北作家群的写作传统，并丰富和拓宽了东北工业题材创作的表现内容，具有浓厚的地域精神与美学价值。新世纪东北文学的发展，标示着东北文艺在新的历史阶段又一次走向繁荣。本文试图在百年的东北文学发展历史中考察"东北文艺复兴"的成因，探究新世纪东北文学得以发展的历史根脉，并探讨其在新世纪发生了何种的变化与创新。

一、百年激荡中东北文学的发展路径

东北在封建社会作为"收纳"贬官犯人的边远地域,缺乏文化滋长的条件[①]。即便东北的文明可追溯到四千年前,但东北始终缺少传统文化的谱系。在悠长的古代历史长河当中,东北总体上处于文化和文学格局的边缘。而这种情形在现代发生了转变,东北文学在进入现代之后开始焕发活力[②],并始终与历史时代的变革息息相关。首先是新文化的春风吹到了广阔的东北大地,东北的青年们开始投身于新文学的建设当中,以倡导新思想为根本宗旨的文学社团在东北涌现,如穆木天在吉林创立白杨社,高崇民、梅佛光在沈阳组织启明学会。传播新思潮的文学杂志同样遍地开花,《关外》《冰花》《北国》《辽风》等杂志共同推动着东北现代文学的勃兴。穆儒丐等作家对新文学的创作进行了初步的尝试,穆儒丐创作的连载于1919年11月至1920年4月的《香粉夜叉》,从思想主题到创作形式都已显露出现代白话小说的特征。此时期的东北文学紧随"五四"新文学的发展方向,尽管未在全社会引起轰动,但已初步显示出东北文学创作的自觉,为日后东北文学的繁荣蓄势。

东北文学真正开始崛起的第一个阶段发生于20世纪30年

---

① 王德威:《文学东北与中国现代性——"东北学"研究刍议》,《小说评论》,2021年第1期。

② 逄增玉:《近现代东北的文化崛起及其意义》,《吉林师范大学学报(人文社会科学版)》,2005年第1期。

代，与抗日救国的抗战历史紧密相关。"九一八"事变爆发，东北沦为日本帝国主义的殖民地，在敌人日益残酷的高压统治下，萧军、萧红、舒群、罗烽、骆宾基等一批东北作家被迫流亡关内，他们以东北儿女特有的粗犷笔调，书写了黑土地上人民的苦难生活与他们英勇不屈的抗战精神。在鲁迅的赏识与帮助下，萧军的《八月的乡村》以及萧红的《生死场》得以出版，其他东北作家也在关内左翼文艺界名人的帮助下发表了自己的作品。随着端木蕻良的《科尔沁旗草原》、舒群的《没有祖国的孩子》、骆宾基的《边陲线上》、白朗的《伊瓦鲁河畔》等一系列作品的问世，东北沦陷后的生活实景更加完整地进入到大众的视野。30年代东北作家群以恢宏的气势亮相文坛，掀开了中国抗战文学的新篇章。[①]他们的作品深化了"五四"以来反帝斗争的文学主题，增添了抗日救亡的全新内容。东北作家群的文学成就，主要体现在作品的民族性与时代性上。他们的创作以再现抗战中的艰难生活为基础，以颂扬被压迫民族坚韧无畏的抗争精神为本质，发出强有力的时代呼声，在中国抗战文学史上占据独特地位。东北独特的风俗民情，以及东北人坚韧不屈、朴实勤劳的精神魅力也在作品中深深定格，形成了别具一格的地方气质和审美特点，为东北文学的发展打下深厚的基础。

东北文学发展的第二个阶段开始于解放区时期，与国家政治经济建设息息相关。1945年抗战胜利不仅结束了惨痛的殖民

---

① 白长青：《抗日战争时期的"东北作家群"》，《辽宁大学学报（哲学社会科学版）》，2015年第5期。

地历史，也自此迎来了东北文学的复兴与建设。[①]为尽快实现东北的彻底解放，完成国家统一，中共中央决定成立东北局，建设东北解放区。党中央部署安排，从延安抽调了大批文艺工作者组成东北文工团进驻东北，主要包括原东北籍的作家，如萧军、罗烽、白朗、舒群等，以及一批在关内已经成名的作家，如丁玲、周立波、陈学昭、草明等。周立波的《暴风骤雨》、马加的《江山村十日》等小说作品成为当时表述东北地区土地改革的经典范本。在党的直接领导下，《东北日报》《东北民报》等机关报刊，以及《东北文艺》《东北文学》等文学刊物纷纷创办，宣传党的理论精神与文艺动态。东北文学全面吸收了毛泽东《在延安文艺座谈会上的讲话》精神，并"在继承陕甘宁边区文学体制的基础上发扬光大"[②]。

党对东北解放区进行的文化扶植与人才供给，直接带来东北解放区文学的勃兴与繁荣，为东北文学的后续发展奠定了基础。新中国成立后，工业化建设被确定为社会经济发展的中心任务[③]。国家工作重心的调整使东北发展为社会主义工业建设的重地，大工业景观成为东北文学创作的主要表现对象。[④]作家草

---

① 逢增玉：《近现代东北的文化崛起及其意义》，《吉林师范大学学报（人文社会科学版）》，2005年第1期。

② 逢增玉：《东北解放区文学制度生成及其对当代文学制度的预制》，《文学评论》，2017年第4期。

③ 徐粤春、张斌：《新中国工业文学的回顾与展望》，《文艺争鸣》2020年第11期。

④ 张福贵、张遥：《东北解放区文学的历史空间与思想价值》，《社会科学战线》，2021年第2期。

明的创作几乎与东北工业化的进程同步,她先后在牡丹江发电厂、沈阳铁路工厂以及中国第一个钢铁基地鞍钢体验生活,创作出《原动力》《火车头》《乘风破浪》等作品,其中《原动力》被认为是新中国工业文学的肇始。萧军与舒群的"回归"和转型对东北工业文学的发展也产生了重要影响。萧军扎根于抚顺矿务局,在劳动实践当中,切身体会工人的不易与艰辛,创作表现煤矿工人的长篇小说《五月的矿山》,刻画了鲁东山、张洪乐等劳动模范,展示出东北工人在生产建设中的拼搏精神。舒群在鞍山轧钢厂工作期间深入基层,掌握了大量生动鲜活的工业素材,创作出长篇小说《这一代人》。舒群以坚韧质朴的李蕙良为主要表现对象,歌颂了东北工业战线上勇敢无畏、勤劳肯干的"这一代东北工人"。还有艾芜的《百炼成钢》、雷加的《潜力》三部曲、白朗的《为了幸福的明天》、罗丹的《风雨的黎明》、李云德的《沸腾的群山》、程树榛的《钢铁巨人》等,这批作品共同描绘了东北工业发展的蓬勃景象,以及东北工人力排险阻、建设祖国的英雄气概。在工业文学繁荣发展的同时,工业元素在影视作品创作当中也有所体现。长春电影制片厂出品的《桥》《白手起家》等电影作品聚焦于东北工业生产一线,记录了发生于东北工业战线上的生动故事,展现出东北工人的精神风貌。整体而言,关于东北的工业题材创作在社会主义建设时期强势崛起,成为东北重要的文学资源。

　　经过了10年"文化大革命"的沉寂,东北文学在进入新时期之后重新焕发魅力。尽管在20世纪80年代的创作中没有呈现出社会主义建设时期的繁盛,但东北文学开始汇入中国文坛

"寻根文学"的热潮之中,作家以表现东北的地域特点作为共同的创作追求。例如:迟子建着眼于"北极村"世界,在《北极村童话》中运用儿童视角,不遗余力地描绘了发生在东北漠河童话般的生活故事;张笑天在他的作品当中熔铸长白山脚下的风土人情。学者林喦将20世纪80年代饮誉文坛的东北作家,如辽宁的李惠文、孙春平、津子围、陈昌平、于晓威等,吉林的张笑天、杨廷玉、王宗汉、王德忱等,以及构成了20世纪80年代"黑龙江现象"的迟子建、阿成、刘亚舟等,归结为一个"新东北作家群体",对地域精神的坚守与对乡土家园的眷恋是他们共同的创作理念。[①]80年代作为东北文学发展的一段过渡时期,显示出了东北文学从工业题材转型的趋势,创作者们追求的是在作品中表现东北独特的地域风貌。

东北文学发展的第三个阶段是在20世纪90年代。发生于此时的经济体制改革,直接促进了东北文学的彻底转型。随着商品经济及城市化建设的高速发展,作家的城市生活体验不断得到丰富,东北作家20世纪80年代的乡土视野逐渐扩展至城市当中,向城市文学创作的转型已经势不可当。阿成与迟子建的创作展示出他们作为东北作家的自觉。在《咀嚼罪恶》《马尸的冬雨》等许多作品当中,阿成描绘了一座"榆树之城",书写哈尔滨的圣母报喜教堂、俄式小楼等俄罗斯风情建筑,展示了浪漫、神秘又带有异域风情的哈尔滨形象。哈尔滨的城市街道、地标

---

① 林喦:《"新东北作家群"的提出及"新东北作家群"研究的可能性》,《芒种》,2015年第23期。

建筑以及居民住宅也是迟子建表现最多的城市景象。从20世纪90年代涉及城市题材的《热鸟》《白墙》，再到新世纪以来的《起舞》《黄鸡白酒》《白雪乌鸦》等，升腾着烟火气的街道，承载人们精神寄托的圣·索菲亚大教堂，记录几代人生活记忆的红砖楼、半月楼，都是迟子建小说创作中的重要表现对象。城市文学的创作，使东北文学的表现内容得到了丰富与拓展。而与此同时，在文学的发展行进之外，东北又掀起了一场大众文化的狂欢。受90年代市场经济的影响，东北的文艺成分也在潜移默化之中发生了改变。商品经济的快速发展刺激了大众对通俗审美的需要，传播媒介的升级使大众文化的传播影响力得到了放大。随着90年代赵本山亮相于春晚舞台，东北的形象也在悄然发生转变。进入到全国人民视野的赵本山不再是一个个体，而是成为代表东北的重要标签与符号。他以东北农民形象示人的小品、二人转，还有《刘老根》《马大帅》《乡村爱情》等系列电视剧，都在无形之中定格了东北人幽默搞笑的地域形象。而这种"俗"文化却也在无形之中削弱了东北严肃文学的影响力。

东北文学发展的第四个阶段发生于21世纪初期并持续至今。双雪涛、班宇、郑执等作家以"子一代"的叙述视角，深入东北的历史当中，展示了经济转型大潮下一代东北人的精神创痛与失落挣扎。他们以相似的创作主题展现出了"群"的形态。新世纪东北作家的创作，凭借厚重的历史深度和独特的美学风格，在一定程度上消解了"俗"文化给东北带来的负面影响，使东北文学重新得到大众的关注。董宝石的"东北蒸汽波"流露出一代东北人面对时代变迁的落寞感，《铁西区》《钢的琴》

《白日焰火》等以影像的方式重现了东北20世纪90年代的历史面貌，表现出对东北历史记忆的缅怀。电影、音乐与新世纪的文学实现了创作主题上的"互文"。

总之，东北文学始终与历史时代变革和文学风向转换紧密结合，在不同时期展现出不同的发展面貌。但对社会问题的关注以及对地域性价值的追求始终是东北文学发展的内核。"东北文艺复兴"为何得到人们的广泛关注？除了网络媒体的传播效应，新世纪东北文学创作本身所蕴含的独特魅力才是根本原因。对老东北作家群创作传统的再现，以及对东北工业题材创作的拓宽与补充，使得新世纪东北文学呈现出宝贵的时代价值与美学意义。

二、"后工业"时代的继承与创新

进入新世纪后，双雪涛、班宇、郑执成为新一代东北作家的代言人，他们的作品接续了东北工业题材文学创作的血脉，并延续了20世纪90年代兴起的城市文学创作样式，以相似而又新颖的工业叙事形成了新一代东北作家群体。他们以发生于90年代的经济转型作为创作背景，将东北特有的"下岗潮"记忆与"铁西区"成长经验作为创作的核心素材。"工厂"不再作为被直接表现的对象，而是演化成一种特殊的工业氛围，渲染着工业气息的文化宫、俱乐部、红旗广场等城市意象，则成为表现的重点。创作重心的调整，标志着新一代东北作家在创作形式上所进行的变革和尝试，在无形之中实现了工业叙事与城市文学的结合。

　　此外,"子辈"的创作身份与回溯式的叙事角度,使新一代东北作家在创作心态及美学风格上表现出独特的个性。在社会主义建设时期,工厂是国家经济与权力地位的象征,工人阶级承担着建设国家的重大历史责任。表现工人阶级的崇高与伟大是一项庄严的文艺任务,创作者多数都兼具着工人的身份,他们在亲身的劳动实践当中积累素材,记录工人阶级昂扬进取、排除万难的姿态,以及火热蓬勃的工业生产场面。正如刘岩所说:"在整个50—70年代,东北不仅是新中国最重要的工业基地,社会主义工业化得以展开的元空间,而且是社会主义文化最主要的当代叙事空间……在那三十年间,没有任何区域像东北一样成了如此众多、如此著名的当代英雄和英雄故事集中显影的舞台。"[1]凭借着领先全国的工业化水平及政治地位,东北的工业题材创作占据了国家文化生产的中心地位,呈现出强大的自信。然而,随着时代的发展和社会的变革,经济体制改革使工厂不再具备国家经济地位的象征意义,依靠工业而兴起繁荣的城市,也随着机器的腐蚀与工人的下岗,消散了昔日的荣光。工业发展的巨大惯性影响了东北文学的发展,新一代东北作家作为历史变革后果的承受者,续写了东北工业发展的"后传"。他们延续了东北工业题材的创作传统,却不再像萧军、草明等作家那样即时性地、与时代同频地去塑造澎湃昂扬的工人群体,

---

[1] 刘岩:《历史·记忆·生产——东北老工业基地文化研究》,北京:中国言实出版社2016年版,第2页。

突出表现如火如荼的工业建设场面，而是选择以"子一代"的回望视角，描绘计划经济时代结束后的一代普通工人的命运沉浮，表现出冷峻的美学风格。在班宇的《工人村》中，吕秀芬和刘建国夫妇积极响应国家"下岗再就业"的号召，"扎了个铁皮车，扛来煤气罐，在里面包起饺子，扁木勺抿着芹菜猪肉馅，一起一落，一捏一合，干净利索，四块钱一份，二十个，皮薄馅大，忙活了两个月，被工商税务连端两次，算下来利润微乎其微，遂作罢"[1]。"再就业"失败的刘建国又加入了直销团队，"四处推销能吃的鞋油、多功能保健牙刷和纠错能力超群的VCD机，三个月过去，商品一件也没销售出去"[2]。下岗后的工人生活不易，为了生存，夫妻二人被迫选择仰仗"有些权力"的警察姐夫，开一家带有色情服务的足疗店来维持生计。东北经济地位的变迁，造成了一代东北人精神上的迷惘，为了生存而被迫选择接受心灵上的折磨与挣扎。正像班宇在《梯形斜阳》中所说："厂里总有下岗职工出现……甚至还有一觉醒来，照旧上班，到了单位才想起来自己已经下岗，不知何去何从，围着厂区骑车绕圈。"[3]90年代的工厂不再是社会主义建设时期光荣与地位的象征，而成为承载无数东北下岗工人焦虑与迷茫的载体，隐藏着东北一道巨大的时代伤痕。

新世纪的东北工业题材创作，打破了20世纪80、90年代以来工业题材几乎"失语"的状态，在接续了社会主义建设时期

---

[1] 班宇：《冬泳》，上海三联书店2018年版，第188页。
[2] 班宇：《冬泳》，第188页。
[3] 班宇：《冬泳》，第140页。

工业创作传统的同时，以新颖的"子一辈"创作身份填补了经济转型后东北工人的生存状态与精神境遇描写。创作不仅具备"文学"的价值，更有"史"的意义。新世纪东北文学对工业题材内容的丰富与发展，也在一定程度上扩充了东北文艺的广度与深度。

三、"文艺复兴"与"东北文学"的连续性

尽管新一代的东北作家展示出了一种新颖的创作角度与美学样式，但其发展与创新始终无法脱离百年来东北的文学传统而孤立存在。白长青认为："地域文化的研究从某种意义上讲是研究这种地理文化的生态环境。当我们离这个文化的源头越来越近的时候，我们就能更充分地把握这种独特的地域文化的遗传基因，就能更深入地走进这种文化精神本质之中。"[①]广袤的土地、飘扬的飞雪，寒冷的土地上更能哺育出具有忍耐力和坚韧性的人，特殊的地理环境造就了东北人民刚毅、粗犷、雄健、豪爽的性格底色，使东北呈现出不同于关内的特殊地域文化特征。这种独属于东北的人文特点，潜移默化地影响了土生土长的东北作家的艺术气质。表现东北地域性格、探寻东北人的精神世界成为一代代东北作家自觉的创作理念。对东北底层小人物的关怀，是20世纪30年代东北作家群和新一代东北作家共同

---

① 白长青：《辽海文坛漫步》，北京：社会科学文献出版社2013年版，第366页。

的创作内核。两代作家的内在关联，主要体现在对东北人的"精神寻找"，以及对东北人民品质的发扬当中，呈现出人文性、民族性的特点。

形成"寻找"的原因来自于"缺乏"或"丢失"。30年代东北作家群所要完成的"精神寻找"，是以文学为"武器"，以启蒙的方式唤醒在战争中惊慌失措、迷茫麻木的人民，重新激发东北人民的生命活力。处在敌人的侵略与压迫之下，东北人民不仅丧失了自己的家园乐土，原有的文化传统与价值观念也遭到严重破坏，道德伦理与地方秩序无法发生作用，精神家园不复存在。麻木、无措是当时广大人民面对战争的普遍心态。在这样的战争环境之中，30年代东北作家群自觉承担起时代之任。萧军曾自述："我从事文学写作的动机和主要目的很简单，就是为了：祖国的真正独立，民族彻底解放，人民确实翻身以至于能出现一个无人剥削人、人压迫人的社会。"[1]以文学感召人民、激励人民，使东北人民摆脱麻木的生存态度，重新焕发东北"地之子"刚强坚韧的强大力量，进而投身到抗日的伟大洪流当中，这是东北作家对东北人民"精神寻找"所做出的努力。端木蕻良的《大地的海》中展现了艾老爷的思想转变过程：从面对战争无奈哀叹，缩起脖子躲躲藏藏，到坚定自觉地走上抗日救亡的道路。作者通过艾老爷的变化，为当时的东北人民指明反抗、斗争才是唯一的生存出路。在30年代东北作家的笔下，

---

[1] 萧军：《我的文学生涯简述（续完）》，《吉林大学学报（社会科学版）》，1979年第6期。

"精神寻找"更多指向"启蒙",通过文学唤醒东北人民的家国之思与抗争意识,建立起东北人民共同的精神支柱。人是精神的载体,精神蕴含在人的实践活动当中。李青山、赵老三(萧红《生死场》)在残暴的统治之下发出"不当亡国奴"的怒吼;耿大(罗烽《第七个坑》)将手中的铁锹劈向狠毒的敌人;李七嫂(萧军《八月的乡村》)在压迫之中沉着冷静,勇赴国难。于苦难之中坚韧屹立,是东北人民宝贵的精神品格。他们冲破麻木与妥协,在重建民族精神的过程中彰显东北的力量。

关注东北人的"精神寻找",在新一代东北作家的创作中得到了延续,并被赋予了新的时代意义。曾经的"共和国长子",原本工业发达、经济繁荣的东北地区,在20世纪90年代市场经济浪潮的冲击下,发生了突然的垮塌,"非国有制"成了新的经济形式,逐渐取代了让东北得以发展的"计划经济"形式。生锈的机器、废弃的工厂,面对社会转型大潮,惊慌无措的东北下岗工人如何弥补精神上的空虚与失落?这是新一代东北作家所要做的"精神寻找"。其中,发扬东北人民坚韧不屈的品格是不变的精神内核。时代的阵痛不仅使普通人面对物质生活上的困窘,更造成了一代东北人精神上的迷惘。新一代东北作家的创作,回答了如何"对抗"精神失落的办法——要始终坚信东北人的英雄气,要于迷茫之中坚持向前走的勇气,于失落中重新拾起东北人的刚强和坚韧。就像班宇《肃杀》中的父亲,下岗后买二手的摩托车拉脚儿为生,在彻骨的寒风中思索家庭的未来;《盘锦豹子》中,孙旭庭手臂受伤,无法再从事一线工作,但他绝不颓丧,依然努力地寻求出路。双雪涛的《安娜》

中，"我"爸妈下岗之后卖茶鸡蛋挣钱供"我"上大学，即使遭人误解也不肯用调料作假欺骗顾客，永远守护着自己"共产党的工人"的身份；《飞行家》中李明奇坚持在红旗广场放飞象征着理想的热气球。郑执的《生吞》中，王頔的父亲是曾经的车间主任，但在下岗之后选择放下身份，摆摊卖炸串维持生计。每一个人物的身上，都留下了时代变迁过后的印记，错愕无奈但又乐观坚韧，他们既是凡人又是勇士，蕴含了一代代东北人勤劳朴实、坚韧不屈的精神品格。正如双雪涛所说："我觉得那代人是有力量的，即使是沉默的，比我们要有生命力，比我们笃定。"[①]

新一代的东北文学呈现出与20世纪30年代东北作家群文学相似的文化精神，对东北人的精神世界和地域性格始终给予密切的关注，形成了深刻的时代意义与文学价值。百年东北文学始终根植于东北的历史发展，在长期的实践当中形成坚实的创作传统，积累了丰富的文学资源。在"守正"的基础上创新才能实现东北文学的不断发展，并带领东北文艺继续走向繁荣。

结　语

东北文学在不断传承与新变的过程当中得以发展壮大。自20世纪30年代东北文学开始真正崛起，时代的风云变化以及东

[①] 何晶、双雪涛：《介入时代的唯一方法，就是把小说写得像点样子》，《文学报》，2016年11月10日。

北的地域性格便成为文学的重要表现内容,崇高的时代责任感与浓郁的东北情怀,发展为东北文学创作的精神内核,深深植根于每一代东北作家的心中。对时代问题的敏感把握,与对东北人坚强正直的地域精神书写,使双雪涛、班宇、郑执的创作具备了厚重的文艺精神与时代价值。全新的创作视角与美学风格拓宽了东北工业题材的创作格局,独特的创作身份与书写方式,使东北文学具备了"新"的特征,并由此再一次获得了长足的关注。整体而言,新世纪东北文学是百年东北文学的传承与延伸,是"东北文艺复兴"受到广泛关注的根本原因。作为文艺的重要组成部分,文学的发展状况在一定程度上代表了文艺的发展形势。新时代的东北文学已经为东北文艺发展打开了一个全新的局面,但东北文艺绝不会裹足不前,而将在对文艺传统的传承与创新之中实现下一次蜕变。

误读的"复兴"与"繁荣"的困境
——"东北文艺复兴"的话语解读

自《野狼Disco》的作者董宝石于2019年提出"东北文艺复兴"这一口号后,东北文艺发展再一次受到人们的关注。其中既包括董宝石、梁龙等在音乐上的探索与尝试,双雪涛、班宇、郑执等东北作家对东北阵痛的勾勒与诉说,还包括《白日焰火》(刁亦男)、《钢的琴》(张猛)等影视剧的挣扎与突围,甚至还包括赵本山式、短视频式的东北幽默。然而,这些因口音、方言而被娱乐化、消费化、定型化的东北形象是否能够代表真实的"东北"?这些仅呈现"东北日常记忆"的文艺作品是否算得上"文艺复兴"?这些以"下岗"题材为中心的新世纪东北文学是否真的能够撑起"东北文艺"?同时,在东北经济正在全面振兴的历史时刻,"东北"如何通过"文艺"走向"复兴"?这些都是学术界亟待回应的问题。因此,本文试图在厘清"东北文艺复兴"提出背景的基础上,将这一命题置于东北文艺百年发展的历史现场中进行勘探,探究"东北文艺复兴"这一命题的真伪,并进一步探讨东北文艺目前面临的问题,以及何以走向"繁荣"的路径。

一、作为一种口号和命题的"东北文艺复兴"

近年来,"东北文艺复兴"逐渐成为一个备受关注的文化口号和学术命题。2019年,董宝石以一首《野狼Disco》火爆网络,播放量近10亿,并携手流量明星登上春晚。而他的《野狼Disco》与其他网络歌曲不同,他在作品中映射的是疲乏的东北置身现代社会的尴尬与蒙蔽。作品以说唱的形式将东北的现状表现得淋漓尽致。董宝石和他的作品也被网友誉为"东北现实文学""工人阶级rapper""劳动人民艺术家"。

2019年10月8日,董宝石和作家班宇一同做客《智族GQ》报道团队制作的播客节目GQTalk,因《野狼Disco》而爆火的董宝石提出了"东北文艺复兴"这一口号。他认为:"东北本土没有那么多作家和歌手,所以一定要给我们打上东北这个LOGO……我们就是想让你们知道,这不是一个人才稀缺的地方,这不是一个文化贫瘠的沙漠。"[①]同年11月30日,董宝石在综艺节目《吐槽大会》上以"段子"和"调侃"的方式与摇滚歌手梁龙再次谈及"东北文艺复兴",这一口号借由节目热度和流量传播,迅速被大众熟知。"老舅"董宝石、"摇滚酵母"梁龙、"东北短视频博主"老四等也被称为"东北文艺复兴"的代表人物。

而将"东北文艺复兴"引入学术界的则是双雪涛、班宇、郑

---

① GQ报道:《野狼disco不是终点,我要用老舅构建东北神奇宇宙》,2019年10月9日,引自https:/m.thepaper.cn/baijiahao_4625157。

执三位东北"80后"作家的文学创作。这三位作家皆出身沈阳市铁西区,故并称"铁西三剑客",他们聚焦重工业区"下岗"工人及其"子一代"的故事。然而,他们与其他"80后"作家的成名稍有差异,他们的作品先得到了《收获》等文学期刊的认可。《收获》2015年第2期发表了双雪涛的中篇小说《平原上的摩西》;2018年,班宇的《逍遥游》在《收获》发表,并获得2018年"收获文学排行榜"短篇小说奖第一名;郑执的《蒙地卡罗食人记》则在2019年第4期的《收获》上发表。同时,三人的作品借由网络媒介迅速走进读者视野,微博、豆瓣等成为他们发表作品的重要平台,且《刺杀小说家》(双雪涛,2017)、《逍遥游》(班宇,2018)、《生吞》(郑执,2017)等作品先后被改编成影视剧,他们的作品逐渐获得了纯文学场域与市场的双向支持。黄平对标20世纪30年代的"东北作家群",最先提出了"新东北作家群"这一概念,阐明了新东北作家群"新现实主义"的审美风格。同时他结合东北影视、音乐、语言类节目等文化现象介绍了"东北文艺复兴",他认为"这是一场不但包括文学而且包括电影、音乐在内的全方位的文艺复兴"[1]。而2022年,黄平在《东北·文艺·复兴——"东北文艺复兴"话语考辨》一文中,对"东北文艺复兴"进行了进一步阐释,他认为"东北文艺复兴",比起致敬"老东北作家群",或"勾连起'十七年'时期的东北文艺",更应是"东北通过文艺而复兴",进而"重塑我们

---

[1] 黄平:《"新东北作家群"论纲》,《吉林大学社会科学学报》,2020年第1期。

对于东北的想象和认知"。[1]江怡从《野狼Disco》和"铁西三剑客"的"子一代"书写入手,厘清了"东北文艺复兴"这一命题的深层内涵,他认为"东北文艺复兴"并非要复兴曾经有过的某种文艺,而是意图通过文艺创作找回东北的主体地位以及文化历史的阐释权。[2]杨晓帆、李陀等从作品与读者间的关系解读了"东北文艺复兴"现象生成的原因。而丛治辰、杨丹丹等则从双雪涛等作家的东北书写出发,对"东北文艺复兴"这一命题提出了质疑。丛治辰认为"东北文艺复兴"口号的兴起是置身东北老工业基地振兴的现实背景下的巨大焦虑;[3]杨丹丹则认为"东北文艺复兴"是一个伪命题,他认为东北文艺虽有低潮但始终在场,也从未衰落。[4]此外,还有一些硕博论文展开了对"铁西三剑客"和"东北文艺复兴"的讨论,足以证明这一命题的备受关注。

二、"东北文艺":与转型历史相连接的文艺发展

"东北文艺"的转折与东北历史的发展密切关联。20世纪30

---

[1] 黄平、刘天宇:《东北·文艺·复兴——"东北文艺复兴"话语考辨》,《当代作家评论》,2022年第5期。

[2] 江怡:《论"子一代"的东北书写——以董宝石和"新东北作家群"为例》,《文艺理论与批评》,2020年第5期。

[3] 丛治辰:《何谓"东北"?何种"文艺"?何以"复兴"?——双雪涛、班宇、郑执与当前审美趣味的复杂结构》,《中国现代文学研究丛刊》,2020年第4期。

[4] 杨丹丹:《"东北文艺复兴"的伪命题、真问题和唯"新"主义》,《当代作家评论》,2022年第5期。

年代，"东北作家群"和"东北文艺"在反殖民的革命抵抗中坚强崛起。"九一八"事变后，家破人亡、流离失所的东北文学青年相继入关，却无法忘怀故乡沦陷、亲人离散的痛苦和愤懑，在"左翼"文坛的推动下，相继创作出《八月的乡村》（萧军，1935）、《生死场》（萧红，1935）、《科尔沁旗草原》（端木蕻良，1939）、《战地》（舒群，1938）等作品。他们带着沉重炽热的乡土眷恋描绘着生命流亡的历程，记述着白山黑水间的苦难，发出了东北人民奋勇抵抗的呐喊。这一时期东北作家始终站在民族主义文学思潮的潮头，他们将个人流亡的命运与民族国家的命运紧密相连，其执着坚毅的性格也与其民族解放的使命息息相关。他们的作品极富革命的张力，常引起人们的强烈共鸣；而他们的精神更似东北人民的生命脉息，更具恒久的魅力。

而当代东北历史及文艺涉及三次关键性的转折。第一次转折发生于东北解放初期。《在延安文艺座谈会上的讲话》发表以来，曾被剥削、压迫的工人阶级成为文艺服务的对象，并一跃成为国家的领导阶级。1949年3月，毛泽东在党的七届二中全会上指出，要"使中国稳步地由农业国转变为工业国，把中国建设成一个伟大的社会主义国家"[①]，将工业化目标与社会主义理想紧密结合。于是，党领导工人阶级迅速恢复大规模的工业生产建设。而东北作为中国工业发展的急先锋，工业发展的迫切需要和火热沸腾的建设场景，吸引了大批作家来到东北，在东北进行工业题材

[①] 毛泽东：《在中国共产党第七届中央委员会第二次会议上的报告》，《毛泽东选集·第4卷》，北京：人民出版社1966年版，第1438页。

创作。草明的《原动力》(1948)、《火车头》(1950)、《乘风破浪》(1959)，艾芜的《百炼成钢》(1957)，萧军的《五月的矿山》(1957)，程树榛的《钢铁巨人》(1966)等小说再现了东北现代工业生产的新人物、新气象与新成就。此时，反映工业战线的繁荣场景和工人阶级沸腾生活的文学创作，不再仅仅是艺术的、生活的需要，更是政治的、意识形态的要求。东北政府和文化界通过开展识字班、文化夜校等方式进行文化扫盲；创办工人文艺学习班，加强老作家对业余工人作者的写作指导；通过通讯员网络搭建工人自己的文艺阵地。据不完全统计，截至1949年10月，东北地区就招募各级各类通讯员289名；[1]截至1950年7月，建立文化夜校和识字班3874所；[2]同时，草明开办工人文艺学习班9年。[3]《东北日报》的文艺副刊就刊载了大量工人创作的诗歌、歌词、剧本等，他们或抒发翻身的喜悦，"我们离开了铁路、矿山、工厂，/来到了沈阳，/进了大学。/我们很小就听资本家讲，/受罪的是你们，/上学校是我们的事，/这和你们无关"；或记录工业建设的盛况，"发电厂，真能干，/日日夜夜不停歇"[4]；或歌颂工人的奋斗品德，"木工又把活来做，/油匠油好明又亮。/工友们万能的手，/硬把死车给整活"[5]。李云德、王维

---

[1]《十个月来工人通讯工作概况》，《东北日报》，1949年11月1日。
[2]《东北工人识字教育发展》，《东北日报》，1950年7月18日。
[3] 草明：《乘风破浪》，《草明文集·第6卷》，北京：中国青年出版社2011年版，第174页。
[4]《工人诗歌辑》，《东北日报》，1949年5月1日。
[5] 祁醒非：《东北列车》，《东北日报》，1949年7月3日。

洲、王世阁等皆是这一时期成长起来的工人作家，他们与草明、艾芜等专业作家一同铸就了"十七年"时期东北文艺的繁荣。

到了20世纪80年代，尽管东北文艺氛围不似"十七年"时期繁盛，但邓刚、程树臻、金河等的改革小说，马原、洪峰的先锋小说，徐敬亚的朦胧诗等都为中国文学史留下了值得珍视的足迹。而东北文艺的第二次转折发生于市场经济转型的20世纪90年代，当"计划"走向"市场"的改革考验冲击着无力的东北工业，并触及每一位普通人的生存现实时，李铁、津子围、孙春平等作家对东北工业的历史退场投去了悲悯、焦灼的观照，这种观照并非单纯的艺术言说，而是被现实境遇卷入后无奈的领会与挺进。合资公司总经理孙兆伟带领工人夜以继日地尝试机组满负荷运转，竭力在工厂转制的合资谈判中赢得筹码（李铁《我们的负荷》）；工会主席赵吉积极筹划"梦想工厂"，解决下岗职工生存问题，却发现领导的支持不过是"甩锅"的"陷阱"（李铁《梦想工厂》）；下岗女工张小兰为给丈夫谋得一份工作不惜牺牲自己的肉体（津子围《上班》）……负债累累、腐朽衰败、困难重重是这一时期东北工业题材小说所呈现的东北工业生态；生不逢时、惶惶不安、悲苦无奈则是被历史变革甩出原有轨道的工人真实生存的写照。然而，李铁、津子围、鬼金等作家聚焦国企改革下的东北书写在这一时期并未引起大的轰动，东北的辉煌也在作家的低沉叹息中走向迟暮。20世纪90年代真正使东北文艺走向转折的是"俗"文化的兴盛，如风行春晚舞台二十余载的赵本山小品，《马大帅》《刘老根》等东北农村题材电视剧，以及遍布20世纪90年代东北大街小巷的二人转。他们以直白辛辣、俏皮打趣的东北方言，以戏拟、戏耍、戏谑的表演方式，颠覆着精英文化和传统美学。然而，在"俗"文化的浸润中，"东北"逐渐被娱乐化、消费化，甚至低俗化，并在尴尬的"笑剧"和"闹剧"中无可奈何地走向了真正的边缘。

当代东北的第四次转折便发生在当下的融媒体时代。随着喊麦、短视频、直播等的流行，东北和东北人再一次成为人们关注的焦点，这些现象也在90年代赵本山式幽默的基础上，进一步加深了外界对东北形象（粗鲁、野蛮、庸俗）的误读。与此同时，经济衰落的东北亦是文艺关注的焦点。正如双雪涛、郑执、班宇三人因关注东北衰败的老工业区和"下岗"工人的生存境遇而备受瞩目，但被市场化、大众化、城市化浪潮推搡着的他们，已无暇思索与解决东北创伤，无意勾勒与挖掘新东北精神。在他们的笔下，东北人民经受巨大心理落差后走向无所适从和自我催眠，底层工人及后代的命运在一桩桩命案中展开，历史的延宕凄冷而决绝。脏乱破败的"棚户区"、令人纸醉金迷的"麻将"、震惊社会的沈阳"三·八"惨案，成为他们笔下新世纪东北形象的符码。而这样的东北元素在电影《钢的琴》《白日烈焰》等中亦有体现。

通过上述梳理，我们可以看到东北文艺在百年发展历程中从未退场，并在不同阶段呈现出形态各异的面貌。然而，当下东北文艺的繁荣是不是一种"真性"繁荣？如今的东北文艺是否能够体现东北及东北文艺深层的精神内核？这些才是当前学术界应该回答的问题。

三、"文艺复兴":命题的辨伪与东北文艺的繁荣

目前,学界对"东北文艺复兴"这一命题的探讨重点,在于"复兴"命题的真伪。事实上,从上文的论述中可以得知,百年来东北文艺始终在场。但不能否认的是,当下东北文艺或停留于低俗搞笑的内容输出,或沉溺于东北衰败的伤痛书写,所带来的文艺繁荣是一种"假性"繁荣,毋宁说这也是东北文艺窄化、衰落的表现。而相比于"东北文艺复兴",笔者认为"东北文艺振兴"这一命题更为贴切。因为当下东北文艺并非要回到曾经发展的某一阶段,或向流亡时期的革命勇士致敬,或向建设时期的文艺战士献礼,而是在当下,在"东北全面振兴、全方位振兴"的政策推进下,意图通过"文艺"重塑"东北"、振兴"东北",逐步找回经济话语权和文化话语权的一种焦虑和愿景。

文化自信的缺失是东北文艺发展的深层障碍,"舔舐伤口"与"低俗泛滥"皆是精神匮乏的表现。这就需要东北文艺重返历史,在丰富的历史蕴藏中挖掘"东北"走向"振兴"的精神源泉。从历史发展来看,东北在康熙初年便被视作"龙兴之地"被封禁,因故有了"闯关东"的历史;十月革命后,百万白俄溃兵流亡东北,东北被迫接受了丰富的域外文化;抗战年间,东北地区最先沦陷,却也有着铁骨铮铮的东北抗联;抗美援朝时期,东北地区作为"大后方"全力支援前线;而后,沸腾的工业建设、惊心动魄的国企改革和纷纷扰扰的"下岗"大潮中,无不蕴藏着丰富的东北故事、东北精神和东北情怀。当下,如

若我们仅将东北文艺局限在"下岗"这一个历史事件，局限在几位东北青年作家、艺术家，甚至是网络红人身上，那必然是对东北文艺和东北文化的误读和窄化。

近年来，东北文坛不乏一些作家开始向历史纵深掘进，在历史与现实的对照中重塑东北文化。《额尔古纳河右岸》（迟子建，2005）、《唇典》（刘庆，2017）、《十月的土地》（津子围，2021）等小说以东北为记忆场域，将生于斯、长于斯的童年记忆、知识经验和情感蕴蓄积聚成一种超越代际的文化认同，凝视东北的历史创伤与生活肌理，于历史的褶皱中张扬东北独特的气韵。《工人村》（温恕，2012）、《锦绣》（李铁，2021）、《圣地工人村》（张瑞，2021）等东北工业题材小说将宏大叙事与微观视角、顶层设计与生产场景、工业历史与现实生活相结合，既展现了东北工业从兴建到变革，从衰落到崛起的建设历程，也勾勒了一幅饱含烟火气的东北生活全景图。这些作家在回顾历史的过程中，不仅注视了东北的"痛"，更挖掘了东北的"魂"；他们不龟缩于生存的"困境"，而是着力追寻精神的"突破"，为东北振兴提供精神资源，为正在被误读的东北形象正名。

此外，东北文化中饱含着非常丰富、独特的民间文艺资源。我们应当深度挖掘、适度改造民间文艺，以在大众化、市场化的当下获得重新繁荣的动力。民歌、秧歌、高跷等皆是东北代表性的民间艺术形式，这些艺术形式虽在其他区域亦有发展，但在东北却自成一格。粗犷的自然环境和相对自由的人文环境使东北民间文艺整体上呈现出一种强悍、率真、热烈、淳朴的审美风格，如东北秧歌大张大合、东北二人转活俏浪逗、东北

· 误读的"复兴"与"繁荣"的困境 ·

高跷节奏鲜明,而这种表现形式也正呈现出东北刚柔并济、热情洋溢、泼辣风趣的精神状态和文化性格。值得注意的是,东北是多民族聚集的区域,带有北方民族特色的多元文艺兼容共生,如赫哲族的"依玛堪"、满族的"乌勒本"、蒙古族的"乌力格尔"、朝鲜族的"盘索里"等说唱艺术,原在少数民族内部口耳相传,后有一些改用汉语讲唱承袭。而这些埋藏在东北的民间艺术资源已成濒危状态,亟待抢救。

东北的民间文艺资源借由大众文化的兴起曾在90年代获得过短暂的繁荣,饱含东北民间特色的小品、电视剧、二人转等在全国红极一时。而如今,老一代"小品王"已经退出历史舞台,新一代"小品王"却靠肤浅的戏耍博得观众廉价的笑声;乡村题材喜剧仍在依靠往日的灿烂余晖闪亮,但所谓的"情怀"早已被消费殆尽,这与消费主义的文化逻辑密切相关。首先,东北民间文艺,尤其是小品、二人转等表演形式本身就带有鲜明的娱乐化属性,与大众审美有着天然的契合,自然能够快速受到大众的青睐。但消费主义的介入,使自由、野性的东北民间艺术以"剧场化"的形式呈现,于是为迎合市场和受众,民间艺术不断消解"诗性"和"崇高",并在不节制的"丑化"和"低俗化"中最终走向了对艺术本质的放逐。除此之外,如今越来越多披着"东北民间文艺""东北民间特色"外衣的影视剧、歌曲、文本甚嚣尘上,而这些作品早已失去东北民间文艺的精神内核,留给受众的只有感官上的快感和冲击,也造成了外界对东北形象的误读。因此,如何在消费主义的文化语境中寻找东北民间文艺的发展路径,让民间文艺既能免受"物"的挤压,又免于被遮蔽，合理借助商业运作的手段，推动民间艺术以丰富、本真的姿态信步于文化全球化的激流中，应是传承民间文艺、繁荣东北文艺的题中应有之义。

结　语

传统意义上的"文艺复兴"，强调文艺精神的重新挖掘和重新塑造。然而，近年来，董宝石、梁龙等人所提出和践行的"东北文艺复兴"，更多的只停留在了对东北日常生活记忆的复苏与缅怀上，或是东北文艺曝光度的提升上，并未进入人文精神和历史逻辑等纵深层次。而双雪涛、班宇、郑执等作家尽管以自身生活经验为基点深入东北历史，却无意实现对东北人、东北社会以及东北文化精神的再造。加之，东北文艺从历史发展上看，从未"衰落"，就更谈不上"复兴"。因此，这场"东北文艺复兴"更像是媒介营销下的"报团取暖"。但是，尽管"东北文艺复兴"这一命题不恰当，但不代表东北文艺不需要反思。随着东北地域经济的衰落，东北文化也逐渐走向了边缘化。尽管当下这种带有娱乐性质的"曝光"，还在维持着东北文艺的"繁荣"，但这种"繁荣"不是长期的、健康的"繁荣"，东北文艺必须找到一条适合的路径实现自我精神的重塑，进而推动东北地域的"繁荣"。事实上，在消费主义盛行的文化语境下，东北文艺应当以何种形态、何种方式复兴，其实答案并不明确。但明确的是，这一关键时刻，更呼唤文艺家和文艺批评家有责任和义务始终"在场"，不断"发声"。

第二辑

东北"地之子"的苦难史诗与伦理寓言
——评津子围长篇小说《十月的土地》

摘要：《十月的土地》所讲述的是土地与生存、家族倾轧与民族抗争等"故事"背后的有关东北个人与民族记忆的苦难史诗与伦理寓言。"地之子"应属五四新文学作者创造的表达方式，传承着中国现代知识分子书写"土地"的精神血脉，《十月的土地》中农民倾诉大地之爱的情感寄托，正是缘于东北以"地之子"为伦理内核的历史文化土壤之根，再现了白山黑水间由生命之艰、情感之艰、民族大义之艰等精神母题所镌刻的苦难史诗，又以穿透"土地"的理性审思，叙写了游移在寒葱河、莲花泡、蛤蟆塘等地三代人异质性"土地观"伦理寓言。

关键词：津子围；《十月的土地》；苦难史诗；伦理寓言

李广田在诗歌《地之子》中深情地吟唱："我是生自土中／来自田间的／这大地，我的母亲／我对她有着作为人子的深情。"①这首小诗形象地诉说了由乡土涉入城市的现代"诗人"对于"大地"的无限眷恋。对于这类现代知识分子"母亲"般的"大地"想象与"子"的身份意识,研究者赵园曾进一步剖析:"中国现代史上的知识分子,往往自觉其有继承自'土地'的精神血脉,'大地之歌'更是近代以来中国知识分子的习惯性吟唱。""它毋宁说过于朴素,近于童稚,但包含其中的文化骄傲,是十足真诚的。"②新文学创作者们面对波谲云诡的现代乡土社会与民族存亡变革,纷纷裹挟在"非理性"的时代大潮中高扬"地之子"的精神旗帜,以图唤醒"土地"所维系的知识者自身的"文化血缘"以及人与人、人与民族的血肉记忆;而流亡的"东北作家群"则"第一次将作家的心血,与东北广袤的黑土,铁蹄下不屈的人民、茂草、高粱,搅成一团,以一种浓郁的眷恋乡土的爱国主义情绪与粗犷的地方风格"③,典型地开辟了现代小说史中和着个人与民族血与泪的"地之子"文化身份体认。

津子围同样是在这一民族与地域历史文化领域艰辛跋涉的当代作家,他的新作《十月的土地》实则在21世纪之初发表的《老铁道》系列短篇小说集、《黄金埋在河对岸》《裂纹虎牙》等小说中便有所体现。可以说,津子围从黑龙江外乡徙入大连的

---

① 李广田:《地之子》,《李广田文集·第2卷》,济南:山东文艺出版社1984年版,第16页。

② 赵园:《地之子》,北京:北京大学出版社2007年版,第7-10页。

③ 钱理群、温儒敏、吴福辉:《中国现代文学三十年》,北京:北京大学出版社2016年版,第265页。

人生经历，为其以"地之子"的身份意识接续东北叙事提供了现实基础。但他也并不处于"东北作家群"等人的历史在场语境，其一贯的理性锋芒与温情姿态又冲淡了上述东北"地之子"叙事传统中的"非理性"倾向，甚至于他而言，历史与地域等题材要素并不构成其创作冲动，这在2014年津子围与林喦的一场访谈中可得以证实。

当林喦以"旧事题材"为名囊括"一些表现20世纪20、30年代到1949年以前的这一段历史的故事的文学作品"并加以发问时，津子围淡然地回应道："只要某个'触发点'令我心动，我就会探究下去，并不在意这个故事（或者作品里的人物）该发生（或者生活）在哪个时代、哪个地域。在我看来，无论时代还是地域，人性的某些东西是共通的，比如喜怒哀乐，所不同的是，舞台上换了场景和道具罢了。"[①]在《十月的土地》文末，作者特意说明该文本在2010—2020年完成所有创作工作。这意味着上述对话中津子围对"地域"与"年代"的淡漠表述同样值得重视，意即尽管《十月的土地》塑造了东北历史与地域烟尘中栩栩如生的"地之子"形象谱系，但作者创作意图更投注至历史与地域之外"人性的某些东西"，这与津子围一贯的理性思辨底色相吻合。从这一逻辑秩序切入，理应成为我们解读《十月的土地》文本世界的有效窗口。

---

① 林喦、津子围：《好作家不会被落下——与作家津子围的对话》，《渤海大学学报（哲学社会科学版）》，2014年第3期。

一、近现代东北"土地"上不屈的魂灵与苦难史诗

阎连科曾在剑桥大学的一场讲演中以"民族苦难与文学的空白"为题,指涉"我们确实没有充满作家个人伤痛的深刻思考和更为疼痛的个人化写作,没有写出过与这些苦难相匹配的作品来"[①]。这或许并非通往民族苦难叙事经典的唯一渠道,但其渴盼触及受难者"个人"灵魂体验的苦难叙事,却也是世界各民族苦难文学经典的必要条件。东北近现代史是一部苦难史,大量具有"史诗"般文化品格的再现黑土地上不屈儿女们血泪抗争的文学作品,是对苦难时代的最大回敬。陈晓明更是凝练地将之表述为:"苦难是历史叙事的本质,而历史叙事则是苦难存在的形式。"[②]不同于历史在场的"东北作家群"或从侧面揭露帝国主义铁蹄下"国民性"缓慢觉醒的受难者们(如萧红《生死场》),或从正面歌颂苦难时代下黑土地游击抗争中的坚韧魂灵(如萧军《八月的乡村》),也不同于历史离场的当代作家以"小人物"的典型苦难经历想象"大时代"之于人和民族的无尽苦难体验(如迟子建《伪满洲国》《额尔古纳河右岸》),津子围在《十月的土地》中延续了其惯有的理性思辨意识,同时将他

---

① 阎连科:《民族苦难与文学的空白——在剑桥大学东方系的讲演》,《渤海大学学报(哲学社会科学版)》,2009年第2期。

② 陈晓明:《表意的焦虑——历史祛魅与当代文学变革》,北京:中央编译出版社2001年版,第403页。

满腹的"悲悯"情怀融入了围绕"土地"所显现的苦难群像与不屈魂灵中,并在生命之艰、爱欲之艰、民族大义之艰等苦难经历中淬炼出具有隽永意义的"苦难意识",从而叙写出一部浑厚深邃的苦难史诗。

《十月的土地》是一部以"土地"为题眼的民族苦难史叙事,其既突出了作为基本生产资料的"土地",又注意到了"黑土地"所独具的东北神秘文化滋养下的"人"的粗粝苦难与生命之艰。章兆仁表面上看"是二掌柜的,全面负责农作物生产",甚至当"老毛子来了"的时候,他还有章氏大院"家长"式的决断权力——至少在章家众人"抄家伙,跟二掌柜的上院墙,今天跟老毛子干到底了!"①的应和声中营造起了这样的等级地位,但实际上,章兆仁因受到老太爷章秉麟的恩惠,以及对自己与章兆龙之间"堂兄弟"的伦理认同,尽管媳妇章韩氏一直以来反复诉说着他们作为"二份儿"处境的苦恼,但兆仁始终没有意识到"土地"所有权问题将成为他们"生命"苦难的根源。相反,兆仁在莲花泡开荒等实际土地生产活动中却耗费了一生的精力与心血,并且遭遇了土地生产所带来的"痨病底子",即一生无尽的身体苦难。当两家决裂时,"土地"问题直接将章兆仁推入沉重的情感与现实的双重苦难,即一方面兆仁"我是二份儿的不假,但怎么也算是本家吧"②的伦理想象,被章兆龙"其实你只是我家的劳金……"③等话语彻底粉碎,由于

---

① 津子围:《十月的土地》,长沙:湖南文艺出版社2021年版,第24页。
② 津子围:《十月的土地》,第45页。
③ 津子围:《十月的土地》,第217页。

"土地"所有权的不公，这导致兆仁一生的伦理信念被彻底拖入了苦难的溃散边缘。另一方面，由于章兆龙翻手为云的手段，彻底剥夺了章兆仁一家赖以生存的"莲花泡河西四十垧土地"，使得章兆仁一家"拖着伤残的身体"，投入到"蛤蟆塘开荒"的苦难生活中。可以说，津子围塑造了章兆仁作为封建家族依附关系中的"二掌柜的"，土地生产关系中的"劳金"这一典型形象，并以此还原了"土地"在社会生产关系结构中如何演变为"苦难"的根源，继而成为牵涉"人"生存与伦理苦难的"生命"之艰。

与之相应，后者则根植于东北这片神秘色彩盛行的"黑土地"，充分表现了黑土之上受难的"人"粗犷的生命力。小说开篇讲述了因"染上霍乱"而奄奄一息的章文德被扔到"虎山关帝庙"，在此他陷入到了代表现实生命的"泥土"与死亡的"梦魇"之间艰难徘徊、挣扎的苦难历程，"他变成了一颗发芽的豆子，一点点伸展着腰身，一点点向上努力着，他在拼尽全力拱破地皮，只是，头顶的地皮太硬了，坚硬如石。他艰难地生长着，从泥土里挣扎着……"[1]这段写意文字生动地描绘了章文德在泥土中如何艰难地为"生命"而挣扎，而他之所以被弃置到关帝庙，按照作者的解释是"按当地的风俗，得了瘟病没断气的孩子半埋在土里，大概是怕孩子的眼睛被老娃子啄出洞来，那样到阴曹地府也不至于瞎了。等孩子彻底没气了，再深挖深

---

[1] 津子围：《十月的土地》，第1页。

埋"①。怀抱着求"生"的希望，人们重新回到土地，这寄托了东北先民对于泥土与生命共生死的认同。再如章文德、章文海、章佳馨等自小便耳熟能详的"顺口溜儿"，在其看似轻巧调皮的"农谚""歌谣"等语言形式下，实则寄寓着东北先民在困苦的自然环境中所凝练的土地智慧。这类风俗画式的"风景"描写，更凸显了东北人民粗粝的生命力与苦难的挣扎史。

洪治纲曾描述新世纪小说中存在过度"失范"的写作倾向："他们的审美理想中似乎隐含着这样一种叙述逻辑：作品要深刻，就必须让它体现出某种极端的情感冲击力；而要使叙事具备这种情感冲击力，就必须让人物呼天抢地、凄苦无边。这是一种典型的'苦难焦虑症'式的写作。"②事实上，津子围的前作中也存在显见的现代都市"小人物""焦虑"书写以及其自身思想的"焦虑"③，但如前所述，在《十月的土地》中津子围呈现出由"土地"缓缓切入苦难世界的大气象，他并没有着力于塑造"呼天抢地、凄苦无边"式的受难人物，相反他一方面蹚入

---

① 津子围：《十月的土地》，第11页。

② 洪治纲：《心灵的见》，广州：广东人民出版社2009年版，第51页。

③ 在2007年1月由中国作家协会《小说选刊》杂志、辽宁作家协会主办的"津子围作品研讨会"上，与会专家秦万里、贺绍俊、孙春平、李敬泽、刘兆林（按发言顺序排列）等都重点研讨了津子围作品中普遍存在的"焦虑"现象，以及由此所折射出的作家的"焦虑"心态，其中秦万里生动地分析了"这可能跟他的性格有关，善良，他总是焦虑，最后化解，总是让人家有出路"，这颇为凝练地反映了津子围如何在"理性思辨"与"悲悯情怀"兼具的创作品质中生成独特的"焦虑"现象。参见：《津子围作品研讨会纪实》，网址http://www.chinawriter.com.cn/2007/2007-01-23/41738.html"

肩负着沉重历史枷锁的"社会学"层面"土地"与"历史关系中的人"的苦难世界，另一方面又涉入"文化学"层面"土地"与"历史现实中的人"的苦难世界，旋而合力指向历史苦难中"人"的生命之艰——从马斯洛的需求层次结构来看，这属于"人"最基本、最有力量的"生理的需要"层次。新世纪之初便有论者深感于"20世纪中国文学的苦难叙事曾经走入单一化，但世纪末开始回流"的欣喜现状，直称"一切社会苦难的回顾与总结，如果单单空洞地指向抽象的'历史''社会'或'政治'意义，忽视了个人苦难，增加的只是个人内心的沉重。苦难的意义被抽象化，削弱了现实的具体性，使得苦难仅仅成为目的，而强烈的目的性带来无意义化的压抑"[1]。津子围显然是以"人本"的思想观点探索历史中的"土地"与人的苦难史如何产生交集的，即在生命之艰的维度上，作者更着意历史中受难的"人"如何在多元需求中唤醒基于"土地"的"苦难意识"的精神母题。

"对于苦难，每一个民族都有自己的理解方式。在俄罗斯，人们崇拜苦难，甚至享受苦难。"[2]而在中国，史诗传统的匮乏与苦难体验的盈余，使得当代小说勇敢地以史诗的体量去记录个人、民族的苦难心灵史。津子围是用悲悯的情怀通过"土地"抚慰这段苦难史诗的，正如小说中第四代人所感受到的

---

[1] 刘俐莉：《苦难叙事与20世纪中国文学》，《广西社会科学》，2005年第7期。

[2] 郭小丽：《俄罗斯民族的苦难意识》，《俄罗斯研究》，2005年第4期。

那样,"章廷寿认真地在房后抓了一把土,在鼻子上闻了闻,他觉得有腥味儿,再闻还有股苦味儿,到了最后他的确闻到了芬芳"[1]。津子围以最大的悲悯与善意回敬了土地所表征的民族苦难史,而土地所延传的个人与民族的苦难史诗又何尝不是如此。

二、主体性认同与对话:时间·记忆·土地

"时间"与"记忆"对于理解津子围的小说创作是极为重要的范畴。他曾比拟"写作是抖落时间的羽毛",而"记忆其实是时间作用的另一种方式,小说与记忆关系密切,是一种特殊的时间表达形式"[2]。故而当林喦捕捉到其"无论是什么题材都赋予当代的话语方式与时间性"时,津子围直呼"您恰恰提出了新的文学评论视角"。受惠于《预测未来/剑桥年度主题讲座》中所载的"循环时间"与"线性时间"的启迪,津子围不再疑惑地"漂浮在时间的河流里",相反他逐渐形成了"时间对未来丧失了刻度""有的时候,走的是我们而不是时间"[3]等现代意义上的时间观。在《十月的土地》中,他便在"线性时间"的流向中寄寓着深刻的"循环时间"结构,并使之成为统一的有机

---

[1] 津子围:《十月的土地》,第264页。

[2] 津子围:《写作是抖落时间的羽毛》,《光明日报》,2012年7月17日14版。

[3] 林喦、津子围:《好作家不会被落下——与作家津子围的对话》,《渤海大学学报(哲学社会科学版)》,2014年第3期。

体。真正实现沟通这两大时间系统的，正是拥有深邃苦难记忆的"土地"以及"地之子"的主体构建。

"线性时间"是由基督教思想中时间概念发展同"世界历史"进程密切相关的时间观发展而来，在工业化时代下更指代"不可逆"时间，这类时间观也普遍充斥在当代小说的基本叙事结构中。《十月的土地》整体沿着20世纪20年代至40年代的线性历史时间，逐步完成了这一矢向上家族叙事向抗战叙事的转变。但作者是紧贴着"土地"的历史时间，以大开大合的格局讲述"土地"与"家族"如何在现代性大潮的裹挟下呈现代际间"地之子"的伦理嬗变。小说中第一代人章秉麒与章秉麟身处清末封建小农经济破产时代，在兆仁"记忆"视野中的父亲章秉麒将一生的时间，甚至是生命同"山东老家那可怜巴巴的一小块山坡地"密切联结，并且成为封建小农意识的化身。而章秉麟的"闯关东"创业历程则颇具传奇色彩，其既以丰厚的"土地"资本构建起封建家族及其伦理体系，又以在"玄微居草屋"中痴心于传统士人文化使他成为典型的"乡绅"。第二代人章兆龙与章兆仁在"土地"关系上发生歧化，这与20世纪初期资本经济深入乡土中国的现代性进程同构。章兆龙以"金钱"为标尺将精力聚焦在资本主义生产式的"生意"上，如百草沟金矿、三岔口油坊等，成为集地主与民族资本家于一身的"复合"体；兆仁则始终以拓荒者式的"农民"自居，延续着传统物质生产意义上的"地之子"身份。现代性语境冲击中成长起来的第三代人，以章文德、章文智、章文礼等为代表则同"土地"的关系更加分化。在"二份儿"身份标属下成长起来的章文德始终对"土地"保持着熟稔的体感与主动的亲近,在灵肉方面成为现代乡土社会的"地之子";在"大份儿"身份语境中成长起来的章文智则对现代性中的"土地"等事物保持着乌托邦式的幻想;而章文礼则充分沿袭了父亲章兆龙的资本主义价值观,甚至颇为极致地展现了资本主义金钱"异化"后的人性丑恶。第四代人章廷寿、章廷喜则成长于抗战炮火中,面对浇灌了父辈民族大义的"土地",他们捧着章秉麟流传下来的"谷种"走入"土地"历史的纵深,也显示了线性时间流向下"地之子"的时代坐标与精神延传。

诚然,"土地"自身所承载的民间时间中"周期""回归""轮回"等文化记忆,使得津子围小说中的叙事时间最终并未流于单向度的线性历史时间,而是在其发展趋向中嵌入了相对封闭的"循环时间"。"循环时间"给作者颇为困惑的时间观带来了心灵震撼,自然也是津子围小说的深邃之处。这一时间概念是自远古以来中西方基于"自然周期论""宇宙回归论""灵魂轮回说"等观念归纳、感知而来,一度被视为"前传统社会"的产物。尼采的"永恒轮回说"、维科的"循环历史观"等学说的兴起,又为这一古老的叙事时间观注入了新的活力。与之相对应,津子围在小说中显然注意到了"地之子"的主体性问题,与其说其沿着线性时间向现代性深处显露出代际演变的进化轮廓,毋宁说其更置身在具体的历史的民间实践现场中,受到循环、重复甚至是轮回的"土地"记忆的影响而逐步形成"实践主体"与"精神主体"认同的时间过程。从章兆仁、章文德父子农事生产中随口捻来的"周期"性的农谚经验，到"土地"所浸润的"爱和恨"的记忆在兆仁、文德父子身上的"回归"性的复现，章氏父子"在地"的实践主体活动，典型地言说了历史烟尘中土地与人"如同自己的身躯和血液一样"[①]的必然秩序。在此之上，故事开篇章文德在关帝庙嗅到了生死间"土地"所混杂的"腥味儿"，结尾处章廷寿亦感受到了土地"腥味儿"的存在，这种朴素的"土地"体感，实则更隐喻着精神主体层面民间苦难记忆的"绵延交替"与"循环往复"。

值得注意的是，面对小说中章秉麟的灵魂寄生在章文德这一宿主身上的带有神秘色彩的故事情节，贺绍俊高屋建瓴地从"文学／文化"的维度将其统摄起来解读："它把从章秉麟到章文德的几代人的魂儿连成一条线，暗示着土地的魂魄是由传统文化建构起来的"，而就这一"非现实"手法，他直言这是"因为东北的神秘文化渗透在民间的日常生活中"，而"东北神秘文化就是在东北土地上生长起来的，它蕴含着土地魂魄的精气"。[②]可以说，这全面地揭示了津子围对"灵魂寄生"行为与土地甚至是东北神秘文化的魂魄书写。若继续从跨越祖孙的"灵魂寄生"行为所具有的超现实能力来探究的话，它在文本叙事上确实扰乱了某种合规律的、不可逆转的线性历史时间，且嵌入了类似"灵魂轮回说"的"循环时间"职能。但与纯粹的"灵魂轮回"所不同的是，小说中灵魂寄生后的"章文德"更像是章

---

① 津子围：《十月的土地》，第71页。
② 贺绍俊：《东北土地的魂魄书——津子围〈十月的土地〉人物析》，《当代作家评论》，2021年第2期。

秉麟与章文德的"灵魂复合体"。该"灵魂复合体"实现了"西斜的阳光"俯照下章秉麟"再活一回"的纠葛心境，让他以无声的"游魂"状态跟随着章文德，彻底经历了一遍"现代性"浪潮冲击下"地之子"的"循环时间"认同与"线性时间"走向。从某种意义上看，这二者间的关系更像是曹文轩所比拟的"时间获得了两个形象，一辆金泽闪闪的马车，在一直向前，而它的轮子，却又在作相对的圆周运动，一个时间向前，一个时间在循环。这大概是东方人的智慧东方人发现了时间的隐喻"[①]。关于"线性时间"与"循环时间"之争，一直是中西方思想史上"两难"的精神命题。无可忽视的是，作为一种思想的影子，这也投射到了新世纪历史小说创作与评论的叙事时间之维。以刘旭为代表，他对贺享雍"农村志"书写中"一到土地面前，他的时间感就消失了"的时间美学颇为推崇，并盛誉其"取消了进化时间的东方循环时间观给中国乡村的一个坚定的信念：为了家族，为了后代，为了一个苦难而庄严的轮回"的"东方化叙事建构的可能"[②]。相形之下，津子围则坦然选择了一条耦合"循环时间"与"线性时间"的道路，并由此实现其"一体两面"的美学效应。

所谓"一体两面"的美学效应，是指津子围以"土地"所内含的"时间"抑或说"记忆"为本体，历史性地还原了东北"地之子"在时间之维的主体性认同，而"两面"则分别指涉

[①] 曹文轩：《小说门》，北京：作家出版社2002年版，第126页。
[②] 刘旭：《东方循环时间观与东方化叙事建构的可能——关于贺享雍的"乡村志"系列小说》，《当代文坛》，2019年第3期。

"线性时间"与"循环时间"的主体间性现场。我们仍以章秉麟灵魂寄生在章文德身上这一事件为切入点,其一方面典型地反映了小说是在循环时间的重复与记忆中窥视线性时间的现代演进的。且不提章秉麟是在季节"周期"、生命"回归"、灵魂"轮回"的颇具民间色彩的循环时间格局中重新体验线性时间,单就其由回忆"前世"章秉麟所经历的"莲花泡山清水秀,新垦泥香"的传统"乡绅"式诗意土地至境,到经历"他不知道他是在经历自己的事情,还是在经历孙子的事情"的苦难历程后,体验到"人的魂儿被身体囚禁,而人的身体却被大地囚禁着"[1]的"地之子"的主体性生存空间,章秉麟显然随着宿主章文德的线性时间体验延伸了自身的现代性体悟。另一方面则形象地映射了小说是在线性时间的演进中感受循环时间的主体性认同与操守的。章秉麟"灵魂寄生"行为是在线性时间演进的链条中完成的,其"寄生"与"失语"的境遇使其只能依附于章文德"地之子"的身份去体验现代社会,但这也让他在追随"重复"土地耕作的章文德身上突破了自己的认知局限性,最终意识到无论在现代性冲击下如何"折腾","就像不知不觉流逝的岁月,人是大地的记忆罢了",即线性时间长河中存在着循环时间所濡染的民间文化记忆及其所促发的"地之子"的主体性认同。

张清华曾真切地谈道:"整体上看,当代作家在时间意识方面呈现了多维度的变化。在许多有着自觉文化意识与艺术追求

---

[1] 津子围:《十月的土地》,第366页。

的作家那里,对一维进化论时间观的颠覆与反思,对中国传统时间意识的重新认同——不管是自觉抑或是出于'集体无意识'——都是其作品的艺术品质和历史、生活、生命感得以呈现的最内在和最主要的原因。"①津子围显然从历史现代转型与个体生命感触等方面分别触发了线性时间与循环时间的整体性叙事,这既显示了作家对时间与记忆深处"土地"与人的历史如何生成主体性认同的审慎思考,又映射了历史语境中的"人"("地之子")与东北文化如何呈现时间之思,并使之成为苦难史诗的文学注脚与审美范本。

三、伦理性内涵与喻义:历史·伦理·寓言

"时间"与"记忆"的多元理解,促使津子围走向了东北大地的历史纵深以及"地之子"的伦理世界。对于小说中东北"土地"与"人"的历史书写,同是小说家的米兰·昆德拉曾在《作为对历史的反动的小说史》中谈道:"因为人类的历史与小说的历史是完全不同的两码事。假如说前者不属于人,假如说他像一股陌生的外力那样强加于人的话,那么,小说(绘画、音乐也同样)的历史则诞生于人的自由,诞生于人的彻底个性化的创造,诞生于人的选择。""一门艺术的历史以其个性

---

① 张清华:《时间的美学——论时间修辞与当代文学的美学演变》,《文艺研究》,2006年第7期。

特点而成为人对人类历史之非个性的反动。"①走出先锋后的津子围在小说《十月的土地》中脱去了海登·怀特、琳达·哈钦等"历史诗学"的解构况味，且不同于米兰·昆德拉在精神深处对于意识形态与媚俗的恐惧与反动，他在文本中直面"人"（地之子）与东北"土地"历史的个性与共性之维的审美主题，甚至将其理性的目光穿透到了"地之子"的伦理与寓言深处。

正如小说封面所坦言："一部波澜壮阔历史背景下追寻土地的道德的史诗之作。"津子围对于"土地的道德的"历史本相探寻，是以"地之子"的行为遭际与伦理寓言而呈现的。小说中着力呈现了章兆仁等一批东北历史中的底层农民形象，他们承担着祖辈对于"土地"的苦难记忆与生存对于"土地"的苦难体验，"土地"之于他们兼具着苦难体验与生存幸福的"二律背反"式的意义，并且在此基础上形成实用性的"土地"信仰。正如章兆仁在感受到儿子文德倦怠"下地"的时候所告诫的"小孩怕没娘。可对农民来说，没了地就没了娘"②，兆仁并未意识到情感伦理方面"土地"与"人"的密切联系，而是下意识地在现实生存方面达成了对"土地"的血肉信仰，并且将之教予下一代子女。这也寓意了以章兆仁为典型的底层农民，是以"为生存而信仰"的功利性信仰达成对"地之子"身份认同的。作为"土地的道德的"伦理认同，章兆仁们显然是从道德实用

---

① 米兰·昆德拉：《被背叛的遗嘱》，余中先译，上海：上海译文出版社2015年版，第17页。

② 津子围：《十月的土地》，第25页。

主义的伦理寓言层面统摄"人"与"土地"的,这里的"地之子"便具备了物质意义层面的形而下信仰意味。就表征内在精神的"信仰"一词,康德在面对向善的"德行"范畴与精神的"幸福"范畴产生固有困境时,将"信仰"一词加诸二者之间。"此时,只有引入'至善'的概念,借助信仰的力量,使得行为者将各项规范内化为道德义务,而不关心道德行为与幸福的联系,才能最终解决'德行'与'幸福'的悖论,从而实现道德律和人自身的尊严。"[①]如果说章兆仁体现了物质生存困境层面的"地之子"身份伦理,那么章文德的土地意识与精神气质,则逐步体现出了康德心目中所认定的"为信仰而信仰"的伦理范式,并成为真正的"地之子"。章文德在接受父亲章兆仁"土地即母亲"式的信仰启蒙后,在重复的土地劳动中却逐渐形成了纯粹的土地信仰。比如章文德在全家被排挤到莲花泡老宅后,遇到自寒葱河来的章佳馨,尽管"河西那片高粱是否受病"已与其"生存"毫无关联,但他仍牵挂着这方土地上作物的生长与收成。再如被迫以章家少爷身份来到百草沟金矿督工的章文德,在这样的环境中使他脱离了为生存而耕地的原始欲望,但当他看到土质极佳的"土地"时,仍压抑不住自己耕种的欲念,仅仅是因为"不想辜负春天的好时光"[②]。正如小说所言"章文德的目的就是种地,只管耕种,没想收获,或者说收获是谁都没

---

① 童娣,张光芒:《新世纪文学叙事伦理的新动向》,《文艺争鸣》,2009年第6期。

② 津子围:《十月的土地》,第149页。

有关系"①，也正是这样颇为纯粹的动机，使得章文德植根于"土地"成为精神意义层面的"地之子"。当章文德随着姜照成、张胡等"匪徒"流亡至山穷水尽的马蹄沟时，"肉票"身份的章文德凭借着他颇为纯粹的"种地"行动，以及对于"土地"之上的农家谚语、歌谣等的运用自如，其逐渐通过"土地"构建起具有"神圣感召力的"精神魅力，而章文德这样纯粹的"地之子"精神特质，其实显露出"道德形而上"的丰富意味。张光芒曾勾勒出"道德形而上主义的三重境界"，指出"只有在实践意义上将道德形而上充分地'主义化'，才能与人的终极价值与信仰相遇"，并绘制出了道德形而上的最高境界"为主义而主义：文化启蒙的终极"②。事实上，章文德就处在第三重境界之上，通过其纯粹的"地之子"道德伦理品质，充分寓言了历史深处"人性"文化以及"土地的道德的"光辉与温度。

然而津子围又不决意于完全导向"不用之用"的道德理想式东北"地之子"形象塑造，他实质上是以"土地"与"人"的视点，在小说中重思了如何赓续东北"家族叙事"与"抗战叙事"的文学命题。当日寇大举侵犯东北"土地"时，原先"家族叙事"中汲汲于个人仇恨的张胡、沉溺于个人情意纠葛的袁骧与章佳馨，尤其是"像鹰一样敏捷、凶狠和变化多端"[3]甚至集薄情寡恩、玩弄权术、嫖娼赌博等特点于一身的家族"大

---

① 津子围：《十月的土地》，第150页。
② 张光芒：《道德形而上主义的三重境界》，《河北学刊》，2004年第4期。
③ 津子围：《十月的土地》，第254页。

· 东北"地之子"的苦难史诗与伦理寓言 ·

掌柜"章兆龙,都在抗战的转折点到来之后毅然选择了捍卫民族的"土地"、东北的"土地"。此中章兆龙作为封建家族"家长"式的典型人物,随着抗战爆发后其藏匿于苏联的黄金的真正意图被揭露——"实际上,我是留了一个后手"[①],他的人物形象也因黄金用来资助袁骧抗日救国的情节而随即反转,这也很符合津子围惯常的"故事"风格。此后章兆龙最终在凛冽冬日眺望河对岸"黄金"的执念中——"黄金"意味着抗战护"土"的资本与希望,洞悉了"自己精明一世,糊涂一时,精心算计了一辈子,到最后还是算不过命运"[②],也因对民族抑或东北"土地"的赤子之情,使他彻底解构了封建伦理视域下的荒谬行径,并且获得了"土地"与"人"的真谛及"人性"的反思,形象地寓言了民族资本家、地主在抗战大义下的土地意识与家国情怀。章文德则以"为信仰而信仰"的土地观步入抗战的现实大潮,当各色面孔的抗日力量涌入蛤蟆塘时,他所执念的仍是蛤蟆塘一方土地内纯粹的"地之子"身份的恪守,并且仅在一定的道义与物质层面有意愿支援抗日伟业。唯有日寇的"开拓团"横征蛤蟆塘土地时,章文德形而上的"地之子"想象彻底失去了现实土壤,从而迫使他加入了抗日的洪流中。可以说,抗战的烽火解构了传统中国"地之子"伦理形而上想象的现实基础,自觉或不自觉地迫使"地之子"们重申"土地"与"人"的关系。章文德对民族的"土地"、东北的"土地"的捍

---

① 津子围:《十月的土地》,第267页。
② 津子围:《十月的土地》,第287页。

卫，是始于对"蛤蟆塘"这一方土地的捍卫的。但无论如何，章文德真实地寓言出了抗战烽火下具有"土地"形而上伦理意识的"地之子"们，如何在捍卫民族的"土地"的形而下伦理世界中，最终悟得"只要山能绿，鸟能飞，人就能活"的土地真谛，即"土地"伦理本质仍在于活生生的"人"。

《十月的土地》还是一部以"人"与"土地"寓言历史烟海中浩瀚的"传统/现代"伦理转型的史诗。津子围对于东北"土地"现代性转型的书写并不局限在线性上升的空间，而是采用"螺旋式上升"的方式寓言现代性进程。正合赵一凡等人所言："何谓文艺现代性？不妨说，它既是自由表达的欲望，也是理性自身的叛逆。"①小说中的章文智一门心思沉溺在"农作物改良"、研究"洋座钟"与"放大镜"等物件上，并且在"嫁接法"等农业技术的刻苦"钻研"中，获得了对现代性转型下的"土地"的莫大兴趣。但在实际运用过程中，章文智却又颇具"学洋不化"的乌托邦理想气味。如丁帆所言："我以为作家'讲故事'的'忠诚'应该暗含的是对马克思'历史的必然'艺术作品真理性的'忠诚'阐释。"②津子围显然意识到了章文智正是东北近现代历史中受"启蒙现代性"思潮深远影响的典型，作者并未忽视"启蒙现代性"思潮影响下"悖论"性的历史存在。贺绍俊更是基于章文智在传统与现代之间艰难打捞"洋座

---

① 赵一凡、张中载、李德恩：《西方文论关键词》，北京：外语教学与研究出版社2006年版，第644页。
② 丁帆：《四十年来的中国文学艺术——"未完成的现代性"之悖论》，《文艺争鸣》，2020年第5期。

钟"与"放大镜"现代性本质的行为,直指"拆解座钟和放大镜寓意着章文智既有追随现代性的冲动,又改变不了传统对自我人格的形塑"[①]。但遭遇"启蒙现代性"理想挫败的章文智,如同历史长河中被突如其来的"抗战"打乱现代转型阵脚的"土地"一般,章文智顺理成章地转向了"国家现代性"的思潮阵营,并且在捍卫东北的"土地"、民族的"土地"过程中,最终确定了国家现代性视域下的"地之子"应当如何的现实问题。即如他以因革命而牺牲的"章文海"的名义向章文德发声:"我们要从这盘剥人、捆绑人的土地上解放出来,还回做人的尊严,真正为人民争取当家做主的权利。"[②]章文智在转向"国家现代性"的过程中,眺望到了未来东北乃至全国"土地"与"人"的关系应当如何的光辉远景。这种新型的人民的"地之子"伦理想象,也在"启蒙"章文德所代表的传统东北"地之子"的对话空间中,逐渐明确了一个共识:"天马上就亮了!"基于此,《十月的土地》既成为东北"土地"与"人"的伦理宣言,又镌刻出东北"地之子"与民族现代转型不朽的伦理寓言。

四、结语

津子围以十年磨一剑的深厚积淀,推出了《十月的土地》这部集中勾勒东北"地之子"精神形象的苦难史诗与伦理寓言

[①] 贺绍俊:《东北土地的魂魄书——津子围〈十月的土地〉人物析》,《当代作家评论》,2021年第2期。

[②] 津子围:《十月的土地》,第368页。

之作。作者将"故事"的目光聚焦在历史烟尘中的东北"土地"与"人"的血肉联系当中，但他并未刻意去描写"在地"的东北风物、语言，甚至是思维特色，而是沉潜到了"土地的道德的"历史纵深，以"人"（地之子）的视野贴近传统与现代、外来侵略与民族抗争等历史语境中的线性时间与循环时间、"土地"伦理形而上与形而下、家族"土地"伦理与国家"土地"伦理等驳杂命题的切肤感受与大义抉择。在2007年"津子围作品研讨会"上，贺绍俊曾深切地提到："通过对津子围创作发展轨迹的归纳，我也找到了他为什么没有获取更大影响的答案。就是说在他的创作中，他试图融合通俗小说和艺术小说，试图融合故事性和精神性，他还在这两极之间徘徊，进行撮合，所以他的特征还不是特别鲜明。"[1]而随着《十月的土地》的问世，这一问题便得到了显而易见的回应。

值得一提的是，津子围作为一位非职业作家，正如张玉珠在"津子围作品研讨会"上特意诵读的那段文字所描绘的那样，"津子围只是守望在他的小角落里，用一个公职人员下班后的业余时间，如同卡夫卡、卡瓦的斯，或者佩索阿那样，让写作成为黄昏降临以后融入暮色中的期盼、等待和慰藉，让时光、岁月、人情世故和命运的声音在寂静的头脑里穿行。"[2]这一腔文学热情再一次促使他将文学想象的思维投射到东北"土地"与

---

[1]《津子围作品研讨会纪实》，http://www.chinawriter.com.cn/2007/2007-01-23/41738.html，访问日期：2021年10月25日。

[2] 刘恩波：《进入到恒温层的写作——津子围作品印象点滴》，《当代作家评论》，2003年第6期。

"人"的历史故事当中,这既生动展现了属于东北"地之子"的人性光辉,也充分显示了津子围由"文学高原"向"文学高峰"攀缘的可贵足迹,而《十月的土地》也自然成为当下东北历史叙事不可多得的佳作。

小人物的困境人生
——论津子围的东北城市书写

摘要：20世纪90年代的东北城市进入社会转型新阶段，市场经济体制的确立、消费时代的到来、工业文明的落潮、体制文化的失语等多种变化要素共同构成东北城市文学创作语境。津子围作为最早探寻转型时期东北城市文化与市民精神困境的"60后"作家，在文本中巧妙设置人物、情节、环境，以表达对小人物精神困局与东北城市文化之思考。围绕20世纪90年代东北市民传统观念与商业文明的矛盾冲突，作家真实再现了城市小人物生活境况与思想观念的变化，以平民化立场书写东北百态人生，表现出社会责任感和人文关怀意识，以津子围为代表的东北城市文学家文本创作价值亟待深入探索和挖掘。

关键词：津子围；东北城市；小人物

东北城市文学是东北文学的分支之一，同时也是中国城市文学的重要构成，始终伴随东北社会形态演变而发展。"近代工人为恢复生产能力所表现出的忘我精神和高超技术使文艺家们感动，作家纷纷描写现代工业生产和城市新生活，从而给中国现代文学带来前所未有的新气象。"[1]此时的东北作家紧密贴合社会主义建设时代主题，创作出一批极具影响力的工业题材作品，如草明的《原动力》、萧军的《五月的矿山》、舒群的《这一代人》、白朗的《为了幸福的明天》等，为东北城市文学确立工业想象书写传统。进入20世纪90年代后，以津子围为代表的东北作家在吸收借鉴工业想象基础上结合商业时代市民现实处境，展开后工业时代东北城市书写。津子围注重小说叙事技巧的尝试、生存探索的挖掘，语言实验的开拓，有意在创作中移植西方文学中自现代主义以来的艺术手法与文学观念，此前对津子围的定位一直徘徊于先锋文学之中。随着近年来城市文学的发展深入，学界对于津子围城市文学书写研究日渐全面。综观津子围创作历程及其小说文本，会发现作家对城市小人物群体的关注贯穿其文学创作始终。作为东北城市转型的亲历者，津子围真实描写了底层市民庸常琐碎的生活日常与精神困境，再现了20世纪90年代东北转型中躁动不安的城市魂灵。

一、城市文学视域下东北形象的建构

在乡土文学盛行时期，自鲁迅开启的乡土题材长期占据中国文学主流，形成乡土传统，而与此同时的城市文学却一直处

---

[1] 张福贵、张遥：《东北解放区文学的历史空间与思想价值》，《社会科学战线》，2021年第2期。

于沉潜状态。从文本表达来看，20世纪30年代的中国城市文学大致可分为对城乡冲突的叙写以及对城市自身的书写两大类型，京派的"传统"与海派的"现代"逐渐成为鲜明的城市符号走向文学经典。彼时文化语境较为复杂，城市文学与乡土文学相比根基尚浅，新中国成立后，"城市"开始脱离"乡村"浮出历史舞台。以萧也牧《我们夫妇之间》为例，作家对公共政治生活中的私人空间给予容许，对代表小资产阶级生活的高楼大厦、皮鞋、爵士乐等城市意象给予认可，张同志在"重塑"李克的同时也被城市所"重塑"，但此后的城市私人空间被归之于公共政治生活的对立面，城市世俗风情逐渐被阶级分化所取代。20世纪80年代初期，随着"文化大革命"的结束，市井文学的兴起，城市风貌得到重新认识。例如，在《烟壶》中邓友梅对于北京人文街貌的细致描摹，《三寸金莲》中作家冯骥才对天津卫市井草根性灵的生动再现，人物命运与城市风俗交织相融，构成一幅幅中国市井图册。新世纪城市文学创作更多呈现出地域性、多元化主题向度。如，双雪涛对沈阳青年与城市发展史的书写，在回望子辈与父辈遭际间探寻城市的过去与未来。作家常以铁西区艳粉街上"每天无所事事，伸着细长脖子，叼着烟卷"在"春风歌舞厅"和"红星台球社"闲逛的东北青年为书写对象，沈阳城市发展史就是青年个人成长史。再如，《世间已无陈金芳》中的主人公陈金芳，为留在北京，她不惜以改名字的方式实现对底层身份的告别，最终却以欺诈罪悲剧收尾，作家在小说中尖锐地指出底层青年的入城问题是当代中国不可忽视的城市之痛。不尽相同的城市书写不仅丰富了读者对"中国式城市"的理解,更为读者提供了"阅读"城市的多样路径。尽管东北诸如哈尔滨、长春、沈阳与北京、上海、天津一样是最早迈入现代化行列的中国城市,文学境遇却迥然相异。20世纪90年代以来的东北城市文学虽不乏对都市意象的想象观照,或淹没于宏大叙事,或因各种原因被迫规避处于艰涩演进之中,面临"失语"境地。想要全面认识和把握社会转型以来津子围城市创作特色与艺术价值,则必须对东北城市文学发展历程具有清晰认识。

"东北工业发展为东北文学提供了丰富素材,是东北文学写作的重要资源"[①],随着新中国工业时代的来临,工业文化成为东北城市文学的隐形精神财富。例如,草明、萧军、舒群、白朗等一批老作家和李云德、程树榛等青年作家选取"工业基地"建设的宏大历史场景,着力刻画为提高工业产能积极建言献策的城市工人形象。在《火车头》中以李学文为代表的铁路工人们在党的领导下恢复生产并取得了阶段性胜利,通过对人物行为的细致分析,作家提出农村干部如何在城市工业时代完成思维与身份转换的问题。20世纪80年代的改革开放使东北城市原有的组织方式与产业结构发生调整,当城市以资产收入为标准划分居所时,被城市遗弃的工人阶层不得已流落到棚户区、城乡交界处,与流浪汉、进城务工人员混居,形成城市现代性焦虑情绪。李铁的《乔师傅的手艺》

[①] 张连波、张红翠:《东北老工业基地振兴背景下的文学表达》,《大连大学学报》,2018年第5期。

《乡间路上的城市女人》；孙春平的《陈焕义》《陌生工友》等作品都以东北工业改革大潮为背景，着力表现挣扎在城市边缘的工人阶级的真实苦痛。

20世纪90年代经济重心的南移和市场经济的快速发展导致刚刚经历改革阵痛的东北城市再度面临转型之惑。此时一部分作家如迟子建、孙惠芬等聚焦游离在城市与乡村间的底层市民，以外来者视角观察、书写城市，对东北底层市井生活进行诗意想象与文化反思。对《烟火漫卷》中的日本遗孤刘建国、《歇马山庄》中的小青、《保姆》中的翁惠珠来说，城市承载了他们的理想和伤痛，在城市漂泊半生最终只得跌撞地逃离。还有一部分以津子围为代表的东北作家，他们在城市出生、成长，拥有较多城市生活经验，对城市有较强归属意识，他们聚焦社会转型下城中人的突围与自缚，将人与自我、人与人以及人与城市之间的异化关系呈现得异彩纷呈。不同于迟子建、孙惠芬等东北作家大多是"城外看城"，对于津子围而言，城市的肌理与脉动早已如基因般潜藏于血脉之中，"城中写城"使津子围对东北城市文化以及市民心态的把握更为驾轻就熟，对正在经历社会转型中的"新东北"刻画得也更为贴切。从草明到津子围，当代东北作家们在创作中几乎都无法逃离对底层市民心理与东北城市文化的阐释与涉及。换言之，东北城市文化发展史与东北城市文学之间具有双向互动关系，唯有在充分厘清两者间密切的联系后，才能准确把握津子围东北城市书写的精神内核与主旨思想。

"任何一种文学现象的产生都离不开特定的生存空间和特殊

的历史文化语境，在单纯的文学现象背后其实都无一例外地隐藏着政治、经济、思想、文化等各方面的解释。"[1]20世纪90年代市场经济的加速推进促使城市政治、经济、文化等方面面临巨大考验，市民在潜移默化间或主动或被动接受着新型商业观念的改造和洗礼。原本相对稳定的计划经济和体制文化在社会转型大潮中发生了颠覆性转变，商业建设的不断完善不仅为城市带来了巨大的社会财富，更对东北市民自计划经济时期形成的道德观念与价值取向造成极大冲击，津子围敏锐地捕捉到了此时小人物精神立场与生存境遇的异化。

二、商业时代东北城市小人物的精神困局

在当代东北文学创作中，"60后"作家津子围无疑是风格较为独特的一个。"伴随着机械工业文明时代的到来，现代城市发展逐渐兴盛"[2]，与同为东北作家的迟子建、孙惠芬、李铁相比，津子围未有给某一座工业城市塑像的野心，他笔下的城市更像是一个融东北多元文明于一身的城市集合体。在体制文化与移民文化的共同浸染下，东北城市逐渐形成追求流动、向往变化却又贪图安逸、固守传统的城市性格。围绕东北城市发展的动态性和生成性，津子围以社会转型期商业文明碰撞下东北小人

---

[1] 吴义勤：《文学制度改革与中国新时期文学》，北京：文化艺术出版社2013年版，第1页。
[2] 曾一果：《中国新时期小说的"城市想象"》，北京大学出版社2014年版，第2页。

物的精神困局作为其城市想象的重要内容,在看似荒诞琐碎的叙述中重现城中人的心灵史。自计划经济模式实施以来,国家公职人员和国有企业员工始终占据东北城市人口多数,体制文化是东北城市独具特色的社会表征之一。在时间空间高度压缩的时代背景下,东北工业社区群形成了"强单位、弱政府"的社会结构。在计划经济时代,体制结构对城市经济发展和社会秩序维护方面具有积极意义,然而随着20世纪90年代市场经济时代到来,"办事不讲规则,盛行搞小圈子,削弱公平竞争机会,破坏社会公正与规范"[①],严重阻塞了"新东北"的转型之路。东北市民在体制文化的长期浸染中形成的思维弊端愈发凸显,"单位意识"和"圈子文化"与求新求变的城市发展步调产生偏离。其他作家虽对东北体制文化与商业文明的碰撞博弈有所触及,但终因未有真实"下海"或体制内生活经历,更像是一种隔岸观"潮",而津子围与其他作家的区别就在于此。多年的政府单位工作历练使他对基层公务员生活具有真实体验,对盛行东北的体制文化具有独特见解,他始终以温情目光注视生活在单位体制内小人物的精神异化,并通过对其荒诞行径的真实描摹再现底层市民的烦恼人生。

《马凯的钥匙》里的马凯是一名掌管公章的普通办事员,在工作生活中他时常受人牵制,处于"被支配"地位。钥匙丢失后的马凯寝食难安惶惶不可终日,在看到同事朋友对自己前后

---

① 张福贵:《东北老工业基地振兴与东北现代文化人格的缺失》,《社会科学辑刊》,2004年第6期。

态度的巨大转变后马凯突然意识到权力的重要性,津子围以戏谑笔调对以马凯为代表的小公务员阶层窘困的机械人生进行幽默刻画。除马凯外生活在体制之城的普通市民受"单位意识"影响,往往也形成在权力面前低头的习惯。同事小刘对马凯说"听说你挺难说话的,看在我的面子上,给通融一下",同学大方对马凯说"想要多少开个价,别拿钥匙丢了当借口",妻子对马凯说"就盖一个破公章,我们头儿还给你捎了一条烟",友情、亲情这些原本纯粹的人际交往因无形的权力制约而变得庸俗乏味。在办理商用房审批手续不顺时,被马凯用借口搪塞两三天没有得到答复的商户们都不约而同得出一致结论,笃定"找关系"是效率最高的解决方法。津子围在几乎无事的叙事话语中对造成荒诞事件背后的东北体制文化和小人物僵化的"单位意识"进行了批判。

在社会主义建设初期,东北工业化初具规模,但其现代化程度却并不与此匹配,在"单位意识"与"官本位"思维的双重作用下,东北市民对体制、领导产生强烈依赖心理。以面子、人情等社会交往为基础的行为模式普遍存在于市民日常交际之中,这显然与市场经济文化的内在逻辑相悖,严重阻滞东北城市经济的健康发展。当20世纪90年代商品化大潮袭来,东北城市在体制文化与商业文明的碰撞博弈中艰难步入后工业时代发展阶段,津子围在小说中尖锐指出处于社会转型期的东北市民应尽快完成"单位意识"向"商业意识"的转变,避免城市体制文化对人际交往产生庸俗化影响。

由知识分子掀起的"下海"等社会新气象中蕴含着东北城

市转型的重要信息。在《残商》《残局》《残缘》等作品中，津子围对底层知识分子在持久盛大城市化浪潮的创业历程保持关注。正如一些学者所说"像其他任何人一样，知识分子常常在压力下妥协、退缩，顺从盛行的文化风气。有时他们会出卖他们的意志自由，以换取舒适的生活，有时他们的理想主义仅仅是掩盖对个人利益的坚决追求"①。在商业大潮的裹挟与推动下，身处象牙塔之中的知识分子开始动摇，在小说中，作家再现了底层知识分子在面对物欲世界的矛盾心态。在《残商》②中，津子围将商业城市的迷幻与知识分子"下海"的曲折勾勒得入木三分。中央美院毕业生曾思铭一腔热血投身浅水湾游乐园的开发项目，费心经营最终却难逃胡元明等人的"黑手"，身心俱疲的他最终远赴海外寻找人生的另一种可能。研究生毕业的杨紫出身名校，不甘平淡寻常生活的她决心"下海"，在宴请荆处长的酒局上，杨紫喝得两腮绯红，面对荆处长粗俗下流的语言时"她还是努力微笑着"，最终创业失败的她不得以重回商社，内心备受煎熬。青年经济学家津子围的创业之路也颇为坎坷，"放着好好的办公室不坐，做学问就像做学问的样儿，心血来潮经什么商，你以为经商那么容易，你以为谁都能经商，你以为你什么都行"，面对信贷员的诘问，津子围只得连连附和，屈辱感与怀疑情绪敲打着他的敏感神经。《残局》③中的吴文翼由于不适

---

① 弗兰克富里迪：《知识分子都到哪里去了——对抗21世纪的庸人主义》，戴从容译，南京：江苏人民出版社2012年版，第29页。
② 津子围：《残商》，北京：群众出版社1995年版。
③ 津子围：《残局》，北京：群众出版社1995年版。

应单位里的阿谀风气，斗气"下海"做起了皮包生意，苦心经营最终却惨淡收场，在走投无路之际却阴差阳错重返政坛。

曾思铭、杨紫、津子围、吴文翼的"下海"经历正是社会转型期东北城市尴尬处境与市民精神困境的真实写照，他们放弃"铁饭碗"的庇护，决然选择危机与机遇并存的创业人生，而东北市民普遍存在的保守中庸性格和商业社会的光怪陆离注定他们"下海"之路的波折不平，理不清的人际矛盾和情感纠葛使他们的生活就像残局一样找不到出路，最终纷纷退回原点。受因循守旧、小富即安生活态度的影响，东北城市文化历来缺乏商业传统，当市场经济时代到来，市民文化中保守苟安的价值偏好与城市转型中重视物质利益的价值取向存在天然矛盾。曾思铭、杨紫、津子围等城市小人物"下海"的失败同时昭示着东北城市转型之路的漫长与窘迫。

三、社会转型期荒诞人生的温情守望

20世纪80年代关于乡土题材的研究相对较多，而关于城市题材的研究却存在着机械套用西方城市社会学理论的问题。[1]邓友梅的北京胡同文化，冯骥才的天津文化，从市井风俗推演至城市历史记忆，共同书写了北方城市的多样化风情。此时的作家们往往强调城市的地域属性，类型较为单一，存在套用西方

---

[1] 蒋述卓、王斌：《论城市文学研究的方向》，《学术研究》，2001年第3期。

城市理论弊病。20世纪90年代的城市题材书写不仅在于营造出或繁华或衰败的城市外部表象,更在于对内化为市民行为方式中某种社会文化的揭示。"从创作方面来说,城市文学不仅是题材问题,关键在于是以陈腐的传统观念,还是以现代意识去观照正在蜕变中的都市人的复杂心态。"[1]在20世纪90年代末经济体制改革的撼动下,城市生产生活模式发生急剧变化,对于身处社会转型期的东北作家而言,城市现代意识体现在对东北城市文化的重新挖掘上。不同于迟子建、孙惠芬、李铁、双雪涛等作家延续对工业东北改革之痛的重复吟诵,目光触及之处只剩喧嚣过后的陈旧与荒废。废弃的厂房、泛黄的教堂、颓废的工人,这些被商业时代淘汰的城市符号虽然存在,但并不构成社会转型期东北城市文化和市民群体全貌。从工业时代的群体性生活到商业时代知识分子生存危机,津子围对游走在传统与现代、体制文化与商业文明之间城市小人物的无奈宿命并未进行歇斯底里的批判与无情嘲讽,而是以温情视角表达对其荒诞行为的理解与同情。

"完整地看,现代城市是由两种东西缔造的,此即'工业化'和'市场经济',二者缺一不可。"[2]顺利完成工业转型的东北在进入市场经济时代却略显疲态。在《一顿温柔》中,随着马凯的城市漫游之旅,我们看到了20世纪90年代经济转型时期东北城市的真实图景,城市中心尘土飞扬的建筑工地,居民楼

---

[1] 张韧:《现代都市意识与城市文学》,《开拓》,1988年第1期。
[2] 李洁非:《城市文学之崛起:社会和文学背景》,《当代作家评论》,1998年第3期。

下裙子房内的"光彩酒楼""穷鬼大乐园"舞厅等共同构成东北城市独特街头风景。老工业城市的落后从外部来看是经济发展水平上的滞后,探究根本则是思想观念的陈旧,计划性、保守化的发展模式使市民天然形成虚荣怯懦的"顺民"心态。《一顿温柔》中出身工人家庭的马凯"一步登天"成为单位干部,是街坊邻居渴望巴结的对象,但实际上身为机关单位小职员的他屡次面临升迁失败的窘况。他渴望"风光",但苦熬多年的他早已对城市感到厌倦,变得"疲沓了""蔫巴了"。某次公交车站的偶遇,下岗女工高丽英对在机关工作的老同学马凯心生仰慕,一场酒局、一夜放纵过后,苦熬多年的他获得了久违的成就感。马凯与高丽英原本都是城市中的弱者,憋屈窝囊是他们生活中的常态,"一顿温柔"是处于东北城市底层小人物之间的相互取暖。清醒过后恢复理智的马凯将高丽英比作"挂在他身上的定时炸弹,时间越长,离爆炸的时间越近,危险性越来越大"。可以说马凯和高丽英是机关公务员与国企单位职员的典型代表,他们在东北城市从工业集体文明向现代商业文明的社会转型中慌忙惊醒,面临理想失落、身份错位,处于"我麻木地活着,但我无法体面生存"的荒诞境遇。对于他们的遭遇与困惑,作家表现出充分的理解和同情,比如在内心极度压抑的状态下,"心里无比委屈的马凯,就像小时候挨父亲打之后就那样蹲着,眼睛里也噙满了泪水""煎熬的是他的内心,大家该干什么干什么,谁也没太注意他",作家指出,一切的恐惧慌乱来源于小人物的自我怀疑与自我否定。

社会转型期的东北在城市建设、体制规则、商业发展模式等诸多层面经历变革,"地区和市里合并,机关单位里科改处什么的,发生了很多的变化",而小职员马凯无论是身份职位还是思维观念仍停留在原地。马凯们的烦恼人生源于个体身份观念与城市转型发展之间产生的错位,也源于现实与理想的错位,强烈的反差不可避免地导致了小人物们困窘荒诞人生的普遍存在,但也促使东北市民在新的城市发展阶段重新思考人生的意义价值。正如诗人纳乔姆·希克梅的诗所言,人的一生难忘之事有二,一是母亲的面孔,二是城市的面貌。面对城市的多样面貌,敬畏与热爱交织的矛盾心态是都市人的基本姿态[①]。对津子围而言最令其感同身受的城市面貌便是以"小公务员"和"底层知识分子"为代表的小人物群体,"在小人物不断被塑造的过程中让我对诸如'温暖''悲悯''感动'等一些概念清晰起来"[②]。津子围对于城市小人物生存困境的温情关怀并未流于模式化、机械化的苦难重叠,而是回归人物复杂心理活动的深层次发掘之中。人人有单位、人人有饭碗的城市发展模式使得市民们养成了等、靠、要的心理,在这种心态下,"下岗""差一点未提拔"就成了个人最大的不幸,最终陷入自我怀疑的怪圈之中。在城市社会转型的阵痛时期,受体制文化与"单位意识"影响的小人物们是除下岗工人之外急需关注的东北市民群体,被忽视的他们长期被排除在社会转型所构建的城市想象之

[①] 焦雨虹:《消费文化与20世纪90年代以来的都市小说》,复旦大学博士论文,2007。

[②] 津子围:《写作是抖落时间的羽毛》,《光明日报》,2012年7月17日第14版。

外。"他们既生活在现实社会里,也活在'我'虚构的精神空间里。"津子围将其对转型时期东北城市现代性感受与先锋性思考融入对小人物的温情刻画之中,这对反思市民僵化"顺民"心态,重塑东北市场经济意识具有积极作用。

在对小人物荒诞人生的温情刻画之余,津子围更是一位擅长讲故事,会讲故事的作家。故事结局在紧张情绪累积的最高处戛然而止,读者在惊愕中感受着城市人生的悲凉与无常。在《马凯的钥匙》《一顿温柔》等小说中,作家以其幽默笔调在娓娓道来中展开对东北城市悲喜人生的反转书写。在《马凯的钥匙》中故事的结尾,"当防盗文件柜的门被打开,备用黄铜钥匙落到脚边的一瞬,马凯突然想起苦寻不得的钥匙被自己随手放在了卫生间……"贯穿故事始终的钥匙谜团在结尾处终于揭晓。在《一顿温柔》的故事最后,当马凯满怀愧疚之心探访高丽英母亲,她对马凯的来访感到意外并且惊喜,嘴里喃喃道可惜女儿没能与如马凯一样的"好人"结婚,故事至此便戛然而止。事实是如果马凯未听闻高丽英癌症扩散消息的话,或许他并不会主动寻找高丽英,更不会主动拜访高丽英母亲;如果高母得知女儿的遭遇、看到马凯的犹疑不决,或许她根本不会认为怯懦胆小的马凯是女儿最好的归宿。津子围在小人物反转人生的戏剧化叙述过程中,不断制造意外与巧合的连番上演,通过表象与事实之间的反差颠覆,在"欧·亨利式结尾"设计中激发读者的好奇心和想象力。不同于传统大团圆式结局,津子围有意在城市题材小说的故事结构和叙述语态中与传统保持距离,他的小说结尾总是带有未知性与不确定性,津子围正是在一个个未完待续的城市日常故事中，为读者描摹20世纪90年代社会转型中东北城市小人物的波折命运与真实困境。

　　米兰·昆德拉说："小说家既不是历史学家，也不是预言家，他是存在的勘探者。"[①]津子围以其自身生活体验与东北社会现实出发，为20世纪90年代东北城市书写增添新的书写路径。一直以来由于创作题材的多变，个体意识的凸显，评论家们围绕津子围有过"先锋作家""60后作家"等称谓，但对于津子围来说都是不够恰当的。尤其自20世纪90年代社会转型以来，津子围逐渐形成了以东北城市为故事发生背景，以城市小人物为书写对象，聚焦社会转型下城中人的突围与自困的叙事模式。作家始终以善意温情的目光注视着社会转型时期的东北城市和迷失其中的城市小人物，并以其成熟的叙事技艺和艺术感染力展示东北城市文化的独特肌理，感受小人物的"体温"。津子围城市题材小说的新世纪崛起，预示着当代东北城市文学新气象且经典化气质初显。经历"文化大革命"，走过先锋，停留城市，作为20世纪90年代最早书写转型东北的"60后"作家，津子围无论在思想深度的开掘还是艺术高度的开创所做出的努力都应当得到重新正名。

---

① 米兰·昆德拉：《小说的艺术》，孟湄译，北京：生活·读书·新知三联书店1995年版，第43页。

21世纪文学中的小镇青年"新人"形象

　　文学"新人"是文学创作在不同时代背景下产生的具有代表性的新人物形象,代表着某一时段的社会风尚。自五四以来,现实主义始终是文学创作的主流,塑造"典型环境中的典型人物"也一度被认为是现实主义创作的基本方法。从文学革命时期的知识分子与农民,到革命文学时期的民族资本家,再到解放区的人民群众,现实主义文学创作始终注重对文学"新人"形象的刻画。20世纪80年代,西方现代主义等多元思潮的大量涌入,使对人物形象的塑造逐步让位于对文学形式的探索,现实主义一度湮没于文学的多声部话语中。直到21世纪以来,现实主义题材文学创作的可能性才逐渐得到更加全面的审视。对文学"新人"形象的开掘和分析再次成为作家关注的重点。与以往文学作品中"典型人物"的概念有所不同,孟繁华认为当下文学创作中呼唤的文学"新人""不是文学史画廊中具有典型意义的人物,也不是美学意义上的'新人',而是那些能够表达时代要求、与时代能够构成同构关系的青年人物形象"。①文学"新人"是新的时代环境发展的产物，反映全新时代背景下的青年人物形象成为21世纪文学的写作特色。小镇青年作为青年形象的一个分支，不仅存在于以往青年形象的塑造中，并在进入21世纪后逐渐成为一种类型化的景观，成为文学"新人"的重要构成部分。当下对于文学"新人"形象的呼唤，既是"典型人物"在新的时代背景下的接续和发展，也成为新时代条件下文学发展的重大主题。

一

丁帆在《中国乡土小说史》中指出，小城镇"是城市的，更是乡下的；它有现代社会的影子，更是乡土中国的"②。赵冬梅在《小城故事：中国现代文学中的小城小说》中也表示："小城镇可以说是中国的农业文明、传统文化与西方的工业文明、现代文化相冲突相融合的前哨阵地。"③城市化是社会发展进程中不可忽视的重要环节。在新文学发展的过程中，不同时空和地域的作家都曾经尝试对小镇和小镇青年进行开掘和描摹，但文本中的小镇是相对泛化的，小镇青年也未被提炼成一类单独的文学形象，而是被隐没在百年乡土叙事和城市底层叙

---

① 孟繁华：《历史、传统与文学新人物——关于青年文学形象的思考》，《文艺争鸣》，2020年第2期。
② 丁帆：《中国乡土小说史》，北京大学出版社2007年版，第190页。
③ 赵冬梅：《小城故事：中国现代文学中的小城小说》，北京：人民文学出版社2006年版，第8页。

事之中。

　　从现代乡土叙事的角度来看，小镇青年形象杂糅于各类乡土底层人物形象之中：以鲁迅为代表的"为人生"派作家们开启了现代乡土小说之先河，作品中出生于镇上的知识分子形象可以看作是小镇青年形象最初的萌芽。从20世纪20年代鲁迅、叶圣陶、王鲁彦笔下的乡镇青年知识分子，到20世纪30年代茅盾、沙汀、萧红笔下城乡过渡地带的青年人物，小镇青年形象在乡土叙事中得以延续。从城市文学的叙述角度来看，小镇青年形象孕育于城市底层的劳动者形象之中：20世纪30年代的海派文学和40年代的国统区文学，刻画了部分旧式乡镇家庭出身却辗转于战乱时代和现代都市的青年形象，揭示出这一时期小镇青年们普遍面临的生存困境。从文学"新人"形象的构建过程来看，自中华人民共和国成立到新时期到来之前，以梁生宝为代表的农村青年成为社会主义"新人"形象的代表，但这一时期对青年人物形象的塑造略显生硬，文本中青年人的命运走向和人生选择也稍显单一。20世纪80年代以后，随着家庭联产承包责任制的推行，我国的农业发展逐步走向现代化，从《芙蓉镇》中的胡玉音、秦书田，路遥笔下的高家林、孙少平，到《古船》洼狸镇中的隋家两兄弟，小镇青年的命运在这一时期的文学中展现出更多可能。纵观现当代文学的发展历程，文学创作对于小镇青年形象的刻画始终在延续中有所发展；而小镇青年之所以没有形成一种类型化的景观，是因为他们作为故乡的"出走者"，城市的"异乡者"，始终面临着身份认同上的困境，并缺乏概念上的界定。

21世纪以来的小镇青年形象经历了漫长的演变和发展，已经不同于以往文学作品中的"无名"状态，成为文学"新人"形象的重要组成部分。一方面，小镇青年的崛起成为一种社会现象。从"五条人"乐队的歌词中展现的小镇青年的思想状态，到纪录片对深圳"三和大神"生存真相的记录，小镇青年形象引发当下更多人的关注。另一方面，这类青年形象已经成为文学中的"新人"形象类型。21世纪以来，乡镇青年向城市的流动已然成为一种更加普遍的现象，作家们更加关注底层人物的生存和命运——青年们从农村迈入小镇，经由小镇走向城市，成为文学"新人"形象的重要构成部分。从具体的作品来看，孙惠芬的《歇马山庄》《民工》等创作开始转向对进入城市的底层乡镇青年命运的书写；张楚的《野象小姐》《冰碎片》以小城镇作为切口，探寻曾经被忽视的小镇青年的"边缘"人生。此外，在朱山坡的《蛋镇电影院》、阿乙的《小镇之花》、葛亮的《迷鸦》、魏思孝的《小镇忧郁青年的十八种死法》、林培源的《小镇生活指南》等21世纪以来的文学作品中，小镇青年形象大量涌现。越来越多的作家开始将小镇青年作为文本叙述的主体，描摹小镇青年们的人生选择和生命轨迹。

二

21世纪以来文学创作中的小镇青年形象大量涌现并出现群聚效应，迅速成为一种类型化景观，成为文学"新人"形象的重要分支。这一现象背后有着怎样的原因？从城镇化进程中小镇地位和职能的转变，以及作家代际更迭的角度进行考察，也许能找到答案。

　　费孝通在20世纪80年代对以江苏的城镇为代表的小城镇进行调研后，对中国的小城镇做了如下定义："它们都既具有与农村社区相异的特点，又都与周围的农村保持着不可缺少的联系。"[①]在他看来，小城镇已经脱离农村并呈现出全新的样态和不断发展壮大的趋势，是中国城市化发展进程中不可忽视的现象。20世纪90年代以来，国家小城镇发展规划的提出使得乡镇企业飞速发展，农民进城务工潮再次兴起，小镇的发展为农村青年外出发展提供了大量机会，也成为青年们从乡村进入城市的中转站。在社会发展的进程中，小镇的角色也在不断发生变化。据2019年发布的《城市蓝皮书：中国城市发展报告No.12》的调研结果显示，2018年我国的城镇化率已经达到59.58%，我国城镇化进程在持续推进并取得显著效果，城乡结构已经发生巨大变化，农村向城市过渡和转化的速度大大提升。小镇成为城市和乡村以外存在的实体概念，代表着我国城镇化进程中的一种中间样态。城乡二元对立模式逐步瓦解，取而代之的是由"城—镇—乡"构成的三元空间结构。

　　在这样的时代背景之下，文学创作进一步加强了对小镇的发掘和探索。刘大先提出："小镇在中国是一种灌木丛式的存在，而不是一望无际的平坦草原，或高耸入云而底部草木稀疏

---

① 费孝通：《论小城镇及其他》，天津人民出版社1986年版，第18页。

的乔木林。"①小镇作为正在崛起的现代化产物,成为新的时代变革的象征。当下文学创作中的小镇,既是城市与乡村的连接处,又建构起一个相对独立的叙事空间。徐则臣笔下的"花街"、朱山坡笔下的"蛋镇"、薛舒笔下的"刘湾镇"、张楚笔下的"桃源镇"和"清水镇"、鲁敏笔下的"东坝"、路内笔下的"铁井镇"、林培源笔下的"清平镇"等,都是作家对小镇生活和风土的记录。他们所描绘的小镇生活,既不同于传统乡村依靠土地而生的劳作结构,又与城市的日新月异相去甚远。这使得文学的小镇成为区别于城市和乡村的中间地带。也是在小镇异军突起的背景之下,作家逐渐建构起一个相对独立的叙事空间。在这一空间下,小镇青年逐渐构成当下文学"新人"形象的一个重要分支,受到更多的关注。威廉·富特·怀特在《街角社会:一个意大利人贫民区的社会结构》中提出:"社会是由大人物和小人物组成的——中间有人起着在他们之间架设桥梁的作用。"②小镇青年有别于城市和乡村青年的特质,他们一方面继承了传统乡镇中青年的质朴,另一方面又受新时代条件的影响,增添了对新世界的渴望。他们不同于成长在乡村的青年那般闭塞和单纯,也缺少城市青年与生俱来的身份优越感。他们受到城市现代化的熏陶,却无法摆脱乡村带来的固化思维模式。他们是矛盾和冲突的结合体,是城乡一体化进程的产物。因此,他们拥有着独特的精神气质。在文学创作中,以张楚、魏思孝等人

---

① 刘大先:《文学小镇与灌木丛美学》,《福建文学》,2018年第2期。
② [美]威廉·富特·怀特:《街角社会:一个意大利人贫民区的社会结构》,黄育馥译,北京:商务印书馆2017年版,第356页。

为代表的北方作家，侧重表现北方小镇的落后，以及在社会体制变革过程中小镇青年经历的外部打击和精神上的失落。以路内、阿乙、盛可以、林培源等人为代表的南方作家，侧重表现小镇青年们身居故土的原生影响和精神上的迷惘彷徨。小镇在城镇化进程中地位和职能的扩大，也使这一空间形态在创作中引发了更多的关注。小镇青年作为这一环境中的主要活动者，自然成为文学创作主要的描写对象。除此之外，作家代际的更迭也为小镇青年形象的加固和类型化增添了更多依据和实感。

三

当下对小镇和小镇青年持续关注的作家数量众多，他们分布在不同地域并拥有截然不同的生长环境，但小镇却是他们多数人共同的成长起点。这些作家大多属于"70后"和"80后"群体。"70后"作家们刚刚由青年进入壮年，他们在青少年时期见证了改革开放中小镇的发展，生活经历也大多发生在小镇，对于小镇生活深有体会；"80后"作家则正处于青年创作时期，他们同时也是当下文坛创作的主力之一。在他们的生命历程中，小镇的发展与他们的成长处于相对同步的状态。这些作家虽出生、成长于小镇，多数却在成年后离开小镇，到大城市求学和工作，以寻求更广阔的发展空间。作家们在城市生活中获得了现代性体认，逐渐摆脱了原有的生活习惯并形成了现代性的思维方式。距离感的增加使作家以更加理性的态度审视故土与自己以往的生活经历。"当家乡成为故乡，意味着家乡已经同他隔离开来，曾经的联系变得愈加稀薄，它慢慢隐退为一个审美的对象。"[1]对于这批作家来说，离开家乡就意味着无根的漂泊。为了克服与故土之间的疏离感，作家们试图在创作中寻找成长的起点，从记忆深处出发，通过文本寻求自我与故土之间的联系。作家们的多数创作是从自己熟悉的领域开始的。以徐则臣和薛舒为例：徐则臣出生于江苏东海，少年时成长于花街地带，在《如果大雪封门》《耶路撒冷》等作品中，青年人的命运轨迹无不与花街形成紧密的联系；薛舒出生于上海的小镇，她的创作呈现出颇有特色的"刘湾镇"叙事。成长于小镇的作家通过创作展现小镇的风土人情，丰富了小镇的书写内容和存在实感，小镇成为作家们创作的精神原乡。另一方面，这些作家的青春逐渐临近尾声或者已经结束，他们开始用更加成熟的心态来回顾之前的生命历程和精神轨迹。小镇蕴含了他们内心深处的乡愁和最真诚的情感，成为他们心灵深处永远的乌托邦，是他们渴望回归和坚守的精神家园。对小镇和小镇青年的刻画使得文学史中一代青年们的精神家园得以延续。以林培源的创作为例，林培源作为"80后"作家，正处于青年创作阶段。作为同样从小镇"出走"的青年，他对于南方小镇青年的生活状态有着深刻的体会和把握。在对小镇及小镇青年形象进行书写时，林培源与同时代的作家们表现出了类似的焦虑："在城市和乡村之间，我摇摆不定，总是找不到合适的落脚点。

---

[1] 刘大先：《故乡与异邦》，《十月》，2020年第4期。

在熟悉的故土面前，我是陌生的'异乡人'。我无法融进城市的生活，也无法回到我所生长的故乡。"①这一代作家正面临着无根的精神困境。在具体创作中，作家试图以自我对于故乡的想象构建起南方小镇青年的生活集，以一种崭新的样态构建起对青年生活的立体想象。《小镇生活指南》中，林培源对故事的发生背景"清平镇"进行了如下描述："这座小镇，被包围在一段公路和水稻田之间，房屋棋盘一般，错落有致。"②小镇位于城市与乡村之间，从石板路到小池塘，从小石桥到水利渠，作家所熟悉的场景在创作中得到了细致的刻画，凸显出潮汕小镇的地域特征。他笔下身处其间的小镇青年们所经历的各种人生样态，也代表着作家对于一代青年人不同生活可能的想象和建构。

王国维曾说"凡一代有一代之文学"，同样，一代人也有一代人独特的创作背景和写作方式。正如乡土之于"50后"和"60后"作家的创作意义，随着作家代际的更迭，小镇也将成为更多"70后""80后"青年作家们内心深处的独特记忆。作家对于小镇青年形象的塑造凝聚着他们对于自我身份的认知和想象。他们对于自己同时代小镇青年的书写，也是对与自己有着相似成长经历却呈现出不同生活轨迹的人物命运的探究。这些作家凭借其特殊的成长环境和经历，采用代际更迭下独特的叙述视角，讲述了坚守于小镇的青年生活中

---

① 林培源：《乌托邦与异乡人（创作谈）》，《西湖》，2013年第11期。
② 林培源：《小镇生活指南》，北京：中信出版社2020年版，第232页。

的各种可能，以怀旧感伤的笔调，讲述小镇青年的理想主义情怀，以及理想破灭后的精神异常。他们对于人物生存方式的揭示，以及对生命价值的无意识的追问，使得当下小镇青年的形象更加丰富和立体，同时也完成了文学史中文学"新人"形象的传承接续。

四

纵观21世纪以来的小镇青年形象建构可以发现，小镇青年的形象塑造经历了从"出走"到"坚守"的蜕变。小镇青年作为文学"新人"形象的一种延伸，是城镇化进程和作家代际更迭的产物，为当下现实主义文学创作中人物形象的塑造提供了多元的可能。李壮认为："在体量巨大且加速更新的时代经验面前，即便是青年本身，也已经被一种'追赶'和'适应'的节奏所裹挟，并且需要根据时代的变化不停调整自我想象和身份认知。"[①]城镇化进程仍在持续，小镇青年这一群体还在持续扩充壮大，文学创作中的小镇青年形象也处在不断更新的状态中。

与以往文学史中刻画的"出走"的青年形象有所不同，当下文学中的小镇青年们在经历过大城市的奋斗和打拼后，大部分选择了回归小镇并坚守小镇。魏思孝的《小镇忧郁青年的十

[①] 褚云侠、相宜、李壮、林培源、朱明伟：《青年形象变革:时空、想象与未完成》，《当代文坛》，2019年第5期。

八种死法》展示了小镇青年的种种生活困境。作品写出了一些小镇青年的"废物本色",表现返乡小镇青年精神世界的空虚和颓废,以及小镇青年生活经历的荒诞。魏思孝认为,小镇青年的最终归属在乡镇,在向传统中寻找生活的意义和价值。路内的《少年巴比伦》中的路小路在戴城小镇和大都市之间取舍,展现出小镇青年面对未来选择时的迷茫。传统与现代的交缠和暧昧导致了他们结局的惨淡。阿乙的《小镇之花》中的益红一心渴望离开小镇,却迫于世俗压力嫁人,放弃远走他乡的想法,留在镇上。作家们对于小镇青年的生活转型已经有所察觉,并在创作中进行了一定程度的揭示,对部分选择"出走"的小镇青年们的跌宕命运进行反思。从"出走"到"坚守",这种转变也体现出城镇化进程的加速,以及作家代际更迭后对于自我内心精神家园的坚守。小镇青年们经历了"出走"之后的回归,他们重回故土,重建起自我的精神家园。作家试图在创作中展现出他们对于小镇青年形象的未来走向与人生可能的思考。以《小镇生活指南》为例,作家以小镇为中心刻画了类型迥异的小镇青年形象。镇上的青年们大部分拥有"出走"的经历,但最终多数人选择返回小镇,安守故土。姚美丽少年时期离开清平镇到漳州,经历了几年的奔波后又重回熟悉的小镇生活,为小镇带来新潮和时尚。《拐脚喜》中的庆喜也曾离开清平街外出务工,后返回小镇,一事无成。姚美丽和庆喜的人生经历恰恰相反,前者化经历为阅历,选择与世界和平相处,后者则将欲望化作与世界对抗的资本,最后被生活吞没,二者构成重返小镇青年形象的两个维度。《濒死之夜》中,没有姓名的"他"为了寻找自己想要的生活成为离乡者,因为理想的破灭而重回小镇。他们"像一件穿皱了的衬衫,被生活的熨斗一遍遍地烫平"。[①]这类小镇青年的选择表现出他们内心深处对于小镇这一精神家园的眷恋,但是他们也绝望地发现,历尽辗转依然寻不到生活的出路。还有一类青年,他们成长在小镇,从未离开,如《躺下去就好》中的"棺材仔"庆丰和《秋声赋》中的阿秋。这些众多失败的小镇青年仍坚守在小镇,成为小镇最坚实的构成部分。虽然选择"坚守"的青年们在总体上仍然呈现空虚迷茫的思想状态,但他们却为坚守自我精神家园做出了努力和尝试。经历"出走"的小镇青年们面对着小镇与城市之间巨大的发展差异,曾经的城市梦逐渐破碎,内心感到失望;未曾经历过"出走"的青年们面对着日复一日的平庸生活,同样感到前路迷茫。从"出走"到"坚守",文学作品中的小镇青年的选择正逐渐发生着改变。多数作家在勾画这类青年形象时,并没有为他们的命运走向做出最终的预判,这或许正体现出作家们对于小镇青年人生走向的持续性思考从未间断。

此外,作家们对于小镇青年的不同选择和命运可能性的书写也凸显出当下文学"新人"形象的现代性特质。他们逐渐意识到小镇青年的"坚守"实际上面临着二次适应的问题,因此在创作中展露出一种观望的状态,对于小镇青年的未来发展状况并没有给出明确的方向,这也使得小镇青年形象在

---

① 林培源:《小镇生活指南》,北京:中信出版社2020年版,第232页。

当下的文学形象中成为更加辩证性的存在。从"出走"到"坚守",这批青年作家共同展示出文学"新人"形象在当下的转变,也提示我们,在现代化进程不断加速的时代背景下,也许放缓脚步,回望过去,反思当下,才是更恰当的选择。从这一层面来看,正是小镇青年在城镇化发展进程中对于家园的"坚守",才使得人们重视起小镇这一地域形态的发展和存在,激发人们对小镇和小镇青年生存现状和未来发展的关注和思考。作家们对小镇青年的"坚守"进行的追问,展现出小镇青年的不同侧影,使得小镇青年的"新人"形象得到了多视角的阐释,从而也建构起当下创作中相对立体化的文学"新人"类型。

五

对文学"新人"形象的呼唤成为当下文学创作的迫切需求。针对这一点,吴俊提出,文学"新人"的特质在于"某种(些)新的人物特质经作家作品的艺术表现而使该人物(形象)成为文学史上的首创或新创"。[①]前文提到,城镇化进程中小镇职能的转变和青年作家代际的更迭推动小镇青年形象成为一种类型化景观。小镇青年的选择从以往的"出走"转化为对小镇的"坚守",符合当下文学"新人"形象塑造的特质。这批小镇青

---

① 吴俊:《新中国文学"新人"创造的文学史期待》,《中国文学批评》,2020年第3期

年是从乡土文学向城市文学过渡过程中的先行者。他们既与传统有所粘连，又展现出现代性的特征。作家笔下"坚守"的青年们表现出对小镇的难以割舍，捍卫他们生存的家园，也就意味着对传统的"坚守"。作家透过文本试图完成对处于传统与现代冲击夹缝中小镇的构建，并通过小镇青年的人生经历和选择揭示出他们对现代化进程的反思，表现出其文化人格的双重特质。

一方面，小镇青年们选择"坚守"故地表明了作家延续传统之根的创作诉求。城镇化最终指向的目标是城乡一体化，走出乡土进入城市是中国现代化进程的必然选择。小镇是中国城市化道路中的一种独特景观，也是小镇青年们身体和灵魂的故乡。它作为城镇化进程中的一种过渡地带和存在形态，最终很有可能面临消失的境遇。作家们书写小镇青年的"坚守"表现出对于文学寻根的继承，其中既有对小镇文化劣根性的批判，又呈现出对优秀传统和精神之根进行探寻和发扬的希冀；既呈现出现代化进程中区域发展的不平衡性，又以深情的姿态呼唤在外游子的回归。以阿乙和魏思孝的创作为例，阿乙的《模范青年》刻画了两个性格迥异却都渴望离开小镇、扎根城市的青年，最后玩世不恭的艾国柱在城市中站稳了脚跟，被大家标榜为"模范青年"的周琪源却放弃了梦想，留在了小镇。魏思孝将自我标榜为游手好闲的小镇青年，却在创作中表明他对于故土的留恋和回归的态度。由此可见，故土中仍有值得期待和挖掘的优秀文化和故事，而坚守于小镇的青年们身上展现出的劣根性也是作家想要进一步揭示和批判的对象。当下作家们对于小镇青年形象的刻画展示出他们对于文学寻根进行融合的尝试。

另一方面,当下对"坚守"故土的小镇青年形象的塑造也表明了作家们对于现代化进程的反思。美国社会学家雷德菲尔德曾经提出"乡土—城市"连续体的概念,指出从传统向现代过渡的必然性,这种转变就意味着原有群体构成部分的逐渐消失,以及社会关系的转变。迁移理论也指出,迁移者在迁入新的环境后仍然受到流出地原生环境的影响,在陌生的环境中很难找到自己的定位。虽然小镇青年们的身体曾经进入城市,但他们的思想却与新的时代环境脱节,缺少精神上循序渐进的成长过程,很难受到城市人的认可,因此不可避免地导致了青年们在进入城市之后沦为边缘人的命运。而小镇青年的"坚守"却使得小镇这一空间在城市化发展进程中逐步走向常规化,成为一种固定的存在形态,为推动中国社会不断向前发展提供动力。在现代化进程不断推进的当下,"出走"城市是否是青年改变命运的唯一出路?答案显然是否定的。文学作品中放缓脚步、"坚守"小镇的青年为我们提供了青年发展的另一种可能。

从以上两个角度来看,作家们塑造的小镇青年形象响应了新时代对于文学"新人"形象的召唤,既展现出对小镇精神文化传统的溯源,又表达了对现代化进程中小镇青年形象建构的反思。作品塑造的"坚守"小镇的青年属于时代发展进程中的初探者,虽然他们大多以怀旧感伤的失败者姿态出现,却为21世纪以来小镇青年形象的树立增添了更多的层次感。通过对失败者的描摹，小镇青年的形象逐渐从平面化走向立体化，摆脱了曾经的失语状态。小镇青年自我身份认同和归属问题也在作品中逐渐明晰。城镇化进程仍在推进，处于这一代际更迭之下的作家们通过对自身成长经历的回望，反思时代的进程，并打造出小镇青年的全新形象。这也是他们介入历史的独特表达方式，不仅为青年形象的树立打下了一个良好的基础，也丰富了文学史中"新人"形象的参照谱系。

阿甘本曾经提出："同时代的人是紧紧保持对自己时代的凝视以感知时代之光芒及其黑暗的人。……同时代人，确切地说，就是能够用笔蘸取当下的晦暗来进行写作的人。"[1]青年作家们在当下文学创作中进行的尝试正属于阿甘本所说的同时代写作，他们通过文学创作为新时代背景下的小镇青年发声，整合出中国城市化进程中以小镇青年为代表的一种全新的生活经验。他们笔下的小镇青年拒绝成为现代化进程中被耗费的生命群体，他们试图通过努力掌控自己的命运，成为文学"新人"形象的代表。当下对于小镇青年形象的刻画仍然处于一种尝试阶段，随着时代和社会的发展，这一形象必定会在文学作品中得到进一步的书写和更全面的展现。"'新人'其实不是'现实中人'，不是文学与现实严丝合缝的对应物，而是精心'提炼''拼接''塑造'出来的'典型'。"[2]当下，文学"新人"形象中的小镇青

---

[1] [意大利]吉奥乔·阿甘本、王立秋：《何为同时代？》，《上海文化》，2010年第4期。

[2] 金理：《历史中诞生——20世纪80年代以来中国当代小说中的青年构形》，上海：复旦大学出版社2013年版，第42页。

年是新时代背景下树立起来的形象典型。期待作家们在创作中能够以多元的姿态介入当下，捕捉时代的脉搏，进一步完善小镇青年形象，更大限度地开发和诠释其背后的文学寻根意蕴和现代性反思内涵，使这一类文学"新人"形象能走向更加广阔的未来。

作为文学的人类史
——评津子围《大辽河》

摘要：津子围的新作《大辽河》，以全新的视角观照了人类的历史。"辽河"作为小说中的主要意象，具有特殊的意义，象征着人类梦寐以求的家园，象征着事物的恒久，也象征着死亡与对生命的净化。作者融合多学科知识，将历史与现实交错，使虚构和非虚构碰撞，以独特的历史书写视角，在一个更大的时间尺度里审视了人类的过去，寻找文化的来处。《大辽河》所流露出的人类意识，是人类命运共同体理念在文学领域的集中体现，不仅蕴含着对生态问题的关注，更是饱含对"人"的深切关怀。"文学是人学"的"人"的意义得以扩大，文学的内核也为人类历史赋予了更深厚的内涵。

在津子围的笔下，现实人生一直是他相当关注的问题，近年来，他的目光开始转移到了历史上。继《十月的土地》之后，《大辽河》再次实践了历史书写。与此前不同的是，津子围以对河流历史的探寻开启了人类历史书写的新维度。人类文明孕育于江河湖海,在人与自然互动的过程中,在和水产生关系的过程中,自然而然地产生了对水的认识和感受,水文化贯穿了人的行为和精神,对人的心灵世界产生了深刻影响。津子围以对辽河的走访为线索,融合了多领域学科知识,以全新的视角审视人类的历史,审视人类自身,以及我们当下所处的世界。

一、河流:人类历史的见证者

人类的历史从不是一个可以简单界定的概念,它在漫长的时间和广袤的空间中生成,包含着广博的内容。这些内容与人类自身密切相关,它关乎人类的本质、起源和未来,关系到"我是谁?我从哪里来?要到哪里去?"的答案。卢梭曾说,人类一切知识中最有用但又最落后的是关于人的知识[①]。这一阐述应该是人永远长鸣的警钟,正如希腊德尔菲的太阳神庙上镌刻着的箴言——认识你自己。要认识人,要理解人,要追问关于人自身的问题,便离不开了解人类的行动,而行动的过程就是人类和所处的世界产生关系的过程。在这个过程中人类发生了进化,进行了生产生活,也发展了艺术创造。探究人类的历史既是寻找人类发展的外在动因,也是追寻推动人类历史进程的内在力量源泉。在有了历史记载之后的文明史时代,人们有了记录的工具和方法,历史才得以被逐字逐句地书写和保存了下

---

① [法]让-雅克·卢梭:《论人类不平等的起源和基础》,黄小彦译,南京:译林出版社2013年版,第11页。

来。文学也承担了一部分记录历史的功能，尽管文学不是全然对于客观现实世界的复述，但文学中始终存在着现实世界的影子。而在没有历史记载的史前时代，今天的人们只能通过考古去发现当时的人们是如何存在的，此时说话的不再是已经盖棺论定的文献，而是看得见摸得着的遗迹。无论史前时代，还是文明时代，人都不是独立生活于世界的，自然始终是人的相处对象。因此，山川河流等自然物象也就走入文学中，成为文学作品中的常见意象。文学在试图勾勒某个阶段的人类历史时，往往选择"河流"意象作为其工具。一方面原因是，"河"的意象是"水"的庞大意象群中的重要意象之一，而水是生命的起源，海洋孕育了以贸易为主的海洋文明，河流则孕育了以农耕为主的大河文明，在文明的肇始之处，水就是先民最重要的和最离不开的物质。另一方面则是因为，河的源远流长和历史的绵延不断在抽象的形象层面具有相似性，并且河流的物质性存在时间长到近乎永恒，以河流作为时间和精神的象征是再合适不过的选择。进入新时期以来，以河流为主要意象书写人类历史的作品始终存在，形成一条隐伏的脉络，影响着当下的作家的类似创作。

文学是人学，人是文学关注的中心，人也是评价文学的尺度。以河流为意象的历史书写，也离不开对人的生存境遇的关注。张承志于1984年发表于《十月》杂志的中篇小说《北方的河》，讲述了一个立志报考人文地理专业的主人公"他"的故事。"他"以北方的五大河流：额尔齐斯河、黄河、湟水、永定河、黑龙江为研究对象，并进行走访。在路上，他结识了一位女记者"她"。在不同的河流之畔,他们被磅礴的气势所震撼,也唤起了对历史的回忆。这些回忆既包含集体的历史,也有个人的历史。这些河流象征着生命的坚强,人格的力量,以及民族的品格。1987年蓝怀昌的《波努河》面世,描绘了瑶族的一个分支波努人在改革开放时期的生活,表现着新的时代背景下的众生相。波努河从远古流来,承载着波努人经历的重重苦难和他们不屈的精神。1988年黄佩华的中篇小说《红河湾上的孤屋》以广西地区的红河为背景,讲述一个遇害后漂流到河湾的人,是如何在大自然的救助下,以最原始的生活方式度过一生。1993年黄佩华在《当代》又发表了《涉过红水》,展现了生活在红水河边的主人公巴桑的生命史。2002年黄佩华的长篇小说《生生长流》出版,集中书写一个大家族几十年的兴衰变迁,在此处红水河虽然不是明显的意象,但红水河仍然拍击着每个人的心灵。在黄佩华的"红水河三部曲"中,红水河是核心意象,是这个流域的人的心灵象征。2005年迟子建的《额尔古纳河右岸》出版,揭开了鄂温克族人的神秘面纱,讲述着在不同的时代冲击下,他们一代又一代的生死传奇。额尔古纳河象征着这个弱小民族的顽强生命力,以及他们不屈不挠的民族精神。2010年关仁山出版的长篇小说《麦河》讲述的是土地流转的故事,故事的背景则是冀东平原的麦河流域农村,尽管故事的核心是土地,但麦河在小说中仍是一个永不褪色的坐标。这些作品无论是书写个人史、家族史还是民族史,个人生活还是集体生活,河流都在背景中做一个默默无闻的见证者,而它又是坚定不移、不可抹去的一分子。河流从文明的肇始就存在于民族的文化基因里，随着时代的发展变化产生不同的编码方式，最终仍是属于整个民族的共同语言，是留存在人类集体记忆中的原始意象。诚如荣格所说，"一个用原始意象说话的人，是在同时用千万个人的声音说话。他吸引、压倒并且同时提升了他寻找表现的观念，使这些观念超出了偶然的暂时的意义，进入永恒的王国"[①]。河流作为原始意象，在文学文本中被反复书写，形成了一个重要的文学原型。荣格建立了原型批评的方法，从心理学的角度提出"原型"这一概念，解释人类共同享有的心灵世界。而弗莱更进一步，把心理学研究视角下的原型引入文学的领域，形成了文学原型的批评方法。河流之所以具有文学原型的意义，是因为其包含的精神意蕴十分丰富，反映着民族和人类共同的集体情结和心理基础。文学原型的每一次运用，都是对人类的集体无意识的唤醒，以及对当下经验的重新激活。

津子围继承了前代作家这种"以河写人"的经验，在他的笔下，辽河也是这样一个有着文学原型意义的意象，辽河两岸的人们也在这条河的见证下，一代又一代地生活着。这条位于中国东北地区的大河，浩浩汤汤地穿过河北、内蒙古自治区、吉林和辽宁，最终流入渤海。它作为意象本身，具有丰富的意义。首先，辽河象征着美好的家园。中华文明起源于黄河两岸，人们对河流有着天然的亲近感，与河有关的记忆也都与最初的家园有关。人畏惧肉体上的漂泊，更畏惧心灵的破碎，家不仅

[①] ［瑞士］卡尔·古斯塔夫·荣格：《心理学与文学》，冯川、苏克译，南京：译林出版社2011年版，第86页。

是安放肉身的地点，更是心灵寓居的场所。正因如此，"还乡"是文学创作不朽的主题。家园意识是津子围创作动因的一部分，投射在文本中，表现为对以辽河为代表的家园的认同。老舅年轻时离开自己的家乡去关东闯荡，却被堂哥谋财害命。被车东家所救后，他一直生活辽河附近，直至他寿终正寝。老舅嘱咐堂妹将自己的棺材沉入辽河，堂妹想，"辽河已经是老舅的家乡了"[①]。老舅对辽河的感情是在日复一日的相处中变得深厚的，他在这里安身立命，实现了自我价值，正所谓"此心安处是吾乡"，辽河就是他当之无愧的故乡。其次，辽河象征着百世不易的恒常性。自然界中的江河，自形成之日起，便朝某一方向流去。不同的河流流向不同，姿态各异，随自然气候的变化时而沉静时而汹涌，但河水从不停止流动，无论外界发生任何变化，都自顾自地前行，人类的文明如河流一样自开始便未曾断绝。《大辽河》讲述了几代人的故事，远至上古时期、辽代和清代，近至民国和当代，时代一变再变，但辽河两岸的人类历史一直在前行。尚阳堡监狱已经沉入水底，但新的清河水库已经被建立起来。最后，辽河象征着生命的终结与净化。死亡是生命最终的归宿，投水而死则使生命的始和终同归一处。自屈原始，文人自沉于江河者颇多，水既使他们的肉身脱离痛苦，也使他们的精神得到救赎。《后汉书·礼仪志》中记载："是月上巳，官民皆洁于东流水上，曰洗濯祓除，去宿垢疢。"而在西方，基督教徒也以水进行洗礼，洗去原罪，获得新生。《大辽河》中，

[①] 津子围：《大辽河》，沈阳：春风文艺出版社2023年版，第251页。

人的死亡往往与辽河有关。车家小嫂因被儿子抛弃,走投无路之下跳了辽河,既是想摆脱现世的痛苦,也是想洗去自己娇纵儿子、赶走老舅夫妇的罪恶。三姐夫对辽河有着无法言说的感情,宁愿自掏腰包来补偿对辽河生态的破坏。他的生命终结在和工友一起去辽河洗澡的时刻。萨特说:"死亡的本义恰恰就是:它总是提前在这样或那样的一个日子里突然出现在等待着它的人们面前。"[①]在他兴奋地喊出"辽河,我的母亲"之后,那些或许曾经造成的生态破坏的罪孽,也随水而逝了。三姐夫的尸体并没有找到,一切来源于辽河的,最终又回归到辽河之中。

在生态环境不发生剧烈变化的情况下,一条河流的生命总是比一代人的生命更长。河流是一个一言不发的见证者,漫长岁月里发生的一切都在它的眼中,从这个角度上来说,河流见证了人类的历史,如同一面镜子,映照着人类自身。那么辽河是如何见证这个流域内的人类历史的?人又是如何通过辽河审视其自身的历史的?津子围给出了更进一步的答案。

二、历史:遗迹中隐藏的现实

辽河生生不息地奔流了几千年,在这些岁月里发生的一切,都隐含在已发现或待发现的遗迹中。正如福柯所说:"在今天,

---

① [法] 让-保罗·萨特:《存在与虚无》,陈宣良译,上海三联书店1987年版,第686页。

历史则将文献转变成重大遗迹,并且在那些人们曾辨别前人遗留印迹的地方,在人们试图辨认这些印迹曾经是什么样的地方,历史便展示出大量的素材以供人们区分、组合、寻找合理性,建立联系,构成整体。"[1]津子围所做的正是探寻这些遗迹,以全新的视角,观察人类的历史。与前代作家相比,津子围迈出了更远的一步。从前的作品多是以河流为纯然静观的见证者,写人类的某一段历史。而《大辽河》的时间跨度极大,远至新石器时期,近至当下。辽河的历史同样成为书写对象,以河流的历史审视人类自身的历史,又以人类的历史反观河流的历史,在对照的观察中,勾勒河流与人类的发展轨迹。

《大辽河》寻找历史留下的遗迹的方法是将作者与叙述者合一,以作者的视角叙述亲身走访的经历,面对河流,有人只有习得的间接经验,有人则拥有与它相处的直接经验。作为直接经验的持有者,作者的叙述更真实可感。在"我"的亲历之下,文献上的描述成为具象的现实画面,文明发展的印迹渐渐清晰。津子围打破学科的边界,将考古学、人类学、地理学等多个学科的知识融入,将科学和历史编织在一起。叙述者"我"的第一站,是东辽河与西辽河交汇的福德店。清朝年间,福德店是一个车马店或船店,1950年成为一个水文站的名字,而今则是昌图辽河国家湿地公园。在这个地图上并没有名字的地方,可以俯瞰整个辽河。随后,"我"沿着辽河的支流寻访柳条边。柳

---

[1] [法]米歇尔·福柯:《知识考古学》,谢强、马月译,北京:生活·读书·新知三联书店2003年版,第6页。

条边不是一道实际的围墙，而是一道标示着禁区的界限，它是为了保护清王朝龙兴之地，保护东北丰富的物产而建立的。"修柳条边的人是有罪之人，修成之后，越过柳条边的人也会成为有罪之人。"①柳条边由发配关外的流人修建，而它也限制着这些流人的活动。它的总长度有1300余公里，主体为土堤，堤上插着柳条，柳条之间用绳子连接。土堤形成一个大大的"人"字形，绵亘在东北大地上。由关内被发配到关外的流人，在这片不能踏出的土地上传播过多彩的文化。"我"来到柳条边的中心，今天的辽宁省开原市威远堡镇，在饭馆里向老板打听尚阳堡的事。1958年为了修建清河水库，千年古城尚阳堡从此沉没于水下。命运相似的还有赫尔苏城，1942年日本侵略者修建二龙湖水库，淹没了整座赫尔苏城。如今这些千年古城已经难寻踪迹，唯有辽河水还在滚滚向前。"我"还走访了三江口镇——一个能通向辽宁、吉林、内蒙古三个不同方向的地方。三江口曾经是辽河航运最北端的大码头，在这里能窥见那个航运发达的年代。"我"也走访了另一个曾经的码头通江口镇，在这里"我"发现了车家通达号的邻居广增达商号与大名鼎鼎的乔家大院有联系。自古以来的辽河航运为人与人的连接创造了基本条件，先是服务于军事活动，后来允许民间商船通航，之后又因营口开埠而成为国际贸易的场所。尽管今天已经归于平静，但历史上的辉煌是真实存在的。"我"在走访的途中查阅牛庄（营口）海关的资料，分析辽河航运衰落的原因，既与新型

---

① 津子围：《大辽河》，沈阳：春风文艺出版社2023年版，第31页。

商品涌入有关，也与时代经济背景有关，更与辽河自身的淤患之症有关。多年后的今天辽河两岸沉寂了，而辽河的入海口，分布着无数港口和码头，时间不会停止，文明只是在以另一种形式发展。为了考察五千年前西辽河的红山文化，"我"来到了老哈河，西辽河干流的南源，想象着曾经这里的人们是如何生活，而目前发现的红山文化只是冰山一角，还有大量的秘密埋在地下，等待人们的挖掘。辽河两岸历史的遗迹在"我"的脚下渐渐分明，它们曾经只是死物，而通过"我"的走访和叙述，辽河历史曾经的辉煌得以再现。

走辽河，最重要的是一个"走"字。不是看辽河或者游辽河，"走"是实打实地用脚步丈量，走曾经的人走过的路。"我"的走访不仅是对地理环境的考察和对历史的追问，也是对那些已逝去的历史人物的追寻。由此，津子围开启了新视角，将历史与现实碰撞，当下与曾经碰撞，擦出历史叙事的新火花。《大辽河》全文共八章，每一章开头或结尾是叙述者"我"在说话，中间部分叙述者"我"则隐身，以第三人称视角讲述辽河某个流域生活的人与发生的事。文中所讲述的每个历史人物的故事都与辽河有关，人与河之间形成——对应的关系，如四表哥和西辽河有关，四叔和东辽河有关，二哥与招苏台河有关，老舅与辽河中游有关，堂妹与辽河下游有关，二姨和二姨夫与浑河和太子河有关，三姐和三姐夫与辽河干流有关。时间不同，流域不同，水文明哺育了一代又一代人。虽然在历史人物的悲欢离合上演时，叙述者"我"隐藏了自己的声音，但一回到现实，"我"的目光便穿越历史久久地停留在这些人的身上，这种

"看"与"被看"也投射在文本中,表现为一种深沉的怀念。当"我"站在老哈河边的老榆树下,就会想起这里会是四表哥站过的地方吗?"我"在辽河岸边行走,会遇见二哥和三哥吗?"我"站在柳条边墙附近,那段柳条边会是四叔修的吗?在东辽河边行走,"我"会遇见四叔或者堂弟的后人吗?"时间其实是难以分割的"[①],津子围通过对历史人物的回望,不断回溯他们的历史,也许时空重合,"我"和他们就能相遇。历史和现实的交织,虚构和非虚构的融合,使小说呈现出亦真亦幻的氛围。人类历史发展的规律是向前的,人如何与此在的世界相处,关乎人如何处理历史、现在和未来,而文学给了我们一个机会审视过去,审视当下,审视人所处的世界。

如果说走辽河的行迹是小说的明线,那么小说还有一条隐伏的暗线从始至终没有断绝,就是那枚龙凤玉佩的传承。中华民族对龙凤图案的喜爱和运用由来已久,它的最初起源,是原始先民的图腾崇拜。"图腾"一词源自印第安语"totem",意为"它的亲族""它的标记"。原始氏族普遍存在图腾崇拜,通过对一个共同的图案的信仰,使整个亲族团结起来。中华龙凤文化缘起于太昊和少昊两氏的龙凤图腾崇拜。[②]而辽河流域附近的红山文化,也对猪龙和凤鸟图腾存在原始崇拜,龙凤图腾是原始先民精神世界的注脚。小说中第一次出现龙凤玉佩的意象,是第一章,生活在辽代的二哥进城送炭,特意戴上了龙凤玉佩。

[①] 津子围:《大辽河》,沈阳:春风文艺出版社2023年版,第309页。

[②] 郭墨兰:《中华龙凤文化缘起东方考略》,《山东社会科学》2012年第7期。

这枚玉佩是他在辽水岸边的一个台地上捡来的老物件，尽管不知来源，但龙凤皆为祥瑞，于是二哥留下了它，后来又交给了二哥的儿子三哥。阿木叶戴的龙凤玉佩是额娘从集市上买的。二丫的玉佩是从祖上传下来的。车东家的龙凤玉佩交给了老舅代为保管，老舅按照他的意愿把玉佩交给了车家老二，后来传到了堂妹手中。二姨夫和二姨订婚时把龙凤玉佩送给她，说是父亲曾经在辽河救过人，人家作为答谢送的。三姐夫家里也有这枚龙凤玉佩……第一章至第七章，叙述的时间层层推进，从辽代直至当代。而在第八章，作者笔锋一转，将时间拉回到历史的起点——新石器时期，这才揭示了龙凤玉佩的来处，它是四表哥为了取悦戊母所雕刻的。中国传统文化中对玉一直存在着独特的崇拜，一直影响着人们的造物观。上古时期的玉石一度被认为是可以沟通神灵的物质，成为巫觋所使用的法器。四表哥雕刻的玉佩，是一个古老的传统文化的象征物。龙凤玉佩始终在不同的人手中流转，护佑了一代又一代的辽河人，而人们对玉石的欣赏和喜爱直至今日也没有消散，文化中的基因会一直赓续下去。正如津子围在小说中说的那样，与其说写辽河是一种缘分，不如说是一种自信。这种自信是辽河给予他的，在审视历史的过程中，他发现辽河深厚悠久的文化从未断绝，它博大精深，兼容并蓄，革故鼎新，并仍然向着更远处走去。辽河的文化依赖其自身的物质条件，更离不开人类的生产生活和发明创造。辽河流域的建设和商贸都是在人的活动下产生的，人类在漫长的历史中完成了一件事：给岁月以文明。

三、人类意识：人类命运共同体之下的创作源泉

"文化自信"是当今中国思想文化领域中最热门的关键词之一，涉及文化领域的诸多方面。在文学领域，构建中国文学文化自信的重要表现就是探索如何"讲好中国故事"。"讲好中国故事"既是为了记录我们为之自信的文化，也是为了将其进行阐释与传播，使中国文学进入世界文学的场域，形成国与国、民族与民族、文化与文化之间的交流。交流的过程既是自己的文化被他人所理解的过程，也是我们理解异文化的过程，这个过程帮助文化与文化之间形成互信的关系，最终形成共信的关系。而文化的共信则是人类命运共同体理念在文化领域的体现，2013年以来，习近平总书记在各种场合的讲话和文章中多次提及人类命运共同体这一理念。人类命运共同体理念最初主要是以国际关系为出发点，但随着世界大势的发展，人类命运共同体所涵盖的范围越来越广泛，几乎涉及人类社会所面临的问题的各个层面。这一理念也已经被越来越多的人认可，成为推动全球化发展的中国方案。恩格斯说："我们越是深入地追溯历史，同出一源的各个民族之间的差异之点，也就越来越消失。"[①]民族同源，这是人类命运之所以能够休戚与共的历史原因。但人类命运共同体理念在强调共同性的同时，并没有丢弃差异性。

---

① ［德］恩格斯：《爱尔兰史》，《马克思恩格斯全集·第16卷》，北京：人民出版社1964年版，第570页。

越是民族的，就越是世界的。习近平总书记指出："对人类社会创造的各种文明，无论是古代的中华文明、希腊文明、罗马文明、埃及文明、两河文明、印度文明等，还是现在的亚洲文明、非洲文明、欧洲文明、美洲文明、大洋洲文明等，我们都应该采取学习借鉴的态度，都应该积极吸纳其中的有益成分，使人类创造的一切文明中的优秀文化基因与当代文化相适应、与现代社会相协调，把跨越时空、超越国度、富有永恒魅力、具有当代价值的优秀文化精神弘扬起来。"[1]这种文明观念使得不同时代，不同国家，不同民族之间的文化相互融合，世界文明的多样性得到维护。人类命运共同体意识不仅表现出整体性的世界观念，也显示出中国在世界发展中的责任担当与道德情怀，而文学作品对人类意识的表达和呈现也应该达到这样的高度。[2]

习近平总书记强调："广大文艺工作者要有信心和抱负，承百代之流，会当今之变，创作更多彰显中国审美旨趣、传播当代中国价值观念、反映全人类共同价值追求的优秀作品。"[3]基于此，当下的作家形成了共识性的创作倾向，在作品中尝试表达鲜明的人类意识，如生态意识、性别意识、未来意识等等。近

---

[1] 习近平：《在纪念孔子诞辰256周年国际学术研讨会暨国际儒学联合会第五届会员大会开幕会上的讲话（2014年9月24日）》，《人民日报》2014年9月25日，第2版。

[2] 张福贵：《人类命运共同体与中国文学文化自信》，《中国社会科学》，2022年第5期。

[3] 习近平：《在中国文联第十一次全国代表大会、中国作协第十次全国代表大会开幕式上的讲话（2021年12月14日）》，《人民日报》2021年12月15日，第1版。

些年来生态文学的勃兴，正是人类意识在文学领域发展的具体表现。虽然生态文学早在20世纪80年代便有所发展，但近些年来涌现了更多颇具影响力的作品，并且形成了一些群落式的创作。2017年河北的塞罕坝成为作家关注的焦点，产生了一批反映塞罕坝林场建设历史成就的报告文学，表现了鲜明的生态文明立场。如李青松的短篇报告文学《塞罕坝时间》、郭香玉的《塞罕坝，京城绿色屏障的前世今生》、蒋巍《塞罕坝的意义》、张秀超的《塞罕坝，这样走来》，此外还有冯小军和尧山壁创作的以塞罕坝为题材的长篇纪实文学《绿色奇迹塞罕坝》等。同样是2017年，何建明以浙江省安吉县余村多年的生态建设成就为主题创作的长篇报告文学《那山，那水》发表，收获了热烈的反响。一南一北，地域不同，但对生态环境的关注，对人与自然和谐相处的美好愿景是一致的。对于《大辽河》而言，生态意识也是小说难能可贵的闪光点，它在对人的关注之外，保留了对自然的关爱和敬畏。小说以一个颇具哲学意味的画面结尾，四表哥望着天空的时候想："也许某一天，他会离开这个世界，躺在石棺之中，与那山川日月、天地万物融为一体，那样就永远不死不灭了。"[①]正如庄子所言："天地与我并生，而万物与我为一。"津子围所流露的人与自然、人与万物合而为一的思想，与庄子不谋而合，使小说增添了一层浓郁的诗性气质，呈现出灵动自由的艺术氛围。河流是地球的血脉，然而曾几何时，辽河也受到过严重的污染，一度是全国重点治理的"三江三湖"

---

① 津子围：《大辽河》，沈阳：春风文艺出版社2023年版，第383页。

之一,污染物严重超标,生态环境受到严重破坏。津子围敏锐地捕捉到了这个问题,为《大辽河》注入了生态意识,为以人为核心的人本主义和以科学技术为核心的科学主义找到了结合点,对"人类中心主义"的传统提出了挑战,代之以"生态中心主义"。津子围突破了浅层化的"自然写作",对文学与自然、人与自然的生态关系进行了深入的反思,不仅停留在对自然生态的关注,而且触及了对文化生态、精神生态和人类生态的思考。

对历史、文化或生态的思考,构成了《大辽河》的文学逻辑,三者共生而缺一不可。津子围对这些问题的思考最终指向了对人以及其生存的世界的追问。在这里,"文学是人学"的"人"已经不再局限于人道主义精神或是具体的人,它上升为一种宏大的人类意识,是对于整个人类命运共同体的关怀。这种人类意识是作家在当下的时代进行创作选择的思想源泉,也折射着作家对人类境遇的思考。当今科技的迅猛发展,人工智能的出现,已经带来了更多的生命形式,人类似乎已经朝着下一个阶段进化,渐渐脱离了原有的生命形式,进入了"后人类"时代。如福柯所担忧的那样:"人将被抹去,如同大海边沙地上的一张脸。"[1]如何认识人的本质,了解人的起源,展望人的未来,仍然是无可回避的话题。在人类命运共同体的现实语境下,这是所有作家都应当共同思考的、面向未来的问题。

---

① [法]米歇尔·福柯:《词与物:人文科学考古学》,莫伟民译,上海三联书店2002年版,第506页。

四、结语

　　《大辽河》是津子围继《十月的土地》后的又一长篇力作。他以辽河这一蕴含着多重内涵的意象入手，却并未对河流本身的自然状态进行细致考察，而是将河流史与人类史巧妙地编织在一起，在历史和现实的穿梭中，结合实地走访的经验，追溯了人类历史的源头。这背后折射的是在人类命运共同体的现实语境下所形成的某种共识性的认知，以及作家思想深处隐伏的人类意识。作家拥有人类最敏感的心灵，而津子围在捕捉现象之余，更多了几分责任和思考。《大辽河》的历史书写与以往的作品并不相同，他得心应手的叙事技巧，在这部小说中并没有过多的展现，但这种尝试是基于他长途跋涉的现实经验。在他走辽河的行迹中，在他对河流文明的思考中，在他对人类文明起源的回溯中，有被重新捡拾起的传统文化，有对自然的关切和忧虑，还有对辽河的深沉情怀。以自己的文字，为无法再表达自己的人、事、物代言，这是作家对现实世界的责任。文学的作用是有限的，但津子围仍在尝试打破学科的界限，在有限的空间里尽可能地打开多重的可能，这是作家对文学的思考。在津子围的文学世界里，文学即是人学。除却那些历史中小写的鲜活的人，还有一个大写的抽象的人，就是作为人类命运共同体的"人"。他对这个"人"的过去、现在和未来，始终饱含深情。对人的关注是文学不朽的主题，而作为文学的人类史的《大辽河》的意义正在于此。《大辽河》止笔之处，作家为文学对人类历史的书写方式开拓了新的空间。相信未来会有更多饱含人类意识的新作,丰富中国文学的文化自信,推动人类命运共同体的建构和发展。就像津子围在小说中说的那样:"关于辽河这本大书,也许才刚刚打开而已。"[①]未来这一领域的文学,仍然值得我们期待。

[①] 津子围:《大辽河》,沈阳:春风文艺出版社2023年版,第362页。

"河流文化"视域下历史书写的精神向度与时代价值

津子围的长篇小说新作《大辽河》将辽河作为一部"可解读的文本",以河流演绎历史,运用跨时空的历史书写方式呈现打破时空次元的文本表现,达成了具有"复调"性质的表达效果,突显小说的精神底蕴及丰富内涵。《大辽河》将深厚的文化精神、发展的历史观念和深切的人文关怀,灌注到辽河流域普通人的血脉与人生体验之中,回答了有关东北地域文化传统、中华文明探源、人类精神发展历程等多层面问题的思考。在《大辽河》中,"辽河"的含义已远远超过"地理景观"的单纯表达,其所承载的文化意义最终指向地域文化、民族精神与人类发展。

辽河的文化意义与人民性写作立场

作者对辽河历史的追溯与表现,构成了河流文化与土地文化之间的互动张力,在"黑土地"之外丰富了考察和认知东北的全新维度。以辽河流域中不同的八个地点勾连起人民、地域与历史，这是《大辽河》的基本叙事逻辑，体现出用河流讲述人民历史的探索和实践。逐水而居是人类生存的天性与本能，河流促成了农耕文明、游牧文明的出现，并诞生与之相应的政治模式、社会风俗、文化认同，人类文明聚居地的形成总是与河流存在紧密的关联。通过河流的"凝聚"及"分隔"作用，不同的地域之间形成各具特色的文化认同标志，并产生后来可被指称为地域精神、民族精神的文化倾向。作者关注到辽河流域的文明丰富性、多元性及其发展和变迁。在"干岔子村"和"柳毛沟村"的互动，"柳条边"边里边外的对望，"十年河东十年河西"的变化当中，作者串联起辽河流域不同的文明类型，全景式地呈现出不同历史时代下辽河流域的社会风貌与风土人情。《大辽河》重新焕发了辽河的文化生命，赋予它无限丰富的内涵，使之成为可持续繁衍的文化资源，通过书写辽河的故事，人们得以触摸历史、地域与民族。

将辽河流域的文化精神浓缩为一种文化象征符号，并外化在普通人的生存状态与性格品质当中，回顾辽河的历史，最终目的是传达对人民的关怀。人民性是《大辽河》创作的根本立场，它指向民间、地域、日常的书写路径，以及尊重人民、表现人民，将人民作为历史与文明载体的创作意识。《大辽河》力图抒发辽河的凝聚作用与民族精神，并以民间普通人的生活史书写出辽河的文化历史，赋予历史题材小说新的呈现方式与表现视角。作者没有选择"俯视"或"仰视"的历史观察角度，他自觉选择坚持"以人民为中心"的创作原则，有意"回避"

才子佳人、帝王将相的宏大历史叙述视角,以平民视角关注人民、反思历史,用普通人在辽河边日常生活的痕迹搭建起历史的真实与人间的温度。

对"平民叙事"的自觉运用,使得《大辽河》真正具备了文学"民间性"的精神底色,贴近人民,还原真实,构建起辽河与人民之间相互交织的互动关系,突显小说两大方面的意蕴层次和书写维度:其一是"辽河",即对地域文化的呈现与表达;其二是"人民",包含地域性格及整体人类生存命运的深刻思考。正如小说当中:"我想从分子人类学的角度探究接下来要走的辽河,在试图揭示辽河基因之谜前,先了解自己的身世之谜,我的遗传成分、基因属于哪个族系、迁徙的路径等等,不能仅仅停留在行走的'螺旋体'、会呼吸的'染色体'的模糊状态中。""了解自己"是作家探寻辽河的根本方式和必要前提。解读"辽河基因之谜"的本质是重新审视人类自身,以河流为"中介"发现人的历史,是《大辽河》的永恒底色。

重返历史与现实反思的相互对望

故乡是作家创作的原点,作家"生于斯长于斯"的天然"在地性"使得文本具有强烈的真实性与现场感。在《大辽河》当中,作者采取了一种二元并置的叙事方式,形成了现实与虚构、纪实与想象、追忆与反思等多组对话关系,在更大程度上唤醒了强烈的情感共鸣与人文温度。一方面,"我"于当下重新探访辽河,以"文化地理"的科学方式考察辽河流域的历史痕迹，并对辽河流域生态文明、水文工作、文化特色、人类发展等多方面进行认识与思考。另一方面，作家基于历史考辨进行想象性叙事，描绘了从辽代一直到新世纪以来，生活在辽河流域的普通小人物不同的喜怒哀乐、生活际遇以及他们共同的坚韧品格。

在这两条线索的支撑下，《大辽河》在结构上形成了一种"离去—归来"的美学表达。这种"离去"与"归来"并不单纯强调地理空间上的重返与体验，而是表明了一名"在地"作家的"距离感"。这种"距离感"的核心具体表现为"我"对辽河历史的重新考察、认识与反思。辽河的历史是流动的历史，时代岁月的更迭必然导致今人认知过去的"陌生感"，《大辽河》以"我"对过去历史时空的"离去"，给予了重新挖掘和阐释辽河悠久生命的空白空间。通过走访、考辨，"我"完成了一场跨越时空的"寻找之旅"和"思想考古"，在这一过程中，"我"实现了与辽河历史之间的交流与碰撞。通过对"我"的纪实书写，以及对历史故事的记述与描绘，作者编织起当下与历史之间的整体性和互动性，在"离去"与"归来"的过程中呈现出跨时空的叙述方式，并形成两种时空对话的"复调"效果。在"笔记体"的纪实与传统虚构小说的双重模式里，作者构建并极力突显重返历史的时代价值与社会意义，在历史与现实的对比当中，作者考察并反思了有关当下生态环境、地缘考察、风土人情等多层面的社会问题。同时，在历史的流动中，作者抓住了历史的文化"永恒"。小说中以"龙凤玉佩"作为辽河文化的象征物，在一代代辽河儿女间传承，文脉生生不息构成历史的

"有常"。思想考古的目的与旨归在于反思，并对当下产生影响，这是《大辽河》另一重意义所在。

文明探源与构建"中华民族大家庭"的人类意识

有力发挥文学的"新质生产力"作用，将民族意识与人类意识相融合，引导人民自觉传承中华文明、增强文化自信，是中国文学肩负的历史使命。作为一部以"辽河"为题眼的历史题材小说，《大辽河》在演绎河流与人类的关系之间构成了书写历史的全新方式，并以辽河为文化纽带，形成展示东北文化的一个重要侧面，铸造人们通向红山文明乃至华夏民族历史的重要桥梁。《大辽河》的内核是一场文学层面上的文明探源与"历史考古"，通过对历史的重新思考，寻找到生命和文明的源头，具有由地域推及整个中华民族的文化意义。

《大辽河》以河流讲述人民，以人民勾连历史，在独特的历史阐释之中解读了人类之于历史及文明的双向作用，既突出了作为人类生命源泉的"辽河"本身，又注意到了辽河滋养下的人民的生存状态和发展方式。文明探源所追寻的另一目标，是找到人民共同的精神家园。在《大辽河》中，作者有意划分时空的分界，却不区分人物间的亲缘。从辽代的二哥、清代的四叔，到经历社会主义发展建设的二姨、二姨夫，作者并不强调各自所属的家族谱系，而是将各个时空的二哥、三姐等人物汇聚成一个"中华民族大家庭"。以"我"为代表的中华儿女是民族历史文明的传承者，"我们"是在中华民族文化的哺育之下成长起来的"民族文化共同体"。

中华文明探源是推动弘扬与传承中华民族精神的必要路径。《大辽河》正是作者津子围带着这种文学使命与时代担当创作出的当代文学精品。《大辽河》不仅从对河流文化的考察中构建起一部人类文明的发展史,又从人类的生存境遇中提炼出辽河哺育下的民族文化精神。同时,从美学的角度来看,小说二元并置的形式特色与其思想内核构成了互文的表达效果,也为历史书写提供了全新的经验与示范。总体而言,《大辽河》以河流阐释历史,以鲜明的人文关怀传达对于时代的认知与关怀,发扬历史精神的传承性、连续性,迸发出强烈的人民性意识与时代责任感。

第三辑

汇聚时代之光与培育精神之花
——关于坚持网络文艺人民性的思考

习近平总书记在中国文联十一大、中国作协十大开幕式上的重要讲话中强调，源于人民、为了人民、属于人民，是社会主义文艺的根本立场，也是社会主义文艺繁荣发展的动力所在。广大文艺工作者要坚持以人民为中心的创作导向，把人民放在心中最高位置，把人民满意不满意作为检验艺术的最高标准，创作更多满足人民文化需求和增强人民精神力量的优秀作品，让文艺的百花园永远为人民绽放。总书记的重要论述，对于我们正确认识和深刻把握文艺的人民性特别是网络文艺的人民性问题具有重要的指导意义和深远的现实意义。

从中国新文艺发生之日起，人民性及其相关问题就成为中国新文艺叙述的重要话题之一，并贯穿中国新文艺发展史全过程，集中体现在文艺为谁写、谁来写、写什么、如何写等问题上。可以说，人民性及其相关问题的理论建构和现实实践，是中国百年新文艺最鲜明的特征之一，也是区别于西方文艺的根本所在。

党的一系列文艺政策的制定和深入贯彻，使得文艺的人民性及其相关问题更为清晰明了。整体而言，中国新文艺的人民性主要体现为五种关系，即人民性与中国性的关系、人民性与民族性的关系、人民性与时代性的关系、人民性与审美性的关系、人民性与精神性的关系。以上五种关系基本概括了中国新文艺人民性的内在特征和外在形式，而且适用于评判网络文艺的人民性问题。

大部分研究者在阐释网络文艺的人民性问题时，着重强调了网络文艺的开放性、自由度和匿名性，从而使文艺创作主体、文艺创作内容、文艺审美形式和文艺创作的大众参与发生了新变化。或者说，网络文艺的人民性问题与网络作为新的文艺传播媒介和载体独有的特性相关。例如，网络文艺的创作主体不再局限于职业文艺工作者，普通网民也可以在网络空间独立创作文艺作品，因而网络文艺相比传统文艺更具人民性。同时，网络文艺的审美形式和表述方式也更为多元化，微信、微博、短视频等多种新媒体的广泛应用，为人民群众提供了门槛不高和易于操作的文艺叙述形式。从这个角度上看，网络和新媒体切实强化了文艺创作与人民群众的关系。但这仍属于网络文艺创作的外在载体和形式问题，关于网络文艺的人民性的内在属性、本质和精神问题仍然没有阐释清楚。

描绘出不同个体在新时代语境下的心灵轨迹

阐述网络文艺的人民性问题首先要解决的是何为"人民"。人民不是抽象的符号,而是一个个具体的人,有血有肉,有情感,有爱恨,有梦想,也有内心的冲突和挣扎。当代的文艺工作者有必要深入人民的精神世界,把握人性的复杂性与丰富性,描绘出不同个体在新时代语境下的心灵轨迹。因此,网络文艺要将自己的创作目光聚焦建设社会主义现代化强国进程中的人民大众,从中感知他们与宏观历史的律动,感受宏大历史下人民的日常生活与精神风貌。

网络小说《大国重工》的作者齐橙认为,讲述中国现代工业发展史的重心应该放在工人、工厂和工业上,其中塑造中国工人典型形象是重中之重。因为中国现代工业发展史的主体是工人,在百年发展历程中涌现出众多敢于奋斗、勇于担当、善于开拓的工人兄弟,他们是工业题材文学创作的源泉。另外,"工人"不仅是单一、具体的人物形象,而且是围绕工人聚合成的一组群像,一线工人、技术人员、管理者都与"工人"发生着直接联系,他们是中国现代工业发展中的命运共同体,是参与、推动和见证中国工业发展奇迹的人民。只有塑造出鲜活的典型工人形象,才能讲好关于中国现代工业发展的故事。

北京冬奥会期间,以普通百姓投身冰雪运动为主要内容的网络文艺作品广受关注。全国各地的人们,受到赛场上冰雪健儿拼搏精神的感召,纷纷"触电"冰雪运动,基于气候条件,创造各种的可能性,领略冰雪运动带来的快感与乐趣。"带动三亿人参与冰雪运动"的庄严承诺,正是通过一个个具体的人的具体行动实现的。网络文艺发挥自身"特长",记录下了这一切,让世界了解中国普通百姓投身冰雪运动的热情和信心。

2022年2月25日,中国互联网络信息中心发布的报告显示,截至2021年12月,我国网民规模达10.32亿,较2020年12月增长4296万。越来越多的中国人在网络世界开展文艺生活、享受精神食粮。网络文艺创作理当以人民为叙事重心,让人民成为文艺的主角,传达中国人的生活情趣、人生志向、情感世界和生命体验。这是根本原则,也是发展方向。

既延续传统文脉又关注当下现实

网络文艺的重要功能之一是弘扬和传播中华民族优秀传统文化,延续传统文脉。例如,李子柒以表现中华田园诗意文化为主题的短视频在世界范围引起的轰动效应,使中华民族"天人合一"的人生哲学和生活美学得到广泛认同。再如,根据网络小说《庆余年》改编的同名影视剧一度成为热门话题。人物的服饰、妆容、使用的器物、居住场所和日常生活情境,展现出中华传统美学特征。人物对公平正义的追求、百折不屈的勇气、坚守忠贞的爱情信念等,都充分展现了中华传统美德在构建社会精神趋向上发挥的引领作用。

弘扬传统精神之外，也要指向当下现实。关注当下时代急速变化的社会生活和现实问题，也是网络文艺创作的重要使命。尤其是改革开放以来中国社会发生的翻天覆地的变化，成为网络文艺关注的重点。而这种变化下沉到个体日常生活中就表现为个体在家庭、事业、爱情等微观层面的新变，蕴含了人民的切身体验和真挚情感。

例如，由网络小说改编而来的电视剧《大江大河》讲述了波澜壮阔的改革开放史，把普通人物的人生经历与改革开放进程紧密结合起来，展现了大学生、农民、个体户、知识分子和企业家等在时代大潮中的作为。伴随改革开放成长起来的一代人在剧中寻找到了自己的身影，引起集体情感共鸣。同时，当代青少年也能从中了解改革开放历经的艰辛、曲折，以及对中国人生产、生活和精神上产生的深远影响。

当下性还指向一系列社会热点问题。例如，网络小说《医线生机》以医患关系为主题，客观分析了医患关系紧张的复杂原因，让读者能够从中发现人与人之间的宽容和温情；《彩云微光》讲述了留守儿童的成长故事，特别关注他们长大成人后反哺家乡行为背后彰显出的现实逻辑；《特别的归乡者》《天梯》等作品呈现出各级政府、乡村干部为脱贫攻坚和乡村振兴付出的艰辛努力，充分显示了党中央心系人民的执政理念。网络文艺对当下社会问题的关注符合人民的期待，体现出接地气、有温度的情怀与担当。

兼顾审美品格和精神能量

以何种文艺形式恰当、贴切地表述人民的所需和所感，是中国新文艺始终在思考和探索的问题。在党的号召和指导下，广大文艺工作者深入人民群众之中，学习人民群众喜闻乐见的文艺形式，相声、快板、秧歌等民间曲艺形式和日常白话、口语等人民群众易于接受的语言样式走上前台。而网络文艺的重要特征之一就是民间性，普通百姓以自己擅长的文艺形式表述自己熟知的现实生活。不过这也带来一些文艺形式粗制滥造、缺乏美感的问题，甚至一些低俗的文艺形式在网络世界大行其道。这就需要我们仔细辨识、加强监管和公正批判，在强调网络文艺的人民性和审美性关系时，关注点应该放在人民喜爱的艺术形式与审美体验的有效融合上。

一段时间以来，部分网络文艺作品以猎奇、低俗等内容博取眼球，沉溺于畸形审美，陶醉于恶俗趣味，热衷于"饭圈文化"，宣扬不劳而获、盲目攀比、追名逐利等负面价值观念。这类"跑偏了路""走错了道"的行为，不利于清朗网络空间的营造，也不利于健康文艺生态的构建，更与人民的期待和社会的愿望相背离，遭到普遍的抵制与果断的唾弃。经过文娱行业综合整治行动的有力开展和重拳出击，网络文艺领域的风气得到明显好转。网络文艺的人民性意味着需要传达正确、科学的思想和观念，传递出符合社会主义核心价值观要求的精神能量。

整体而言，人民性是网络文艺的根本性问题，只有处理好网络文艺与中国性、民族性、时代性、审美性和精神性的关系，网络文艺才能获得健康发展，焕发出无尽的生命力，拥有广阔的未来。这就要求网络文艺工作者时刻保持强烈的家国情怀，把脉人民的所思所想，了解人民的所需所感，遵循网络传播规律，创新文艺表达路径，探索符合百姓需求和时代特色的审美方式，既要汇聚时代之光，又要培育精神之花，努力在广袤的网络空间讲好新时代中国故事。

现实主义文学传统的当代表征
——网络文学对中国现实主义传统的历史继承与发展

随着网络文学当代发展的日渐兴盛，中国现实主义传统在网络文学中得到了继承与发展。由于网络文学自身的新媒介属性，网络文学中的现实主义呈现出有别于传统现实主义的诸多特征。在网络文学的辩证发展过程中，传统的现实主义逐步发展呈现出具有当代性的现实主义表征。这种当代性的现实主义表征在内容方面体现出中国优秀传统文化的现代性转型，在形式方面则透过网络媒介科技的发展体现出未来文学体裁的更新变化趋势。

一、中国现实主义传统在网络文学中的辩证发展

在网络文学中的现实主义是中国现实主义传统在当代的发展延续。在文学的历史辩证发展过程中，传统现实主义经历了历史的逻辑演化，在网络文学中呈现出新的历史特征。这种特征产生于当代文学由传统纸质媒介到电子网络媒介的变更过程

当中,随着媒介的转换,文学的性质发生了改变,文学中的现实主义也由传统现实主义演化成为更具虚拟性的现实主义。在网络文学中,具有虚拟性的现实主义是传统现实主义在网络文学中辩证发展的结果,实现了现实主义在媒介转换过程中的历史层级跃升。

传统现实主义文学在中国历史中久已有之,自先秦时期《诗经》以降,现实主义精神在中国文学的历史发展中不断延续,并深深融入在中国文学的血脉当中。这种现实主义特征亦是中国当代文学的重要特征,当代的中国网络文学即延续着鲜明的现实主义传统。与传统现实主义文学强调对于客观世界的真实呈现相一致,网络文学作品同样带有着强烈的现实主义写实色彩,即使是在玄幻、奇幻、穿越等题材的作品中,强烈的现实主义风格也使得这些看似荒诞不经的内容显得能够令读者信服。因为这种无处不在的现实主义精神与中国人喜爱现实主义的文化传统一脉相承,也使得网络文学能够在当代广受大众的关注与备受追捧。在"新时代十年网络文学榜单"中,现实主义题材作品的占比高居首位(现实40%、幻想30%、综合20%、IP改编与海外传播10%),这也说明网络文学的现实主义特征在很大程度上促成了网络文学成为中国文学当代发展的历史必然选择,在当代延续着中国文学现实主义的精神内涵。

在现实主义的当代延续发展中,由网络技术带来的网络文学的新媒介属性,成为传统现实主义辩证发展中的"反命题",推动着传统现实主义文学的当代转型发展。正如网络时代的宣言"认真你就输了",网络文学通过对传统现实主义进行加工变形,使传统现实主义逐渐跃出传统的框定,演变成为一种新的现实主义。由于在网络文学中,以客观性与严肃性为特征的传统现实主义精神并不完全适用于其大众属性,而网络媒介则能够通过加工变形的方式将这种客观性和严肃性转变为主观性和娱乐性,即新的现实主义的精神特征,因此网络文学能够在当代获得更为普遍的接受。在网络文学的大众接受过程中,网络文学也以其"悦读""爽文"等特征形成当代大众对于现实主义的新的精神追求,因此,网络文学作品中的现实主义虽然看似与传统现实主义类似,但实则已经历了现实主义的历史辩证发展,完成了从客观现实性到主观现实性,从精英严肃性到大众娱乐性的转换。因此,在网络媒介的助推作用下,现实主义实现了自身的历史延续与当代转型发展。

这种新的现实主义精神在网络文学中的形成也极大地扩大了网络文学的发展空间。诸如动漫、游戏、真人秀等当代艺术活动都能够与网络文学产生密切的互动,这些文学与艺术之间的跨界联动正是传统现实主义文艺无法实现的功能。而当代艺术的图像化、游戏性、虚拟性等新兴特征,也使得当代现实主义在网络媒介中呈现出一种逻辑层级跃升后的现实主义精神状态,更加契合当代人文精神的需求,也不断促进着当代文学、艺术乃至科技之间的互动融合发展。因此,在网络媒介的作用下,现实主义已日渐成为网络文学的当代历史特征,这种新的现实主义特征也在网络文学的内容特征与形式特征中得到了具体的呈现。

二、中国优秀传统文化在网络文学中的现代性转型

网络文学的现实主义内容特征源于本土优秀传统文化，虽然中国文学在现当代的进程中发生过文化的历史断层，但是传统文化的基因仍然在人们的精神意识中延续存留。儒家经典《论语》作为对中国传统文化影响最为深远的著述之一，其中"子不语怪力乱神""未知生，焉知死"等重要观点都标志着注重现实的中国文化传统早在先秦时期即已经形成并因循历史延续至今。而现实主义特征作为中国传统文化的重要特征，深深融入在中国文学的历史发展当中。在中国文学现实主义传统的延续过程中，网络文学的内容亦被赋予了极强的现实主义风格特征，而网络文学的大众属性也为现实主义内容的当代接受提供了牢固的根基。

由于网络文学打破了传统文学创作与接受活动中角色差别的束缚，呈现出大众性、宣泄性和狂欢化等特征，使得其具有现实主义风格特征的内容能够在更具普遍性的传播中得到继承和发展。在这一层面上，网络文学与中国传统文化的群体性、言说性等特征形成呼应，因此网络媒介在很大程度上促成了网络文学与中国优秀传统文化的跨时空对接，网络文学的现实主义精神内容亦在此过程中生成。而由于中国传统文化在网络文学的内容中得以保留，中国优秀传统文化也将在网络文学中得到现代性的继承与发展，其中的现实主义内容亦将在这一过程中发生现代性的转型，形成具有现实主义特征的新内容。

在网络文学与中国传统文化形成的跨时空对接中,作为网络文学内容的中国传统文化在时空对接中发生了现代性的转换,其具体表征即:传统文化的具有现实主义真实性风格的内容通过网络媒介的作用,变为了更具吸引力的"虚拟现实"如以VR、AR等技术为支持的新的内容。由于媒介科技在当代人生活中的普及运用,当代人的生活越来越离不开媒介科技带来的虚拟现实性,而网络媒介无疑更擅长于营造虚拟现实性,使得"虚拟现实"在网络作品中层出不穷。因此,传统现实主义内容以"虚拟现实"的方式在网络文学中获得新的生机,而这种"虚拟现实"甚至比传统现实主义更受到当今大众的喜爱,"虚拟现实"也成为网络文学现实主义风格的新的重要表征。

由于中国优秀传统文化在网络文学中的重新兴起,诸多源于中国传统文化的内容元素在网络文学中得到转型式的复兴。这种转型式复兴的特点在于,并非将传统内容一成不变地带入文学创作当中,而是以当代的视角重新编排组合这些传统内容元素,以"变形"的方式呈现传统文化的内容。诸如穿越、玄幻、仙侠、盗墓等题材的网络文学创作都在进行着中国传统现代转换的尝试,如酒徒《烽烟尽处》、蒋胜男《燕云台》、南派三叔《盗墓笔记》等作品都营造出现实与幻想交织的新的现实主义类型特征,这些作品在题材内容方面的创新对于探索中国优秀传统文化的当代发展具有重要的借鉴意义。

在中国优秀传统文化的现代性转型过程当中,传统现实主义在网络文学中实现了历史的辩证演化,形成了更为符合当代人精神需求的精神内容,并以其新的现实主义风格特征成为当代人的精神世界写照。中国优秀传统文化也因此得以在当代人的精神世界中延续发展，网络文学亦因此成为中国优秀传统文化的当代载体，以更适合当代审美的新的精神内容实现着对中国优秀传统文化的历史传承。而随着新的现实主义内容特征的不断确立形成，与之相对应的新的现实主义形式特征也将随之生成。网络文学文体形式的变迁亦将成为历史发展的必然。

三、网络媒介科技发展带来的文体新变

随着网络媒介科技的发展，网络文学的虚拟性、游戏性、互动性等特征将在未来逐步实现，这些特征都将推动网络文学新的现实主义形式的生成。届时，网络文学的文体形式将发生新的改变，衍生出契合新的现实主义内容的新形式。

托马斯·库恩在《科学技术的革命》中提出科学范式的改变对于人文世界观的重要影响，如库恩所认为，科学技术的进步改变了人的思维模式，也影响着人文艺术的创新发展。虽然人文艺术的进步并不能完全归结或依赖于科技，但是科技的发展无疑对当代文学艺术的发展起到了巨大的推动作用。在网络文学产生之初，网络的高科技属性即对传统文学性质的改变产生了重要的影响，也使得网络文学展现出诸多与传统文学的不同之处。如今，网络文学经过三十余年的发展，其自身的性质在此期间经历了日新月异的变化，这些变化也不断加剧着其对文学性质改变产生的影响。

随着网络文学中新的现实主义内容的日渐形成，传统的网

络文学形式也日渐无法满足新的精神内容的需求。传统的"文字为主体，网络为载体"的网络文学形式将无法与网络文学中新的现实主义内容形成对等关系，并将造成网络文学发展中自身内容与形式之间的矛盾冲突。随着二者矛盾的日益加剧，网络文学的形式也将迎来自身新的发展演化，更具虚拟性、游戏性、互动性的新的文学形式将应运而生。如由网络媒介带来的互动性特征即是网络文学所独有的新特征，这种便捷的互动性正是依托网络媒介科技所建立形成的，由于媒介科技的发展使得当代人们的沟通变得迅速便捷，这使得网络文学的创作和接受都得以打破传统的作者与读者分离的模式，实现了作者与读者角色之间的互动交流。这些新的特征都使得网络文学中的现实主义更具互动融合性更强的"沉浸感"的体验，从而与具有新的现实主义特征的网络文学精神内容实现对等的平衡关系，并将进一步实现对传统现实主义的继承与超越。

具有现实主义特征的网络文学新形式的生成是网络文学历史发展演化的必然。在网络文学的当代发展中，随着经历过现代性转型的中国优秀传统文化成为网络文学的新的现实主义内容，形成与之相对等的外在形式成为网络文学当代发展中的必然需求，借助网络媒介科技发展产生的助推力量，网络文学即将生成更适合于新的现实主义精神内容的形式载体，以实现自身新的现实主义特征的全面生成。这一过程也正是网络文学当下所处的历史进程，并已经在当下展现出种种新形式即将生成的未来趋势，诸如VR、元宇宙、人工智能等科技发展对于未来文学发展产生的影响，都预示着具有新形式的网络文学在未来即将产生,而文学性质发生质变的历史"奇点"亦终将到来。

具有新的现实主义特征的网络文学新形式也将在未来实现"文学"与"网络"的真正融合。在网络文学新形式的形成过程中,文学将借助网络媒介科技获得新的生机与发展机遇,与现阶段网络文学可以随意切换网络媒介而转化为传统纸媒不同,未来的网络文学因其新的形式特征,将与电子网络媒介之间具有更为紧密的共生关系。这凸显出未来文学与网络媒介之间更为紧密的结合状态,也将形成文学在未来转型发展中的重要机遇与挑战。而当网络文学中新的现实主义内容与形式都最终确立形成之后,网络文学也将迎来全新的面貌,面临着新的发展机遇与时代挑战。

人工智能写作的新范式及其限度

近十年来，人工智能（Artificial Intelligence，简称AI）在国内蓬勃发展，被广泛应用于医疗、交通、生产、教育等各个领域，人工智能医疗系统、人工智能家居、人工智能汽车、人工智能教学系统等大量新鲜事物的出现，影响到人类衣食住行等多重"物质"层面，人工智能正以迅猛的发展态势改变着整个社会的发展方式和生产结构。与此同时，人工智能也在不断构建和完善自身与文学之间的联系，体现出人工智能力求从单一"技术性"向内核"主体性"发展的突破与"扩张"意识。其实，人工智能一直尝试在文学创作当中取得"成绩"。早在1962年，美国的沃西等人就开发出了电脑诗人"Auto-beatnik"，并在《地平线》杂志上发表了其创作的《玫瑰》《风筝》等作品；20世纪80、90年代我国梁建章与刘慈欣也相继设计出诗歌创作程序和电脑诗人，通过人工智能程序完成一首完整诗歌创作的时间仅需以秒来计算；此外还开发出了诗词快车、诗歌超级助手、520作诗机、九歌、准宋词、快笔小新等众多智能创作程序，并出现《背叛》《计算机写小说的一天》等由人工智能创作完成的文学文本。伴随着人工智能技术的全面发展和不断成熟，人工智能创作在新世纪展现出更加蓬勃的势头，并试图对整个文学生产链条产生影响。2017年5月19日人工智能机器人"微软小冰"正式推出自己的诗集《阳光失了玻璃窗》，入选"2017年中国十大'00后'诗人"，并于8月19日在《华西都市报》"宽窄巷"开设"小冰的诗"专栏，由此引发学界大量讨论，形成轰动效应。这一事件标志着人工智能在新世纪已经给文学生产、文学批评等带来全新的形式和变革。

"微软小冰"诗集的横空出世，以及围绕其所展开的热烈讨论，是我们观照新世纪人工智能写作的一个重要切口。学者对人工智能的态度总体上呈现出两极分化的态势，一方认为人工智能为文学创作提供了新的形式与新的可能；另一方则多从创作质量和创作主体性的角度，对人工智能创作抱有批判和怀疑的态度。在笔者看来，作为科学技术的重要组成部分，人工智能在切实改善人类生产生活的同时也必然会挪动文化形态的格局。科技的进步已经成为无法阻挡的社会现实，人工智能写作为文学创作提供了全新的方式方法，也已然成为不可否认的客观事实。在这种社会现实之下，理性认识人工智能创作的意义和价值，以及其对传统文学的影响与"冲击"，并规范引导人工智能与文学创作之间的关系，是必须进行探讨的话题。

人工智能写作进入文学场域后需要首要回答的问题，是人工智能写作能否跳脱出"新创作形式"层面的讨论，获得更深层次的"文学地位"认定。质言之，是要探讨在文学发展的新阶段，人工智能写作是否可以被看作新的文学"范式"的生成。

1962年美国科学哲学家托马斯·库恩在《科学革命的结构》中提出范式理论,他勾勒出科学发展由常规时期至范式革命再达到新的常规时期,进而不断循环往复的运动图景,并强调"范式"所代表的"集体意识""共同承认"和"稳定性",具体指向为集体共同采用的一些基本观点、原则和方法。进入到文学领域,"范式"所强调的则是新方法、新特征、新形式的出现,以及这种"新"能为整个文学发展格局提供的经验和指导作用。这要求我们重新理解新世纪以来文学的时代使命,从文学的艺术性、经典性、社会性等层面探讨人工智能写作的真正意义。而总体看来,人工智能写作尚处于"范式"转型的尝试阶段,存在较多局限以及对传统文学的"冲击"。

人工智能写作"范式"确立的困境首先体现在"文学形式"的创新方面。关于人工智能写作"形式创新"的评价不绝于耳,有论者认为人工智能"宣告了一个新的文学形式的生成","是未来文学新的写作形态",并以此认为其"宣告了一个新时代的开始",但其实这种所谓的创新并不足以被认为是新文学经验的生成。人工智能写作的本质是通过程序的设定、大数据统计生成创作的算法模型,以无意识、信息化、概率统计的方式进行语词间的搭配,从而生成作品。它所做的是在已有信息的基础上归纳、提炼与组合,并未创造出一种具有原创性质的文学表现形态,它为文学作品的产生提供了一种新颖的方式和途径,而无法成为真正意义上文学自身的形式变化。以"微软小冰"《牧羊神从我的门前过去》为例,"令我欢乐之一瞬/在你的烟波上命运/都在忏悔着归心的悲哀/我存在治着心爱的人迹/

知我欢乐的时候／曾经在这世界／逗着我们的永远的梦／牧羊神从我的门前过去",呈现的仍然是既往诗歌的创作样式以及传统诗歌意象的堆叠和整理。回望20世纪80年代先锋作家的创作,他们以一种陌生化的处理方式进行了文学的言语试验,将一代人的精神迷惘和人性思考熔铸进语言和文本结构的迷雾之中,展现了文学迥异于既往的全新样式。而目前,人工智能写作所做到的是提供了作品生成的来源,更多停留在"工具性"的层面之上,而非文学层面上的"新形式"出现。

囿于人工智能写作的工作机制,它所生产出的文学作品也相对缺乏思辨性和在场感,进而导致文本内涵的厚重感和创作的严肃性不足,这也是其无法成为当下文学"范式"的重要原因。当前文学创作以及文学批评的主要任务之一,是充分建构起"新时代"的美学原则。2014年以来,习近平总书记发表了《在文艺工作座谈会上的讲话》等一系列有关文艺问题的重要阐释,其中指明了文学与"时代性""人民性""艺术性"之间的密切关系,这要求文学具有能敏锐把握社会甚至"得风气之先"的现实性与前瞻性。而人工智能写作依靠有限的数据库资源和"过去式"的文学经验,无法及时有效地面对时代的万千变化,更无法在此基础上做出新的判断,这是人工智能的"软肋"所在。例如,"非虚构"文学以其作家的在场性和再现的真实性,成为我们当下认识社会、反思社会的重要窗口,而新政策、新风貌、新人物、新典型,还无法成为人工智能写作的表现对象,更无法生成新时代人工智能写作的经典作品,人工智能写作仍然不可避免地落入重现过去文本内容模式的窠臼。

古往今来，每一种学术思潮的出现、新型技术的介入等，都会对文学观念产生一定冲击，都会引起对文学的边界、内涵等的重新讨论。人工智能写作虽还不具备成熟、独立的范式意义，但已经对传统文学格局产生了冲击和碰撞，值得我们的关注与反思。人工智能写作直接与文学创作者和文学接受者之间构成闭环，从文学生产和文学接受两个层面同时构成了我们在新世纪对文学大众化的再次审视与"警惕"。首先从文学创作的角度来看，人工智能写作技术的广泛推行与应用，会在一定程度上造成部分作家的创作惰性。智能化程度较高的写作工具会根据作者的需要，迅速提取并整合成各类型的文学文本，高速高产的文本生成形式容易造成对工具的滥用，进而形成文本内容质量良莠不齐和同质化的现象。从文学接受的角度来看，人工智能写作的方式使得文学创作的过程变得"可视化""可操作性强"，人工智能的发展给传统意义上的"文学接受者"赋予了新的身份转变，读者不再是单一接受者，而是可以亲身体验文学创作的过程。"简单输入信息便能生成一部完整的文学作品"，当读者有了如此的心理预设后，就会在很大程度上消解文学本身的"神圣感"，消解文学作品的距离感、神秘感，使得文学呈现的艺术效果大打折扣。概言之，对当下人工智能写作所存在的担心与警惕，与20世纪90年代市场经济之下对"众神狂欢""众声喧哗"的担忧，分享着相似的社会文化心理——对媚俗化、唯商业化的"提防"。但这并非是对人工智能写作的全盘否定，而是提示与说明针对其建立全新文学规范体制的必要性。

实际上，当我们在谈论人工智能写作的局限以及对传统文学格局的冲击时，本质上是对新时代文学经验的再认识、再阐释。在科学技术迅猛发展的当下，人工智能作为前沿技术之一，其对文学的介入与影响是无法阻挡的事实。文学也在人工智能逐渐互渗、融合中生成新的发展样式和可能。人工智能写作仍处于尝试和发展的过程当中，我们应以包容的心态，理性看待其价值与不足，这将是未来文学乃至文化发展中值得持续关注与讨论的时代课题。

媒体时代阅读与写作模式的新变

"自媒体"一词出自2003年谢因·波曼和克里斯·威利斯共同撰写的"WeMedia（自媒体）"研究报告，主要指知识全球化背景下一种现代化、个人化、自主化的传播信息的手段和方式。伴随着互联网的飞速发展，手机成为当下覆盖面最广的移动媒体终端，为自媒体的普及与推广打造了良好的空间；微博和微信等应用的成功推广也使得自媒体平台得到了更多的关注和认可。文学的阅读与写作在这样的时代背景之下，正发生着巨大的转变。

一、从文本转向个人：媒体时代阅读与写作模式的新变

在互联网成为文学传播媒介之前，文学的阅读与写作主要以纸质的形式呈现。2019年中国现代文学馆举办"初心与手迹——红色经典手稿大展"，展示作家创作的原初手写稿版本；2020年《文学与故乡》的纪录片中记录了莫言、贾平凹、迟子建等人的手写创作历程。以往作家们主要依赖纸和笔进行创作，

读者们的阅读也主要依赖纸质书籍的购买、借阅和传递,实体书店和图书馆是人们获取阅读资源的重要场所,文学读写均依赖于文本进行交互。随着新媒体模式的兴起,文学的读写方式逐渐发生了巨大的变革,借助互联网进行文学写作以及电子文献传阅逐渐成为当下文学读写方式的一个重要分支。

自媒体是新媒体与时代发展进一步融合的产物,文学在自媒体领域的兴起意味着更多个人观点和立场的彰显。自媒体与文学的交汇,可追溯到20世纪末BBS的兴起。BBS中文直译为"电子公告系统",它最初的形态就是我们现在所说的网络论坛,只需在这一平台注册ID,就可以相对自由地阅读他人的"帖子"并"发帖"发表自己的观点和想法。在这一虚拟的空间中,每个参与者都既是阅读者也是创作者,个体的"声音"得以被关注并放大。2000年以来,本土博客的兴起使得"个人"得到更多的关注,文学写作者不再仅仅包括传统意义上的职业作者,更多文学爱好者得以借助这一平台参与文学写作的过程并阅读他人的"佳作";博客为其参与者提供了更多展示自我的空间,"部落格"日志、空间相册等功能也使得个人得到了更全面的展示,在这一平台中通过注册的群体不仅可以进行相对自由的阅读与写作,还可以对所感兴趣的内容进行关注。博客的兴起随之带动了一批文学"博主"的走红,2006年韩寒与北京文坛引发的"文坛大战"便是这一自媒体平台下引发轰动的文学事件。

BBS以及博客等自媒体平台在世纪交替前后的兴起为文学读写带来了深刻的变革,从以往的对于文本写作、出版以及阅读的高度重视转向对个体声音和表达的呼唤。高速发展的时代变局使得自媒体更多地介入当下的文学环境，人们的阅读与写作开始逐渐走向碎片化，追求快感化，文学读写的体量也随之精简，以往的长篇巨著被短小精悍的文学随笔所取代；文学创作在有限的篇幅内凝练出精华，使得以往文本的平面化形象在新的媒介环境中逐渐立体化。另一方面，自媒体平台使得文学阅读者和写作者的身份逐渐得到凸显，为众多文学爱好者争取到参与读写创作的机会，因此更多个性化的观点在自媒体时代得到展示并引发关注。

二、从个人走向群体：互动式读写开启文学社交新功能

2009年，新浪公司正式推出"新浪微博"内测版，成为门户网站中第一家提供微博服务的网站，2011年腾讯企业申请注册"微信"商标，推出了这款为智能终端提供即时通信服务的应用程序，微博和微信自此逐渐进入人们的视野。当下，越来越多的文学作者在微博这一平台开通账号与网民进行互动，越来越多的纸媒通过微信公众服务号对不断更新的文学创作和评论进行推广。自媒体影响下的文学阅读与写作可以称得上是无远弗届，普通的手机用户只需要通过微博和微信的订阅，便可随时进行文学资讯的获取和文学作品的阅读，并随时以评论的形式发表自己的观点和想法；文学创作也不再需要特定的空间和特定的工具，一旦有灵感出现，便可随时进行记录并发表在自媒体平台之中，既省去了校订出版等一系列复杂的手续，也实现了与读者之间的即时互动交流。可以说，自媒体时代是

"全民阅读"和"全民写作"的时代，文学门槛的降低使得更多人参与到文学读写的互动之中，互动式读写开创了新时代文学社交的新功能。

自媒体时代下微信公众服务号等平台的出现为更多"草根"创作者提供了文学互动的平台。以当下的诗歌创作为例，自现代小说革命以来，小说始终是文学发展中的主要形态，诗歌则处于边缘化的位置；市场经济和商业化的兴起使得诗歌这一精神世界理想化的象征一度被束之高阁。随着自媒体平台的搭建，处于平凡岗位的工作者开始借助这些平台发表诗歌，表现他们的生存境遇和思想状况，诗歌再次大规模进入人们的视野。诗歌创作者们通过媒体平台形成一个数量庞大的群体，他们以诗会友，隔空互动，同时引发广大媒体用户群体的关注，从而形成一种虚拟空间的社交新形势，打工诗歌的兴起便得益于创作者们在自媒体平台的互动。

自媒体文学阅读和社交软件的成功推广也使得互动模式成为当下文学阅读的一种常态。以微信读书为例，当下该平台的用户注册数量已经超过2.1亿，其成功的背后在于开启了一种全新的阅读互动模式，通过对他人公开展示的文字下划线和评论进行记录和收集，使得读者在阅读文本的过程中可以与他人的观点进行时空错位下的"互动"，读者自己也可以在阅读文本的过程中随时标注自己的想法，为他人提供思路和想法。文学阅读由个人相对独立的体验转化为一种群体性的互动交流，观点相投的读者可以借助这一平台相互关注并私信交流，互动式阅读由此开启了一种全新的文学社交功能。

此外，知乎文学社区、豆瓣文学小组等引发的热烈讨论还将文学社交划分为不同的"圈子"，不同"圈子"的关注焦点也有所差别。可见，自媒体时代下文学的读写不仅从一种个人的行为上升为群体的互动，在群体与群体之间，也存在着范围的差异。互动式的读写一方面开启了文学社交的新可能，一方面也受到解体划分的新限制。

三、从群体放眼世界：打造新时代民族文学的独家品牌

2012年莫言获得诺贝尔文学奖引发了全民族的轰动，也为中国文学走向世界增添了更多的信心。在全新的时代背景下，如何打造民族文学的名片、创建中国文学的特色品牌依旧是我们文学发展中的重要议题。

从BBS到博客，再到当下的微博、微信等"微平台"的不断发展，文学的阅读与写作在全新的时代背景之下经历了由文本到个人的转向，以及从个人向群体的互动，对以往的文学读写传统造成了极大的冲击与威胁。当下各大文学门户网站已经克服了初期发展中存在的许多问题，邵燕君在最新出版的《创始者说》中对各大文学网站创始人的采访进行了整理，对各大网站的延传和机制改革进行了梳理，呈现出网络文学的发展历程。由此可见，网络文学在传统与现代、纯文学与商业化的博弈中，也在逐渐调整自身的形态并形成相对完善的体系。

自媒体时代网络文学体量巨大的规模化创作催生了大量网络专职"写手"，文学生产方式发生了重大的变化；连载网络和

付费解锁阅读的机制使得自媒体时代下的文学更增添了商业化的性质。当下文学的发展真正实现了"跨国界"文化交流的目的，中国网络文学在互联网自媒体平台上的传播已经成为一种文化输出的重要形式，并与日本的动漫、韩国的电视剧并称为亚洲的"三大发明"。我国网络文学的读写已经在世界范围内引起了强烈的轰动和反响，并在域外拥有了一定数量的读者群体，因此网络文学读写的力量不可小觑，我们应该抓住机遇并勇于迎接未知的挑战。

在网络文学在走向世界的过程中，我们必须坚持中国特色，以自主性和开放性为基础，建立起自身独特的学术坐标，打造出独特的中国文学品牌。首先是自媒体环境下读写伦理的建立，在网络文学阅读与写作的过程中，要建立起更加完善的规则和秩序。其次要提高网络文学写作的质量，注重运用中国笔法讲述中国故事，将新时代的民族精神与大国气概展现在文本创作中；同时注重打破不同群体之间的障碍和界限，保持个性，兼容共性，使中国形象通过文本的创造更深入地扎根在世界文学的视野中。此外，经典性的确立始终是衡量文学价值的一个重要因素，只有对经典进行确立，文学才能得到更长足的发展。自媒体时代为中国文学走向世界提供了便利，同时也增加了文学经典筛选和确立的难度：当下庞大的文本创作数量对文学阅读造成了一定的困难，使得优秀的创作很容易淹没于其中，得不到充分的挖掘，这也是当下中国文学在走向世界的过程中面临的严峻考验。

20世纪末希利斯·米勒曾经提出"文学终结论"，指出电讯时代文学发展面临的困境,并对文学的发展前景表示担忧;文学在此之后又经历了20年的发展历程,在自媒体充分发展的当下,传统文学的形式虽然受到一定程度的冲击,但文学读写的个性表达逐渐引发了重视,互动式的文学阅读与写作开启了文学社交的全新功能,网络文学也在自媒体平台的建构中代表中国文学走向世界。自媒体时代下文学的阅读与写作呈现出更多的可能,也包含着更多的未知和挑战。因此,我们有理由相信,无论时代发生怎样的变化,文学将始终以不同的样态存在,并通向无限广阔的未来。

"贴地飞行"的姿态
——《方外：消失的八门》读札

本文拟从传统文化与现代生活交织、科学知识与玄妙因子结合、现实世界与虚拟世界交融的三个角度探讨，《方外：消失的八门》如何在玄幻小说的类型框架中形成自身具备现实因素的品格，从而呈现出一种"贴地飞行"的姿态。"贴地飞行"一词，源自庹银泽对于网络小说《战略级天使》的评论，意为"在对现实本身把握的基础之上创造出新的爽点，将现实主义的崇高和细腻收纳入网文的谱系"[1]。而徐公子胜治在创作之初，便以鲜明的现实性闻名网络，其《神游》《鬼股》《人欲》《灵山》《天枢》等作品中穿越古今中外，探讨了何谓修行，人又如何与自身相处。《神游》《鬼股》《灵山》等作品可以看作一部，主要讲述了风君子的前世今生，解释了何谓修行，又如何修行。《天枢》论述了西方修行世界的诞生。《人欲》叙写了东西方两

---

[1] 庹银泽：《中国网络文学双年选（2020—2021）》，桂林：漓江出版社2021年版。

个修行世界的碰撞，并在此之中展现对于东西方价值观念的思考，从而将之前作品融为一体。《地师》更注重叙述人间事。《方外：消失的八门》则将之前的小说作为资源，以一种类似元叙述的手段，将所有作品融为一体。在现实生活的土壤上生长出玄幻之树，又在玄幻的叙述中，结出现实之果。

一、传统与现代之间

对于传统文化的借鉴在《方外：消失的八门中》随处可见。这种对于传统文化的运用不是生搬硬套的随意拼接，相反，传统文化作为一种内蕴，深深融入小说的肌理之中。如在小说开始，便对"方外"一词进行了探讨，并在之中呈现出三种释义："方外？不就是指出家人待的地方嘛！……所谓方外可不是佛教名词，在《易经》里就有了，'君子敬以直内，义以外方'……《楚辞》里也有啊，'览方外之荒乎兮，驰于方外，休乎宇内'"[1]。在这之中，借助对于小说名中"方外"的探讨，更是揭示了小说的人物性格，暗示小说的主旨。小说以最常见的佛家清净之地为引，进而借助周易坤卦，暗示主人公性格为直内方外之人，最后借助《楚辞》揭示本文主旨在于探索世间人所未知之地。而这样的引用并不在少数，如对于江湖八门之一疲门的修行方法"观身术"便以《韩非子·喻老》中的《扁鹊

---

[1] 徐公子胜治：《方外：消失的八门》，第27章"我爷爷是庙里的领导"。

见蔡桓公》的故事，与《庄子·应帝王》中《季咸见壶子》的故事为例，讲述了"观身"术的双重境界。第一重，如扁鹊一般，可以通过观看人的身体肌理，察觉病症。第二重，则如同壶子一般，不仅能内视自我的身体状态，还可以将自我的内在化为一个自给自足的圆满世界。

这种借用古籍解释自身文本的做法，不仅展现出作者深厚的国学功底，更在作品之中营造出一种鲜明的真实感。在网络文学发展初期，对于网络文学中玄幻因素的批评的声音就不绝于耳。网络文学被认为是"想象力的畸形发展和严重误导，是一种完全魔术化、非道德化、技术化了的想象世界的方式，它与电子游戏中魔幻世界呈现出极度的相似性"[1]。陶东风的评论虽然展现出以传统理论解释网络文学的刻板，但也敏锐地指出网络文学中玄幻因素与游戏的关联。即网络文学中玄幻因素是一种虚拟想象出来的技术世界，其缺乏足够的现实基础，在很多网络玄幻文学作品中，修行就是不断打败敌人，获得奇遇，鲜明展现出对于网络游戏中打怪升级的模仿。而在徐公子胜治的作品中，修行具有了坚实的现实根基，其修行之法不是无源的虚拟想象，反而真实地存在于现实世界中。修行的秘籍也不再是玄而又玄的秘传之法，反而就隐藏在随手可见的古籍之中。小说中便有这样的论述，"难道《庄子》中的这个故事，就是某种修炼秘籍？这也太玄了吧！不用跳崖，不用漂流到海上的孤

---

[1] 陶东风：《中国文学已经进入装神弄鬼时代——由"玄幻小说"引发的一点联想》，《当代文坛》，2006年第5期。

岛，秘籍就在自古传读的书里写着"①。

《方外：消失的八门》对于传统文化的运用还体现在小说中人物的行为模式之中。在网络文学作品中，主人公往往具备一种漫画式的模板性格。即主人公并不是现实存在的人，而是通过不同要素（共同认知）拼凑，而生活在假定环境中的意识投射体，其更多提供给读者某种自我投射扮演的快感，小说主人公的行为模式并不是按照现实原则来行动，相反，主人公往往依据如何使读者更加愉悦的"爽感"模式行动。因此在网络文学作品中，人物角色往往缺乏自我主体性，化为某种欲望的投射。而在《方外：消失的八门》中，人物的行为模式并非按照欲望模式行动，相反其借助以"江湖八大门"规矩为指称的传统模式指导主人公行动。如在作品之中，主人公教授弟子时便立下"十诫"作为门规，以直内方外作为主人公行为模式的概括等。同时，在作品之中曾多次提及"所谓的方外，其实就在每个人的心里，就是每个人看到的、期望的世界。方外象征了每个人的自我实现、精神状态与自我追求"②。因此在小说之中，不同人对于方外的渴求不同，也导致了自身命运的不同。想独占方外，或霸占其中财宝，或在里面称王称霸者，或终身未见方外，因贪欲而死，如叶行、张望雄；或自身拥有方外世界也因为不满足的贪欲而亡，如芦居子；而妄想通过方外延年益寿者，被终身困于方外之

---

① 徐公子胜治：《方外：消失的八门》，第42章"秘籍"。
② 徐公子胜治：《桃花源在你心里》，《中国日报》，2017年12月5日。

中不得解脱，如施良德。而反观主人公一行，其对于方外的探寻，只为了满足自身探索之心，其修行九境：观身境、入微境、隐峨境、兴神境、心盘境、望气境、炉鼎境、灵犀境、方外境，便是从人如何认识自己入手，探讨人如何与外在世界达成一种圆融。

二、科学与玄妙之间

纵观徐公子胜治的人生履历，其人生并不是一种线性模式。大学毕业于大连理工大学，学习机械工程，毕业后则从事金融工作，成为一名证券分析师。在证券分析师的岗位上又开始从事网络文学创作。丰富的人生履历，也导致在其作品中充斥着不同学科的专业知识，试图为玄幻的因素披上一层科学的外衣，这也大大增强了《方外：消失的八门》这部小说的真实性。作为一部玄幻小说，《方外：消失的八门》中，并未像其他玄幻小说一般出现大量的超现实能力，相反其中的玄幻因素更多存在于人的精神层面。主人公丁齐便是一名心理医生，小说中穿插了大量的篇幅来描写主角心理治疗的场面。这其实都在构造一种所谓的玄学其实都有科学依据的氛围。这种氛围深深加强了小说的真实感。更值得一提的是，小说将背景置于现实世界之中，因此整体运行规则同样遵循了现实的法则。作为一名前证券分析师，金融学的知识在小说中随处可见，如在第55章，作为惊门（算命）前辈的庄梦周受人咨询时，遇到的不是常见的姻缘、财运等问题，却是十分现实的如何置换房屋的问题。而庄梦周则通过金融学的方法简单解决。在这之中，看似找高人算命的玄幻叙事，被转换为了现实中的金融规则。正如小说所言"所谓神算，就是给人指点迷津，算命也可以用到算数，难道这些数不是数，非得排个紫微斗数出来"①。

关于科学与玄幻关系的讨论在网络文学作品中并不少见，如在爱潜水的乌贼的《奥术神座》中，便以现代科学解释魔法的生成机制。而奥术师的强弱与否也与他们对于这个世界的认知深浅，即是否领悟出更加高深的科学规则密切相关。与之类似的作品，在网络小说中并不少见。但是，在这类作品中，科学与玄幻的关系并不是对等的关系，相反呈现出一种科技凌驾于玄幻之上的姿态。即来自现代社会的主人公因为科学知识而超前于异世界的原住民，从而可以借助现代科学知识在异世界称王称霸。在《方外：消失的八门》中，玄幻与现代科学并不是分割的两极，相反二者是一种内外之分，即科学解释外在运行法则，玄幻解释人自我内心修行问题。

因此在小说中，玄幻因素与现实因素达成了一种和谐共生的状态。拥有超凡力量的主人公，从未利用超凡力量为自身在现实世界中谋求利益，正如小说中方外门门规的三大准则一般，"秘法不可对不了解的人卖弄吹嘘，仅用作探索世界保护自身，不可用以害人，不可用于谋求不当利益"②。其中最为鲜明的例

---

① 徐公子胜治：《方外：消失的八门》，第55章"基因工程"。
② 徐公子胜治：《方外：消失的八门》，第127章"十诫"。

子便是主人公丁齐遭遇绑匪这一情节，作为拥有超凡力量的主角遭遇普通人绑架后，并未滥杀无辜，相反将绑匪催眠后，选择报警处理。在这一情节之中，催眠作为玄幻因素用以保护自身，但是这一因素并未超越保护自身的界限，相反在保护自身这一准则达成的基础上，选择了现实准则，报警处理。当然在小说中玄幻力量对于现实同时起到了一种补足作用。在小说起始，主人公面对对方多次杀人，并伤害自己师长，却因为确诊精神病而无法判刑的情况时，借用催眠术使得对方被自身恶念吞噬身亡。面对为了探寻方外世界而使用仙人跳害得他人家破人亡的诈骗集团时，主人公同样借助超凡手段获得其罪证，使之罪有应得。在现实世界中，既有正向的法则，保障社会正常运转，又有负面的因素，导致社会的不公。而在《方外：消失的八门》所构造的世界中，超凡力量则作为现实法则的补足，达到了打击负面因素的作用，从而使得小说所构造出来的世界，呈现出一种理想主义乌托邦的状态。

三、虚拟与现实之间

方外世界在小说中具备两重意义，一重是实然存在，可以被人闯入，有人生存的真实异世界；另一重则指向每个人的自我内心世界。在小说中这二重观念并不冲突，相反以一种叠加的状态和谐共存，体现出网络文学独特的虚拟真实世界观。早在主人公一行第一次进入方外世界时，对于方外世界的真实性便有了讨论："我都不知道该说什么好了，我是个做编剧的，以前写的是故事，今天感觉自己跑到故事里面来了。"[1]而在小说中方外世界的存在与进入方式同样值得探讨。在小说的最初，方外世界是不为人知的秘境，就算拥有江湖八大门秘传的主人公一行人对其也仅是可以看到却无法进入。主角丁齐集合江湖八大门秘传，创造出方外秘籍后，才得以进入方外秘境，但是进入之后却无法保持记忆，只有修炼到第三境——隐峨境后方可保持记忆。

正如上文所提及，《方外：消失的八门》中的修行并不是一种外在法力的修行，而更多是一种内在心境的修行。因此小说中修行的九境各有自身隐藏的含义，如小说前两境观身境与入微境，说的就是人如何更好地认知自我，人只有全面认知自我后，方可达到隐峨境。"隐峨又称隐我"，指的是人与周围环境融为一体，因此只有人与方外世界融为一体后，方可以保持其中的记忆。正如上述所说，在小说中方外世界具备双重性，而这种秘境的真实性是建立在虚拟性的基础上的，即倘若人无法全然接受方外世界，那么就无法保持其中记忆，那么这个方外世界就处于一种无法证明真实存在的假定状态。人只有真正与方外世界融为一体，即全然接受其存在，方可以保持在之中的记忆，使之变为可以被证明的存在。但是在这基础上同样诞生出一个新的问题，即人拥有真实体验的世界是否真实存在。或许这么说过于抽象，举个例子，假设未来元宇宙实现，那么元宇宙的世界是否真实存在呢？

---

[1] 徐公子胜治：《方外：消失的八门》，第72章"有迹可循"。

小说中对于这个问题同样进行了讨论，主角丁齐进入了一种妄境的状态，在这种状态下，他神游了徐公子胜治之前创作的作品中的世界，并与之前小说中的人物产生交际，之后还见到了自己逝去的父母。在这里，作为现实象征的方外世界并不存在，相反变为了更为虚拟的书中世界。在这个虚拟世界中，主角度过了三年，拥有了三年的真实经历，但醒来后，现实世界仅度过了一瞬，那么这个世界又是否真实呢？书中对于这个问题同样进行了探讨：

"丁老师啊，我倒有个问题想问你。你看那些书，书中有那样的世界、那样的人，但你有没有换过来想？在他们看来，这时另一个书中世界，你也是书中的人。"丁齐又笑了："我想到心理学上的一个问题，跟庄先生的提问类似，人是通过感官来认知世界的，假如一种幻境能给人所有的感官反馈，人如何分辨自己不是生活在幻境中？"陈容："答案呢？"丁齐："答案恐怕会让你失望，分辨不了！"陈容："既然是幻境，一切都是假的呀。"丁齐："这是另一种意义上的真实，我可以再告诉你一个答案，其实你不需要去分辨。"[1]

在这段讨论中，一种与传统截然不同的真实观体现出来。网络文学依靠网络媒介传播，自诞生之日起便具备了与传统文

---

[1] 徐公子胜治：《方外：消失的八门》，第320章"逍遥游"。

学截然不同的真实观念。对于自小在互联网环境中长成的"网生一代"而言,"不存在一个赛博空间等着我们去进入或者退出,而是我们日常生活本身被赛博化了。我们不可能把虚拟生存对象化,而是深陷这种生存中"①。因此在网络文学中,虚拟的想象不再是一种刻意构造出来的架构,相反这种想象自诞生之日起,就铭刻在了网络文学的基因之中。而在《方外:消失的八门》之中,这种想象以一种内心的真实来指代,其背后折射的正是网络文学特有的真实观。更为可贵的是,这种虚拟与现实相互交融的文学创作,并不是建设在对于网络游戏的模仿之上。相反,徐公子胜治以传统文化为根茎,以现实生活中真实存在的各学科知识为枝叶,共同繁育出《方外:消失的八门》这部于现实之上"贴地飞行"的网络文学佳作。

---

① 黎杨全:《网络文学:新媒介现实主义的崛起》,《中州学刊》,2019年第10期。

第四辑

东北工业文学写作传统的赓续与新变
——以"新东北文学"中的"工业话语"为考察中心

摘要：工业文化与工人精神是"新东北文学"的核心内涵，而这一点通常被遮蔽于对小说"下岗"故事的反复言说当中，未能得到充分的认识与解读。对"新东北文学"的理解应超越单纯的"文学现象"分析，"新东北文学"所指向的是东北文学的动态发展过程，强调当下与历史的互动沟通。将"新东北文学"放置在东北工业文学史的视域之下进行阐释，才能真正理解东北文学经验与文化精神的传承与发展。"新东北文学"接续了百年东北工业文学的传统，始终坚守现实主义精神，发扬工人坚韧不拔的精神品质，并循着传统文学及网络文学这两条发展路径，塑造出全新的"逆行者""奋进者"青年形象，以强烈的在场精神书写新时代的中国工业气象。

关键词："新东北文学"；东北工业文学；工人形象；传统

近年来，"新东北文学"逐渐成为一个备受关注的文学概念与学术话题，东北文学的发展状况受到广泛讨论。具体而言，

"新东北文学"这一概念的出现,肇始于近年东北"80后"作家双雪涛、班宇、郑执创作的横空出世,他们的作品以共同的地域背景、主题内涵以及相似的文学装置、生产方式受到学界的广泛关注。研究者以沈阳市铁西区的地理空间作为承载三位作家共性的文化载体,将其指称为"铁西三剑客",并由此衍生观察东北文学不断跨界、"破圈"的蓬勃态势,剖析东北文学与影视、音乐等艺术形式之间的"互文"关系。东北文学全新的发展样式与创作可能被不断认识与解读,"东北文艺复兴""新东北作家群"的口号与提法在学界不断发酵,赵松、谈波、杨知寒等东北作家相继被纳入到东北文学全新的创作群体之中加以阐释。黄平以"新的美学原则在崛起"作为对"新东北作家群"的价值评判,他认为"'新东北作家群'的崛起,将不仅仅是'东北文学'的变化,而是从东北开始的文学的变化"[1]。这无疑是对东北文学新的发展状态的肯定,从而也引发了有关"新东北文学"的持续讨论。

客观来说,当前关于"新东北文学"的解读与"铁西三剑客""新东北作家群"的内涵及外延基本一致,对于"新东北文学"的阐释仍有进一步深入的空间和意义。在笔者看来,"新东北文学"这一话语本质上指向两个层面:其一,作为文学现象的概括总结,用以浓缩东北文学在当下全新的发展样态,为全面考察东北文学提供契机;其二,作为东北文学精神的表征,

---

[1] 黄平:《"新东北作家群"论纲》,《吉林大学社会科学学报》,2020年第1期。

以独特的美学新质和时代精神汇入到百年东北文学的历史脉络之中，接续东北文学的发展。由此，本文试图进一步探讨"新东北文学"的深刻内涵，拓宽其考察范围，挖掘"新东北文学"的工业写作传统，阐明"新东北文学"塑造新时代人物典型等的美学特征与表现时代的创作自觉，挖掘其文学形式下的社会认识与历史思考，探索永恒的东北文学精神。

一、情感记忆与工人精神："新东北文学"的阐释空间

由"铁西三剑客"引发对"新东北文学"的讨论，这一学术话题的生成路径基本上成为学界的共识。学术问题的命名由作家群体扩大至对整个文学生态的覆盖，这意味着对东北文学的讨论应以双雪涛、班宇、郑执为起点，进而观照整个东北文学发展的全新样态。值得注意的是，在"铁西三剑客"与"新东北文学"之间并非两种"文学现象"的对话交流，二者之间存在着一条由工业文学传统、工人精神等搭建而成的桥梁。对东北工业文学传统的继承与创新，成为观察新时代下东北文学发展的重要侧面。"铁西三剑客"以创作中的工业要素、工人情感、工业文化重新激活了人们对于东北工业文学的认识与思考，其创作中的历史感与当代性，体现了对东北工业文学传统的接续，并拓宽了"新东北文学"的理解范畴及阐释空间。因此，有必要为"铁西三剑客"被赋予的"娱乐"性质正名，重新阐释"铁西三剑客"创作当中更深层次的工业文化属性与工人文化精神，进而深入到东北文学的发展场域当中，探索其中的文

学经验与时代价值。

在一定程度上,对"铁西三剑客"的解读存在"形式大于内容"的客观问题,这一现象的形成与"铁西三剑客"文学生产的模式有关。一方面,从文学的传播、评价角度来看,双雪涛、班宇、郑执的创作在与主流文学平台互动的同时,也凭借网络平台迅速进入公众视野。如《收获》2015年第2期发表了双雪涛的中篇小说《平原上的摩西》,2018年第4期发表班宇的《逍遥游》,2019年第4期发表郑执的《蒙地卡罗食人记》,其中班宇的《逍遥游》获得2018年"收获文学排行榜"短篇小说奖第一名。同时,豆瓣、微博等也是三位作家的重要创作平台,借助网络媒介的传播优势,其作品得以产生更大范围的影响。另一方面,从文学自身的创作特点来看,双雪涛、班宇、郑执不约而同地选择了以"子一代"的主体身份和悬疑的文学类型附着在对历史的反思与展望之上,"下岗""凶案""破败的工厂",这些要素构成了三位作家独特的创作特征,贯穿和渗透在文本之中,形成叙事模式、文学装置的共性,并在一定程度上使其作品更易获得影视改编的青睐,为东北带来了"一场不但包括文学而且包括电影、音乐在内的全方位的文艺复兴"[①]。"铁西三剑客"以及后续的"东北文艺复兴"等提法,为学界乃至整个社会提供了重新看待东北文学发展状况的场域和契机,这是无可否认的文学现象与社会现象。然而,悬疑的故事类型以

[①] 黄平:《"新东北作家群"论纲》,《吉林大学社会科学学报》,2020年第1期。

及"下岗"这一不具有普遍感受的历史记忆书写,使得东北文学陷入一种被固化的想象之中。

实际上,当下的东北工业文学创作并非无源之水、无本之木,以"铁西三剑客"创作为核心的新东北工业书写,早在社会主义建设时期就埋下了种子,它延续了强烈的现实主义精神,并承继了新时期以来东北工业文学的表现主题。宣扬工人的勇敢坚强、坚韧不屈是东北工业文学重要的表现内容和永恒的精神底色;在20世纪80、90年代邓刚、李铁等作家的创作当中,已然开始表现面临"转岗""下岗"的工人的精神世界,这在"铁西三剑客"的创作中得到接续。可以说,如果一味"沉湎"于对"现象"的追捧,在"下岗的故事"与"东北人的自嘲"当中固化东北文学的样态,将遮蔽"新东北文学"的历史纵深与时代意识。

贺绍俊曾对"铁西三剑客"的命名深意做出解读:"'铁西三剑客'率先由辽宁作家协会提出,由此可以看出,在'铁西三剑客'的创作中包含着能引起主流文学关注的内容,这种内容便突出体现在'铁西'这两个字上,'铁西'是指这里的工业精神和工人文化,它铸就了作家们不一样的文学品格。"[①]工业不仅是"铁西三剑客"的创作素材,更是其立足时代反思历史的创作意识的体现。但作家与读者之间有关情感记忆的偏差,往往削弱了作品的深层意蕴,挖掘特定历史记忆之于作家与读者

---

① 贺绍俊:《新东北文学的命名和工人文化的崛起》,《粤港澳大湾区文学评论》,2024年第1期。

的不同意义，是理解作品真正内涵的依据。"后工业"时代下的"回望式"书写，滋养了有关20世纪90年代国企改革的时代情感，"下岗""抢劫""凶案""反抗""悲情"等因素在创作中不断得以强化，交织起特定历史记忆与新型东北故事之间的情感网络。创作者试图以自身的经历去表现一段"无人书写"的历史，将自己对成长的理解、父辈的见证、工人品质的褒扬熔铸进平实通俗的书写当中，在文本中极力追问宏大历史变革之下普通工人如何生存，并找寻生命的救赎。班宇笔下的"我"在水中冥思，试图重新找到自我价值的真谛，孙旭庭在苦难中爆发出反抗的勇气；双雪涛笔下的李明奇在红旗广场放飞象征理想、热爱与时代精神的热气球；郑执笔下的"我"爸妈在艰苦的生活中仍守护着正义与诚实，坚守着自己"党的工人"的身份。除以上三位作家，仍有其他创作者在分享着相似的工业感受与情感记忆。如"70后"作家潘一掷书写自己度过了整个童年的"厂区王国"，在《子弟》《万妈妈的绿皮火车》当中将工人命运、青年成长与经济转型、工业兴衰等问题相互交织，追忆已然远去的20世纪90年代厂区"小社会"。本质上，创作者们所描摹的是工人阶级的坚韧品格，是他们在东北的寒冷冰霜中仍然焕发着对生活的无畏与热力。作者无意以悬疑的外壳和悲情的讲述增添其作品的"卖点"，但相同的地域背景与相似的文学装置不可避免地将东北带入了一种全新的想象空间。尤其是当读者无法理解工业对于东北及东北人民的意义，缺乏对"九千班""工人俱乐部"等的时代感受，悬疑类型、下岗故事等文学外在表现形式无疑会将创作导向"娱乐"与"流行"，在历史感受的差异之中不可避免地削弱创作的严肃性与深刻性，更无法挖掘东北自嘲精神在作品内容与创作形式选择上的同时呈现。"如此沉重的历史和现实被幽默精巧地化解，或者说，以'轻'托'重'、以'轻'搏'重'、以'轻'化'重'是东北处理历史问题的独特方式。"[①]创作的意图不是陷入历史缅怀的悲情叙事，贩卖底层普通人的苦难故事，并以此追求文学的市场化热度，而是极力歌颂与表白勇于直面生活的普通人，宣扬理想、希望、热爱与自信，书写东北工人独特的情感结构与生活态度。

对"铁西三剑客"进行重新解读，意在打破其被赋予的"通俗化""娱乐性"等刻板标签，以东北情感记忆和东北地域文化传统，考察"铁西三剑客"娱乐外壳下的时代感受、历史意识与社会关怀。工业景象、工人文化以细微的生活实际渗透在"铁西三剑客"的成长过程当中，并构成其难以泯灭的独特生命体验，无奈自嘲而又敢于面对生活的精神、于困境之中向生活发起挑战的坚强与勇气，正是这种东北工人文化的滋养，构成他们创作的精神内核。在这种意义上，由"铁西三剑客"所引发的对于"新东北文学"的关注，可以理解为东北工业文学创作重新回归大众视野的过程。"新东北文学"不是单纯的文学现象，而是东北文学在历史与现实的紧密互动之中，不断发扬时代精神、社会思考与人文关怀的发展动态。

"新东北文学"在"铁西三剑客"之上得以内涵的外延，丰

---

① 韩春燕：《在东北历史的"重"与"轻"之间共情》，《当代作家评论》，2024年第2期。

富了基于个人生命体验的日常题材书写,拓宽了书写"后工业"时代的美学方式,有意识地从更广阔的视域之下探寻新时代的东北工业书写,勾连起东北工业文学的发展链条,并成为理解东北文学、东北文化、东北精神的重要载体。总之,对"新东北文学"的阐释应跳出解读文学现象的局限,在"铁西三剑客"情感记忆之中找寻东北工业这一锚点,重新认识东北文学创作的工业传统,挖掘、唤醒对东北历史的认识,尤其是东北在民族国家现代化进程当中的独特地位。在东北工业文学随着时代发展而进行转折变化的文学史视域下,深入阐释"新东北文学"的文化传统、美学特质及文化价值。

二、东北工业文学的范式转变与发展脉络

"新东北文学"工业题材创作的发生,有必然的文学传统和历史脉络。回溯东北工业文学的发展史,其发生根植于20世纪中国的历史语境和历史现实之中,伴随国家现代化建设发展的全过程,由工业生产形塑起的工人生活方式、价值观念、道德伦理等成为东北文学创作的文化资源。"因为东北,'现代'有了地理意义,进入文学视野。"[1]作为现代化进程的重要缩影,东北工业的生产模式在战争局势变化、社会制度变革等客观历史条件下进行转换,并构成东北文学发展方向的坐标。东北工业

---

[1] 王德威:《文学东北与中国现代性——"东北学"研究刍议》,《小说评论》,2021年第1期。

文学的发展与历史时代的变革同频共振，在不同历史阶段完成关于工业文学范式的转变，具体表现在主题内涵、艺术形式、美学特色等的发展变化。托马斯·库恩在《科学革命的结构》中对"范式"的含义进行阐释，他指出"范式"的核心特征在于"共同信念""集体意识"以及"稳定性"，即受到集体共同承认并采纳的基本观点、方法、原则等，强调"新"与"旧"之间的更迭关系。具体到文学领域，所谓"文学范式"，其指向在于具体文学生产当中涉及的新方法、新特质、新精神，以及这种"新"在文学史范围内所产生的"经验"意义与示范价值。

东北工业题材创作的起步较早，这是由东北现代城市文化氛围的形成所决定的。东北独特的战略地位使其较早汇入现代化的历史大潮之中，由于战争这一历史原因，外来技术及文化的侵入在客观上加速了东北的社会转型。20世纪初中东铁路的建成，刺激了东北生产生活方式向"资本化""商业化"的转变。以铁路为依托，东北城市集群不断扩大，商贸迅速开展，并带动工业的出现与扩展，以及工人群体的形成。现代化意识在潜移默化之中成为一种社会价值观念，通过具体的劳资关系、生产方式等全面渗透进人民生活的各个方面，在这种现代化起步的社会氛围中，挖掘城市工业风景下的人民生存方式及社会现实问题成为东北作家创作的落脚点。20世纪30年代，在萧军、萧红等东北作家的笔下，工厂、铁路、电影院、火车站等现代城市意象已经成为他们创作中重要的表现对象。作家立足于乡土文化传统，以理性的批判视角对当时的工业发展状况进行观察与反思，考察现代性与传统文化及人性之间的冲突问题，创作的核心在于反映复杂的战争时代下，工人被殖民、被奴役的苦难经历。如萧军表现煤矿工人的小说《四条腿的人》，小说主人公王才在德国帝国主义经营的煤矿工作时被轧断了双腿，结果只得到德国人的冷漠与无视，成为被侮辱的"四条腿的人"。从德国人到日本人，"四条腿的人"不再只是对王才的侮辱，而成为所有被压迫的煤矿工人的指称，侵略者极大损害了工人的个体尊严，工人的主体价值被剥削与泯灭，沦为帝国主义的廉价工具。小说以对工人主体感受的书写，发出了中国人要从外国人手中收回自己的煤矿这一强烈的民族呐喊。以工人个体的苦难遭遇切入，进而表现反侵略、反殖民的时代任务，宣扬爱国主义，焕发民族精神，是东北作家的自觉意识。

在这种对民族意识、家国情怀的坚守中，伴随我们党由"革命党"向"执政党"转变这一重大历史进程，东北自觉将文学作为革命武器，发挥工业文学创作鼓舞人民、重塑工人主体意识的历史作用，从创作形式、传播接受等多角度生成以《在延安文艺座谈会上的讲话》精神为核心的工业文学生产机制。东北工业文学在东北解放区时期开始形成规模，并为社会主义建设时期的工业文学发展蓄势。

坚持文学人民性与大众化是东北解放区时期工业文学的本质特征，具体体现在创作形式选择、创作主体变化、工人形象构建当中。抗日战争胜利后，中国共产党于1945年9月15日成立中共中央东北局，并从延安派出大批文艺队伍来到东北，组建东北文工团、东北鲁艺等文化团体，开辟东北的文化事业。东北解放区的人民长时期受到奴役与压迫，在长期的雇佣关系和贫苦生活中形成了小生产者的自私落后思想，缺乏对集体主义、团结协作的充分认识。东北解放区首先选择运用戏剧的形式对人民产生影响，戏剧的感召性、娱乐性使它成为一种宣传正确政治价值观的有效途径，是整个革命机器不可分割的一部分。东北解放区戏剧创作尽量避免宏大与冗长，极力追求及时性效果，呈现出创作周期短、篇幅短小、形式灵活的创作意识，在内容上呈现出反映现实、批判反动、歌颂光明未来的特点，在具体作品中有意重新塑造工人阶级的身份认同。以由东北文工团集体创作的戏剧《东北人民大翻身》为例，作品有意将"伪满洲国"时期工人被压迫、丧失人权的悲惨遭遇与在党领导下的美好生活进行比较，意在重新唤醒工人阶级的自我认同与主体意识。此外，东北解放区工业文学的生长，并非一个单向的过程，工人以自我教育和自我表达的意识，为东北解放区工业文学发展提供了独特的创作经验与思想价值。在东北解放区，戏剧、诗歌等艺术形式构成了一种可参与的文艺生产空间。这种可参与性不仅在于表演者与观众之间的互动，而且在于技巧门槛和艺术形式上的开放自由，文艺大众化的要求为工人创作提供了实践场域，工人能够实现由接受者向生产者的转变。工人参与文学创作，实际上是完成了由被动接受向内化思考，再到主动产出的思想过程。在东北解放区完成思想改造的条件下，工人有意识带着我们党的意识形态和价值观念对社会问题进行审视，坚持工人主体地位和平民立场，设身处地为人民生活、社会发展提供民间看法与民间经验。

东北解放区时期以工人为主体的工业文学生产机制,在社会主义建设时期得到充分的吸收与发扬。在工业化建设被正式确立为国家社会经济发展的中心任务的历史背景下,创作的历史任务发生改变,东北工业文学开始着力表现大工业生产景象,作家深入工厂,以切实的劳动感受,创造经典的长篇巨著,并树立起崭新的工人形象。作家草明以自己在牡丹江发电厂、沈阳铁路工厂以及鞍钢的工作生活经历为蓝本,先后创作出《原动力》《火车头》《乘风破浪》等作品;舒群在鞍山轧钢厂工作期间掌握了大量生动鲜活的创作素材,创作出长篇小说《这一代人》,描绘工业建设的火热场景,并以坚韧勇敢的李蕙良为中心,歌颂坚持在工业战线上不畏苦难的"这一代东北工人";萧军扎根于抚顺矿务局,创作表现煤矿工人的长篇小说《五月的矿山》,塑造鲁东山、张洪乐等奋勇拼搏、斗志昂扬的劳动模范形象,与20世纪30年代"四条腿的人"形成鲜明对比,展现了工人自发投身于社会主义建设的可贵精神。雷加的《潜力》三部曲、白朗的《为了幸福的明天》、程树榛的《钢铁巨人》等作品,也聚焦于东北工业生产"前线",表现在社会主义建设的过程中,东北工人们攻坚克难完成生产任务的英雄气概。此外,工人创作在社会主义建设时期获得长足的发展,《文学战线》开辟工人创作专栏,刊载了大量工人创作的诗歌、小说等,如沈阳机器一厂三分厂工人栾树吉所作《五一歌》抒发对国家的拥护与对新生活的热情:"太阳出来人人喜/从今天下变了样/穷人不受牛马气/英勇无敌解放军/现在已经过江去/不久中国全解放／庆祝大军得胜利。"①草明开办工人文艺学习班九年②，培养出以李云德为代表的优秀工人作家，共同铸就了东北工业文学发展的辉煌。

  发展至20世纪80年代，以经济建设为中心成为我国全新的历史任务。面对新政策、新要求，工业随之产生新任务与新问题，"改革"成为工业文学创作的重点表现主题。蒋子龙《乔厂长上任记》"'改革者'形象的引入，确立了这一时期'工业题材小说'中正面人物的书写范式"③。东北工业文学顺应时代变革，汇入到书写"工业改革"的潮流之中，将着眼点由劳动工人转移至管理者，如程树榛的《生活变奏曲》突出厂长及羽主抓工厂改革的工作能力和战略眼光，以厂长及羽调整组织架构、加强技术储备等具体管理工作切入，进而反映工业改革的发展趋势。邓刚同样具有塑造"改革者"的创作意识，并有意增添了关于"改革者"成长的情节。在《刘关张》当中，邓刚极力突出刘正祖的"灵魂蜕变"，细致描绘其由躲闪回避的"和事佬"成长为负责的工厂领导者这一成长过程，并由此突显历史激荡中人的价值选择，具有时代典型意义。在"改革者"之外，邓刚以"下沉"的创作视野，关注改革给普通工人带来的影响。不同于社会主义建设时期着力塑造工人英雄形象，邓刚的小说

---

  ① 栾树吉：《五一歌》，《文学战线》，1949年第3期。
  ② 草明：《乘风破浪》，《草明文集·第六卷》，北京：中国青年出版社2011年版，第174页。
  ③ 于文秀、任毅：《论新世纪东北工业题材小说创作》，《学习与探索》，2023年第7期。

《阵痛》较早涉足"工人转岗"的社会现实,以工人郭大柱被评定为"剩余劳动力"的转岗遭遇,以及他所面临的生活困境,书写转型时期的工人生活,透视工人的精神世界。小说以"阵痛"命名,意在表现普通工人对时代变革的感受,着重强调社会转型给普通人造成的精神迷惘。这种面向工人日常生活的叙事被引入到东北工业文学的创作当中,极大拓宽了东北工业文学的叙事空间,并为其后续发展提供动力。

东北工业文学发展的又一转变发生于20世纪90年代,市场经济转型对东北工业造成了巨大冲击,实体工厂的破败必然导致工人精神的"弥散"。对工人日常生活状态的表现代替了大工业景象的书写,作为时代代言人的工人典型形象被普通人的生存困境所遮盖。孙春平的《陌生工友》《陈焕义》、李铁的《梦想工厂》《乔师傅的手艺》《乡间路上的城市女人》等作品对工人群体进行观照。作品深入工人的生活"现场",捕捉工人的生命感受,诉说工人面临转型时的无力与迷茫。正如李铁所言:"我关注的更多的是他们的挣扎,他们的生存与欲望的矛盾。"[①]"我们的所谓'工业题材'写作不能只面对那些所谓的社会问题,人类的精神上的问题才是文学的问题,用文学的叙事来呈现当代人的生存状态和灵魂所在,才是作家的责任。"[②]20世纪20年代东北工业文学的创作聚焦于工人的内心世界,在工人的叹息中隐喻着东北辉煌工业发展历史的退场。

---

① 林喦、李铁:《小说是茶,品过后给人回味绵长的才是上品——与作家李铁的对话》,《渤海大学学报(哲学社会科学版)》,2012年第1期。
② 同上。

总而言之，东北工业文学在与时代不断地对话之中进行转变与发展，而关注人民、反映时代是东北工业文学的初心与坚守。在融媒体繁荣发展的当下，双雪涛、班宇、郑执的创作依然体现出对现实主义精神的发扬，延续了书写工人精神的文学传统，并以全新的"子一代"视角对转型年代下的工人生活进行书写，重新唤醒我们关注东北工业文学的意识，对"新东北文学"当中的工业书写进行更全面的考察。

三、"新东北文学"工业书写的美学特质与时代精神

"新东北文学"延续了百年东北工业文学的创作传统，其繁荣发展是积极寻求新变的老作家与青年新锐作家共同努力的结果。"新东北文学"的工业创作，通过"网络"与"传统"两条路径书写新时代下的工业故事，塑造具有当代意义的"逆行者""奋进者"形象，再次焕发出东北工业发展的昂扬精神，并昭示着东北工业文学发展的无限可能。

在"80后"青年作家以"子一代"视角丰富了工业文学叙事空间的同时，老藤、李铁等"60后"作家也依然笔耕不辍，他们以对现实主义精神的坚守，表现宏大工业历史的创作志趣，以及发扬工人品质、东北精神的写作意识，在作品中重塑东北工业的蓬勃气象，强化工人精神在东北的接续与传承。老藤的《北爱》锚定科技创新、产业升级等当下时代的核心命题，聚焦于当代中国飞机制造业的前沿发展，塑造出苗青这一致力于扎根东北、投身中国航空事业的青年科学家形象，苗青身上的

"逆行者"属性，象征着东北在国家总体经济转型大潮流中始终探寻突破与发展的昂扬斗志。在老藤看来，苗青身上的"逆行"有两重含义：其一，在南方开始改革开放的时代大潮下，人们追寻时代风向到南方找寻发展的际遇，"然而，并不是所有人都在追赶潮流的脚步，都行进在时代的鼓点上。有的人，就是与众不同。他们仿佛内置了一个独属于自己的指南针与滴答作响的时刻表，依照生命内在的节律，走出了一条自己的道路"①。其二，是对世俗价值评判标准的超越，在物质名利的巨大吸引之下选择对专业技能的提升，投身科技研发。"苗青是逆行者，更是一个时代的先行者。"②老藤以苗青"逆行者"形象的典型性，勾连起父辈与子辈之间对工业精神理解的共通之处，并关注在大国重器及与之相应的工业建设发展过程中，青年人身上所焕发的工匠精神。《北爱》集中体现了老藤立足现实、表现时代的文学观念与创作姿态，老藤认为"在百年未有之大变局的新时代，作家的笔大有用武之地，这支笔是鼠标，是犁铧，是号角，是刀剑，更是棱镜。作家对时代现场的缺席，将是历史无法弥补的遗憾；作家对善恶美丑的麻木，将使整个艺术界半身不遂"③。在《北爱》中，社会主义建设期东北工业文学"新人"塑造的典型性、描绘工业建设全景的时代性等特点得以延续并得到丰富。小说塑造"逆行者"这一典型形象，丰富工业文学人物形象谱系，将既往的劳动工人品质提升为当代中国的

---

① 老藤：《用文学书写时代的光与热》，《解放日报》，2023年10月7日。
② 同上。
③ 同上。

大国工匠精神，探讨东北工业振兴与民族复兴的时代要义。

李铁的小说《锦绣》，同样以现实主义为根本，以强烈的历史意识书写东北工业70年来的变迁发展，呈现出一部关于东北工业发展的宏大"史诗"。李铁以自身国有企业工人的人生经历及时代感受为创作资源，书写了锦绣金属冶炼厂自新中国成立以来的发展过程。小说以技术高超、积极上进的工人模范张大河为切入点，意在突显父辈与子辈这两代工人之间的精神传承。张大河在社会主义建设时期担负起为新中国炼好第一炉锰的艰巨任务，他以精益求精、细致负责的工作态度起到表率作用，并将这种工匠精神传承与延续。在"工二代"张怀智、张怀勇、张怀双的身上，父亲张大河的工人主体意识、拼搏进取精神、劳动生产热情得以再现，三个儿子分别以时代浪潮的探索者、应对挑战的改革者、钻研技术的生产者身份赋予了工匠精神在新的历史条件下的时代表达。《锦绣》以张家两代工人的工厂生活工作史，描摹东北工业在历史变革激荡之中的发展史，具有极强的历史价值及"史诗"品格。

"新东北文学"之"新"是在继承传统中得以发展，产生新人物、新形式、新方法。与传统文学创作不断塑造新典型、书写新故事同步，东北工业文学创作借助网络传播机制，顺应中国网络文学"出海"这一时代潮流，立足当下东北工业发展取得的新突破、新成就，塑造新时代工业战线上的"奋进者""同路人"，力求表现科技时代下我国工业发展的崭新面貌，展现大国气象。

塑造青年"奋进者"的形象，是东北网络工业文学所呈现出的核心特征。时代的变革必然影响文学的创作方向，尤其体现在对典型人物的塑造层面。文学"新人"所指的"是那些能够表达时代要求、与时代能够构成同构关系的青年人物形象"[①]。不同于社会主义建设时期工业文学创作中的"新人"，在当下的工业书写当中，青年"奋进者"的独立主体思想得到强化。在以往的创作中，青年进步思想的生成过程是着重表现的内容，作品突出党的教育对青年产生的积极影响，并由此强调青年成为党的理论政策的传播者、参与思想改造工作的进步者身份，青年被设置为"改造老一辈人固执思想"的功能性人物，在一定程度上造成对青年形象的"固化"。新时代下，青年完全成为创作表现的主体对象，作品中极力强调青年在人生道路选择上的主动性与自发性，突出展现青年投身于工业建设的坚定人生选择，抵制名利诱惑、坚守正义诚信的道德品质，以及过硬的专业能力水平。在大力发展"中国智造"的时代背景下，东北工业文学着力构筑新时代青年的"奋进"属性，塑造新的"奋进者"形象，以此实现文学性与时代性的双重表达。小说《奋进者》刻画了王图南、宋腾飞、李甜甜、郭美娜等青年追梦人形象，作家通过青年们在海重集团发展变革中的成长经历，提炼出新时代"奋进者"的精神指向。一方面，这种"奋进"强调青年的主体意识与主观情感意志，小说中王图南、宋腾飞等青年人坚定选择投身于工业建设，发挥自己专长，实现技术攻

[①] 孟繁华：《历史、传统与文学新人物——关于青年文学形象的思考》，《文艺争鸣》，2020年第2期。

坚；另一方面，"奋进"的精神源于工人精神的传统，小说中"从年轻气盛的工程师，熬成了两鬓斑白的掌舵人"[①]的傅觉民，"以多年的经验告诉自己，海重之兴乃是天时地利，而能否延续长久，则关键在于人和。要使海重延续这份辉煌，必须靠创新和自主研发的技术，而这正需要倚仗那些真正热爱海重的人才"[②]。两代工人之间构成了传承与接续的关系，并强调了青年人的使命与担当。在《春风故事》《奔跑的碳》等作品当中，青年"奋进者"的形象也得到具体表现与阐释，作家运用"同路人"的情节设置，形成了一种"工业建设+同路友人/恋人"的叙事模式，构建了紧密团结、志同道合的工业青年团体，形成巨大合力。在《春风故事》中作者以赵心刚个人的事业成长侧写出东北老工业基地近30年间的风云变化，并通过赵心刚、李东星等青年人之间的密切协作，突显青年的拼搏精神。《奔跑的碳》中，作者搭建起李达峰与王海波之间"正邪对立"的人物关系，道出了青年科研人员不同的价值观念与人生选择，通过塑造李达峰、王一诺等坚守碳核查原则、不为利益所动的正义品格，宣扬青年对使命与担当的坚守，传达出我国实现碳达峰、碳中和的坚定信心。

此外，东北网络工业文学正逐渐走上经典化的道路。以李遨（银月光华）为突出代表的一批作家的创作，凭借历史的纵深感、主题的时代性极大突破了既往网络文学追求"爽点""虚

[①] 赵杨：《奋进者》，沈阳出版社2023年版，第11页。
[②] 赵杨：《奋进者》，第12页。

幻""娱乐化"的主要特点,赋予了网络文学更广阔的书写空间。李遨(银月光华)的《大国盾构梦》以大国重器盾构机的研发制造为背景,塑造了中国盾构研发机构"梦之队"群像,领队严开明带领汪承宇、耿家辉、高薇等青年科研人员攻坚克难,打破以往依赖外国技术的生产困境,以青年之力助推了大国盾构梦的实现。作品紧跟时代发展脚步,关注并宣传大国重器的研发与生产过程,展现新时代下的大工业景象。在《大国蓝途》中,作者将笔墨深入到中国机器人研究史当中,以强烈的历史意识书写中国机器人研发的40年历程,以康承业、康一雯、谢向明、谢贝迪等几代科学家的机器人研发为主线,勾连起改革开放、中美建交、中日建交、苏联解体等重大历史事件,勾勒出中国现代科技发展的历史图景。总体而言,"新东北文学"的工业书写是对百年东北工业文学传统的继承,以对现实主义精神、工人品格的坚守书写新时代的奋进青年、工业发展、大国气象。

结　语

纵观百年东北工业文学发展流变,强烈的民族意识、家国情怀、社会关怀是其守正与创新的根本。"新东北文学"赓续传统,并突出创作的"当代性"与"在场感",强调"在场"精神,就是指向一种面对、承担和坚守,"新东北文学"以自觉的社会意识、时代使命,展示工人在新型发展模式之下的工作方式、生活态度,进而展现全新的工业生产场面,创作力图去除掉对社会现实、时代面貌的遮蔽，使文学直接介入现实、观照社会。习近平总书记指出："文艺创作如果只是单纯记述现状、原始展示丑恶，而没有对光明的歌颂、对理想的抒发、对道德的引导，就不能鼓舞人民前进。应该用现实主义精神和浪漫主义情怀观照现实生活，用光明驱散黑暗，用美善战胜丑恶，让人们看到美好、看到希望、看到梦想就在前方。"[①]"新东北文学"所涉及的工业转型、生产方式、工人精神等问题，具有超越地域属性的中国意义，以东北为立足点，最终指向整个国家发展的蓬勃态势，实现对人民的精神感召。东北工业文学的创作传统为"新东北文学"提供了丰富的实践养料，对东北工业文学发展面貌重新进行考察，才能真正理解"新东北文学"的深刻与厚重。"新东北文学"应打破对其"文学现象"的指称，它的本质是东北文学不断发展提升的动态过程，包含着对传统的接续及未来的展望。对"新东北文学"的工业传统及其发展新变进行阐释，是弘扬东北工业文学文脉、探索东北文学可能性的必然要求，也是传承工人精神、展现国家昂扬气象的时代使命。

从根本来讲，"新东北文学"的内涵指向工业，更指向国家，它的意义在于以切实的文学表达提供对文学与社会的双重影响。从具体实践来说，"新东北文学"坚持现实主义的创作方法，书写新时代的工业发展面貌，以传统文学创作及网络文学

---

① 习近平：《在文艺工作座谈会上的讲话》，北京：人民出版社2015年版，第17页。

创作两条路径呼应着"振兴东北老工业基地""发扬大国气象"的社会浪潮与历史使命,以对"逆行者""奋进者"形象的挖掘和表现,展现新时代科研工作者的工匠精神,丰富文学人物形象谱系,兼具文学自身的美学特征与时代感召力量。近期,辽宁作协成功启动"火车头"创作计划,这标志着东北工业文学发展具有长足的动力,"新东北文学"的美学经验将进一步得到实践与丰富,并对中国工业文学发展产生持续影响。要在历史与现实、传承与新变的互动当中不断挖掘和阐释"新东北文学"的深刻内涵,这是文学发展的必然,更是面向时代的要求。

工匠精神的坚守与传承

工业题材长篇小说《锦绣》以文学方式书写中国东北当代工业发展史，表现了两代产业工人无私奉献、艰苦奋斗的精神品质，铺展出一幅振兴东北老工业基地的时代画卷。

一直以来，工业都是东北文学创作的重要题材。作家草明先后在牡丹江镜泊湖发电厂等基层体验生活，创作出《原动力》《火车头》等作品，其中《原动力》被文学研究界认为是新中国工业题材的奠基之作；鞍钢作家罗丹创作的长篇小说《风雨的黎明》，是最早介绍新中国成立初期鞍钢建设的小说；还有舒群的《这一代人》、白朗的《为了幸福的明天》、艾明之的《不疲倦的斗争》、萧军的《五月的矿山》、雷加的《春天来到了鸭绿江》、周立波的《铁水奔流》等，这批作品记录和表现了新中国成立初期东北工业的发展样貌，余韵至今。

作家李铁曾经在工厂一线工作20余年，对工厂和工人怀有深厚的感情，其文学作品始终以工业、工厂、工人为题材，如《长门芳草》《乔师傅的手艺》等。在新作《锦绣》中，作者讲述了一家大型钢铁企业"锦绣冶炼厂"70多年筚路蓝缕的奋斗史，塑造了两代产业工人的典型形象。《锦绣》分为"家园""山河"和"前程"三个篇章。"家园"的时间跨度较大，从新中国成立一直到20世纪90年代初，展现了新中国第一代产业工人投身社会主义工业建设的火热现场；"山河"聚焦20世纪90年代，重在表现产业工人攻坚克难的精神；"前程"则表现工业现代化转型升级的时代景象———部《锦绣》描绘了一座工厂半个多世纪的奋斗历程，浓缩了新中国东北工业发展的铿锵足音。

作品采取家族小说叙事模式，重点刻画张大河父子以及刘英花、牛洪波等人物形象。全书通过不同人物的人生际遇和选择，反映锦绣厂在不同时期的发展历程，塑造了激情洋溢、具有鲜明时代特征的工人群像。比如，主人公之一张大河的身上就浓缩了新中国第一代产业工人的精气神。他不畏艰难，把一生献给工业建设，为后来者做出表率。作品着重描写了张大河的工匠精神：少年时代入厂跟随师傅学技术，而后苦练辨识锰水火候的技艺，终成炼锰专家，挑起生产重担，被评为全国劳动模范。"我要让大家都跟我学，成不了大拿也要成个内行"——张大河在日记里写下的这句话，既是人物内心的真实写照，也映现出工业战线的火热干劲。

《锦绣》中另外两位主人公，张怀双和卢国杰则是新中国第二代产业工人的代表。他们在改革开放的浪潮中勇于探索、攻坚克难，在新的历史条件下再攀高峰。张怀双致力于技术钻研，成为新一代炼锰专家；卢国杰及时发现了安全隐患和环保问题，为工厂避免了巨大损失。面对钛白粉等项目的技术挑战，锦绣厂两代工人屡败屡战,最终攻克技术难关,为锦绣厂的转型发展做出了新贡献。

《锦绣》叙述细腻、细节饱满、语言生动,火热的生产生活景象俯拾皆是,充满人间烟火气。每每涉及专业生产和技术领域的细节,作者都力求准确到位,为此做了不少案头功课和调查工作,工业题材小说的独特魅力得以凸显。为深入表现人物内心,作者在全书穿插大量人物日记,以日记体的形式坦露人物心迹。不过,日记语言的人物辨识度不够鲜明,未能在人物语言上加分。

中国机器人是这样长大的

机器人产业是中国智能制造的重要组成部分，它的成长壮大是中国在21世纪占领新技术制高点的一大方向。2016年底，我国首部以中国机器人产业发展历程为主题的长篇报告文学《中国机器人》由辽宁人民出版社出版。此书将机器人及其研发者置于文学的视角下讲述，呈现了中国几代科技工作者用东方智慧打开机遇之门、用炽热的报国之心发展机器人产业、以核心技术抢占市场先机，最终实现中国机器人产业创新发展的故事，读来颇多感悟。此书亦被中央电视台与中国图书评论学会联合评选为2016年度"中国好书"。

祖国的利益高于一切，中国知识分子的命运与国家发展紧密相连，这是《中国机器人》一书的主题思想。书中的主人公——被中国科学界称为"中国机器人之父"的蒋新松先生，在他的回忆文章中这样写道："进了中国科学院的大门后，我才第一次把自己的命运和国家的事业联系在了一起。干国家大事，从此就成了我终生追求的目标。"

跟大多数的故事一样，成功的路途总是布满荆棘，进入机器人研究领域，蒋新松最初迎来的不是荆棘，而是屈辱。1979年8月，首届国际人工智能研讨会在日本东京召开，蒋新松受邀参加。他最大的愿望就是购买一台日本机器人，然而得到的回复竟然是"你们会用吗？15年之内我们不打算与中国合作"。受到侮辱的蒋新松并没有妥协，相反，这件事彻底激发了他的民族自尊心，他发誓要倾其毕生精力研制出中国自己的机器人，改变中国装备制造业的落后面貌，赶超世界先进水平——这些科学工作者的梦想是如此简单，但这简单的梦想里面却跳跃着炙热的爱国心。

接下来是中国机器人从零开始的故事：1982年沈阳自动化所研制出了我国第一台工业机器人，仅用一年时间就走完了国外几十年的路。1985年12月，中国"海人一号"机器人在大连首次试航成功，但面对美国、日本、苏联等下潜千米以上的水准，还有巨大差距。1986年，国家"863计划"启动，机器人产业由此进入快速发展阶段……在艰难曲折的中国机器人研发过程中，无数优秀的企业领导与基层技术人员做出了巨大贡献，让人看到了几代科研工作者对机器人事业的痴迷与执着，也让人看到了拓荒者们的胆识、远见与创业精神。

蒋新松先生离去后，王天然、曲道奎等人继承遗愿成立了新松公司，一方面搞技术研发，一方面开拓市场，新松公司逐渐走到了世界前列。在2013年，中国即以3.7万台的工业机器人销售量超过日本，成为全球第一大工业机器人产销国。中国作家协会创作研究部副主任、文学评论家李朝全评价此书说，这是一部时代发展的宣言书，《中国机器人》不仅体现了时代风气之先，而且描绘了这个时代科技发展最前沿的情景。

人类将不可避免地迎来一个崭新的以机器人为代表的智能时代。机器人的智能会超过人类吗？未来的机器人是人类的帮手还是对手？不管怎样，人们没有别的选择，历史的潮流已经汹涌而至，必须张开双臂勇敢地拥抱这个时代。毕竟，如爱因斯坦所言："科学是一种强有力的工具。怎样用它，究竟是给人类带来幸福还是带来灾难，全取决于人自己，而不取决于工具。"

《中国机器人》通过大量人物的回忆和访谈，记述了以蒋新松等人为代表的科技知识分子研发机器人的曲折经历，呈现了众多不为人知的感人细节。他们心守"产业报国"的信念，闯关攻坚，为民族工业赢得了尊严，也把"中国制造"推向了"中国智造"。中国机器人已成长为巨人，承载着中国几代科技工作者的中国梦，让中国更加自信地行走在世界民族之林。

讲好中国故事
——评长篇报告文学《中国机器人》

一、中国故事与另一个中国梦

如何诠释习近平总书记"讲好中国故事"意义的内涵，甄红菊在其文章《马克思主义话语权理论内涵与实现路径探析——基于意识形态视角》中阐释了马克思主义话语权与"讲好中国故事"的深刻联系，她指出："只有以马克思主义为视角才能把中国故事讲好讲深，也只有中国故事被讲好，马克思主义话语的指导力才能得以阐释。"[1]中国机器人长篇报告文学，向世界讲述着中国故事、中国愿景：当科学潮在春天里涌动时，历史开启了一个新时代，梦想从这里再出发。理想在指引着一位青年，他手持着《国外自动化》这份杂志，向同学们宣告：

---

[1] 甄红菊：《马克思主义话语权理论内涵与实现路径探析——基于意识形态视角》，《中国特色社会主义研究》，2015年第2期。

"报考机器人学研究生。"他是曲道奎,吉林大学地质学院电子仪器专业即将毕业的学生。在20世纪80年代初期,何谓机器人?哪来的研究生专业?这个领域应该如何学习?现实一次一次击溃着青年怀揣的理想,然而科研工作者独具的专研精神,总使他能够在黑暗之中窥探到幽微的光亮,照亮前行的路途。事实上也正是这份科研精神让后来的曲道奎跨越层层荆棘,渡过道道难关。《机器人与人工智能考察报告》一篇科研文章,不仅让曲道奎找到了希望,更使他找到了自己的老师,而蒋新松先生正是这篇文章的主角——中国机器人之父。伟人的成长往往离不开家学的影响,蒋新松在母亲身边学会的第一个字是"国",第二个字就是"家"。母亲总是谆谆教诲道:"国"与"家"是连在一起的,没有"国"就没有"家"。少年时期的蒋新松曾给自己写过一句话:"一个巨人在成长。"背负着"巨人"之梦的他,即使命运蹉跎也终难忘记那一行誓言:"好好珍惜,不要骄傲,学好本领,报效国家。你面前的路还长着呢。无论遇到什么情况,都要持之以恒,不要放弃。只要坚持,就能成功。"[①]临行前老母亲对蒋新松的嘱托,成就了先生一生的"科学求真,只要坚持,就能成功"的学术信念。在进入中国科学院自动控制与远程距离控制研究所,与屠善澄先生从事数字计算机储存研究时,蒋新松心中"中国梦"悄悄发芽。蒋新松先生在回忆录文章中这样写道:"进了中国科学院的大门后,我才第一次把自己的命运和国家的事业联系在了一起。干国家大事,

---

① 王鸿鹏、马娜:《中国机器人》,沈阳:辽宁人民出版社2017版。

从此成了我终生追求的目标。"世界科技的研究领域已然慢慢触及机器人技术,但对于20世纪60年代末70年代初的中国来说,政治革命的枷锁恐怕早已禁锢了科技发展的脚步。但是经过吴继显、蒋新松、谈大龙一代学者的不懈努力,中国机器人的命运终于迎来了一次历史性的转折——中国共产党第十一届三中全会开启了建设现代化的新时代、新征程。解放思想为中国机器人研究提供了宝贵契机,同时也改写了一代知识分子的命运。"这次访日,我明白什么叫现代化了。"这是1978年中国的一代伟人邓小平,在日本第一次见到机器人,面对机器人生产线高效作业场景时发出的啧啧赞叹。

20世纪70年代,随着国际形势的发展,中美之间的关系也发生着变化。随着尼克松的访华打破了中美冻结20余年的坚冰,到邓小平与卡特共同的推动下建立外交关系,再到中国选派50名大学生赴美国深造,主要攻读自然科学、医学和工程专业。这是中国现代科技发展的背景之一。"文化大革命"结束后的中国急需高科技人才来兴业报国,当周恩来总理对谈自忠教授说:"你是美国科技界的少壮派,为我们带几个学生吧。"谈自忠教授却用朴实的四川方言说道:"为国效力,没个啥子说嘛。"事实上,正是这一批科技人才的输送成就了中国现代科技的发展。曲道奎通过自身的努力与勤奋,成为中国第一位机器人研究专业的硕士研究生,拜师蒋新松。机器人的发展直接关系到中国的现代化发展,但如何发展中国机器人研究领域仍然是一个艰难的课题。带着强烈的发展意愿,蒋新松先生向世界发问,一刻不停歇地吸收所有关于机器人学科的信息与资料,在谈自忠教授无私的帮助与蒋新松这代学者不懈的努力下，中国机器人领域得到了长足且实质的发展。但跟所有的故事一样，成功的路途布满荆棘，蒋新松先生最初迎来的不是荆棘，而是屈辱。1979年8月，首届国际人工智能研讨会在日本东京召开，蒋新松先生受访参加，本次会议蒋新松先生最大的愿望就是购买一台日本的机器人。蒋新松参观完日本的无人化机器人生产车间后，有着迫切的心愿，那就是如何建设中国现代化的机器人工厂。但在与日方提出购买意愿后得到的回复竟然是："你们会用吗？15年之内我们不打算与中国合作。"他们在众多世界科学家面前公然给出这样带有歧视性质的结论，将中国排挤出世界科技领域的大门。自己深爱的祖国受到此番"礼遇"，受到屈辱的蒋新松先生并没有妥协，相反，这件事彻底激发了他的民族自尊心，他发誓要倾其毕生精力研制出属于中国自己的机器人，改变中国装备制造业的落后面貌，赶超世界先进水平，让中国机器人成为民族工业的尊严。这一代科学工作者的中国梦是如此简单，简单到最本质的中国心，国家与民族的尊严是他们用生命来守护的。

20世纪80年代，中美双方不懈的努力为交流和技术互利开辟了一条机器人"友好走廊"。接下来是中国机器人从零开始的故事，1982年沈阳自动化所研制出了我国第一台工业机器人，它算不上是真正的"人"，只能是一个"胚胎"，或者说只是一个人的一只"胳膊"。虽然只是这样，但中国机器人领域仅用一年时间就走完了国外几十年的路程，完成了从"胚胎"到"人"的进化，真正提升我国的装备制造业，创建了无人工厂，为国家的经济建设服务，让科学实现真正的价值。1985年12月，中国"海人一号"机器人在大连首次试航成功，深潜199米，能灵活自如地抓取海底指定物，已经达到世界同类水平。但面对美国、日本、苏联等科技强国下潜千米以上的水准，还有巨大差距，所以别无选择，中国机器人只能奋起直追了。改革开放，科技领域有一个口号："科学技术必须面向经济建设，经济建设必须依靠科学技术"。1986年3月，王大珩、王淦昌、杨嘉墀、陈芳允四位老科学家鉴于国外技术的迅猛发展，联名给中共中央写信，提出了要跟踪世界先进水平发展我国高科技的建议，为20世纪末21世纪初的国民经济发展提供技术基础。党中央、国务院根据"四老"的倡议，很快做出了决定，制订我国的高技术研究计划。国家科委党组织立即启动了这个项目，并根据四位老科学家给中央写信的日期将其命名为"863计划"。中国机器人产业的发展与列入"863计划"密不可分，计划确定了"芯"和"脑"两个研究方向，推动中国机器人进入元时代。根据曲道奎的回忆："如果没有蒋老师的执着与坚守，中国的机器人起码要落后十年，甚至二十年。"作者遵循历史的脉络讲述着中国机器人的发展，巧妙地设计文章的结构，访问NASA与FBI例行调查两节，为线性的发展史注入了多元化的背景与分析。"友好走廊"随着中国机器人在世界的影响力暂时性地关闭了，但中国梦没有停歇，海外学者谈自忠的支持、蒋新松与席宁在桥上那段对话、曲道奎对科研的全心投入，以及25年前9位世界一流的机器人专家到来，中国需要了解世界，世界也需要了解中国。

二、中国故事与生命赋予机器人

家国之间,现实给出的命题往往是一场零和博弈。当科学报国成为人生的追求时,这道多元方程的答案很简单,却需要用精神来建模,用一生去演算。祖国是"本体",在德国萨尔大学雅舍克教授的实验组中经历一系列的质疑,从被质疑身份的合法性到怀疑中国的科技实力,不被接受不被认可遭遇歧视,曲道奎的留学之路映射出早期中国知识分子在海外求学的艰难困境。他感慨道:"一个国家的繁荣强盛,对一个国家的公民意味着人格与尊严。"而坚韧是中国知识分子的独特精神内核,面对困境与歧视,曲道奎的选择很简单,那就是刻苦学习回报祖国,发展中国科技。历史的坐标转向20世纪90年代,在邓小平南方谈话后,外国企业借助先进的技术优势开始大规模地进军中国市场,机器人研究成果转化为产业是现代科技的发展重点,曲道奎题目为"抓住历史机遇、推进技术应用—关于工业机器人产业的思考"的论文开启了中国机器人新的篇章,也是中国机器人走向市场的"宣告书"。蒋新松先生带领团队仅用4年多的时间,就完成了20年的目标,把"863计划"项目一下提前了15年。时任国务委员兼国家科委主任宋健曾高度评价:"机器人学的进步和应用是20世纪自动控制最有说服力的成就,是当代最高意义的自动化。在这个领域,中国有了希望,也有了底气。"沈阳自动化所始终把海洋机器人技术作为机器人领域发展战略的主攻方向,2012年7月,"蛟龙"号在马里亚纳海沟试验海域创造了下潜7062米的载人深潜纪录,打破了日本"海沟"号一家独霸的局面。但是,很多人并不知道它的整个控制系统来自中科院沈阳自动化研究所。沈阳作为新中国的工业先行者,完整地经历了中国工业时代的兴衰,中国机器人诞生在这里,向世界证明着中国科技的实力,践行科学发展观总体思想,让科技为产业服务提升效率。金杯汽车公司在20世纪90年代引进AGV时遭遇了科技陷阱,外方声称政府限制技术出口,导致金杯汽车公司的整条生产线完全停滞。中石油集团的东方地球物理公司需要从美国引进一台IBM的大型计算机,美国却不卖给中国,只同意中国租用,还有一个附加条件是必须派人现场监控这台计算机的用途。曾任国科委主任的宋健感慨道:"那是中国人的奇耻大辱!"科技落后,没有任何话语权。面对现实的窘境,以蒋新松为代表的中国科技工作者再一次证明中国精神有创造奇迹的力量,"小白龙AGV"与"巧手灵灵"两台机器人的问世,让世界科技强国转变对中国科技的固有观念,冲破了国外技术"封锁链"。科技革命之后关于如何提升工业产能是新的课题,市场经济的大潮对所有制结构和失衡的产业结构冲击很大,传统工业进入发展困境,"东北现象"成为典型,往日"共和国长子"的辉煌也渐行渐远,历史的进程留给铁西、留给沈阳、留给中国老工业基地一个世纪性的难题。医治东北工业衰落的病症,别无他法,只有走高科技发展之路,通过转型升级,实现提质增效。蒋新松先生《21世纪企业的主要模式——敏捷制造企业》一文最早提出了这样的观点,以及《东北制造业面临的内外形势及对策研究》一文针对辽宁工业体制性、结构性矛盾和东北工业基地企业设备和技术老化、竞争力下降的症结，提出了通过结构调整和技术改造，实现工业转型升级的一系列措施。今天看来这似乎是复兴东北老工业基地的最佳路径，站在推动历史发展高度来看，我们应该遵循经济技术的客观发展规律，从可能获得的最大社会效益出发，而不是凭概念出发。机器人从纯理论研究开始向工程研究过渡，进而向市场化过渡。那么，成立机器人公司就成为中国机器人走向市场的唯一选择。

时代契机促动机器人产业的发展，"863计划"考察结束后，宋健题词："深化科技体制改革，加速机器人产业化。""小白龙AGV"与"巧手灵灵"两台机器人通过市场的考验，宋健曾评价："科技成果产业化，转化成科技生产力，为国家经济建设服务，这是科研的根本目的和方向。"进入国际市场，宣告中国科技走向高端制造业，1996年10月30日，中国移动机器人技术出口韩国。蒋新松与曲道奎曾经分享过一篇回忆的文章中谈道："母亲曾经告诉我：读书、做事最重要的是'持之以恒'。四十年来，不管在什么条件下，是逆境还是顺境，'持之以恒'成为我行动的准则。"作为师者向学生传递一生的科研信念，也代表着"中国机器人之父"将自己的衣钵传递给学生曲道奎，蒋新松先生在他开创的事业走向辉煌的时候，他的生命却永远地定格在北国的春天里。生命的意义是什么，蒋新松先生曾经这样回答道："生命的意义就是为国家和科学献身，生命总是有限的，但让有限的生命发出更大的光和热，这是我的夙愿。"在先生逝世前的一年里，他曾撰写20多万字，举办多场高科技讲座，先生为所里确立的核心价值观是："献身、求实、协作、创新。"

先生坚持把"献身"放在第一位。民族魂与爱国情怀支撑着蒋新松先生创造中国机器人神话。先生认为，不管有多么成功，只关注个人的利益，不关心国家利益，没有民族观念，没有报国之心，这种所谓的精英都不能叫作精英。"每个人都有自己的感觉，我觉得我永远是一个中国人，只要对中国有帮助的事我就要做，有点成果就要千方百计反哺故乡。"在沈阳自动化所档案室里，保存着蒋新松先生1996年8月8日写的一篇文章《祖国和科学，我心中的依恋和追求》。蒋新松先生用自己的一生诠释着中国故事，这里有科技工作者的坚韧与勤奋，这里有心系祖国的家国情怀，这里有学者对于社会关怀的温度，这里有一生质朴献身科学追求真理的精神。生命赋予机器人，祖国会永远记住您——蒋新松先生，"中国机器人之父"！

三、中国故事与巨人永远在路上

中国机器人开启市场化模式，与所有的故事一样，只是中国机器人的经历更加真实与残酷。蒋新松先生离世后，曲道奎继承恩师遗愿成立公司，让中国机器人全面进入市场，不落后于世界其他国家。一所两制，中科院提出"知识创新工程"，促进科技成果向市场转化，一方面搞技术研发，另一方面开拓市场。科研出身投身企业经营的被誉为"蓝顶"商人，"蓝顶"商人与市场角逐，与国企经营者"红顶"商人斗法，夹缝之中求生。曲道奎组织销售团队，力推"小龙马AGV"，拿到几家汽车制造厂商的合同订单，就此中国机器人挺进汽车制造业市场，完成了破茧成蝶的蜕变，走向凤凰涅槃的重生。通过曲道奎的不懈努力，沈阳市新松机器人自动化股份有限公司于2000年4月30日正式注册成立，这是中国科技界向新世纪的献礼，也是蒋新松先生梦想的实现。20年前蒋新松先生要搞出中国的机器人，让20年后的中国走进机器人的时代，作为徒弟的曲道奎要将恩师梦想实现，首先要使中国机器人研制水平在世界上领先，其次是要尽快形成中国自己的机器人产业。曲道奎说："让中国机器人站起来，我们科技人员要挺起脊梁；人要站起来，先精神挺起来。新松精神才是新松人无往不胜的法宝。"新松迎来了科技时代，蓄力已久全面爆发，"小龙马AGV"移动机器人家族、"巧手灵灵"焊接机器人家族、大力士"金刚神"军工家族、服务器人家族、洁净机器人家族、3D打印家族等，新松公司建立中国机器人家族，并在不断扩大其中的成员。登陆资本市场，新松公司实现新的跨越，逆袭上市，在两次上市运转失败后，新松公司经历一系列的历练，终于在2009年10月30日作为创业板首批28家上市公司之一，成为中国"机器人"第一股，标志着公司以资本为杠杆的国际化运营序幕正式开启。新松公司以自有的核心技术和领先产品占据主动，通过自主创新实现技术上的"弯道超车"，彻底打破外国的技术垄断。李克强总理在专题讲座中指出："推动中国制造由大变强，要加快实施'中国制造2025'和'互联网+'行动，通过创业创新助推产业和技术变革，在转变发展方式中培育中国制造竞争新优势，迈向中高端水平。"剑指"2025"，世界工业迎来了4.0时代，习近平总书记在2014年6月9日两院院士大会上的重要讲话中把机器人称为"制造业皇冠顶端的明珠"。那么,"制造业皇冠"在哪里?答案是工业4.0。2015年9月,新松推出数字化智能工厂,诞生了中国第一个机器人制造机器人的数字化生产车间。中国机器人TOP10峰会围绕"中国制造2025"战略目标,结合机器人产业"十三五"发展规划,整合政府、产业用途、金融资源,为我国机器人产业发展营造良好的生态环境,引领我国机器人产业健康可持续发展,并将TOP10企业打造成具有国际影响力和竞争力的中国机器人品牌,实现中国从机器人大国到强国的跨越。这一则中国故事讲到这里并不是结束,而是一个新的开始,正如蒋新松先生在儿时写给自己的一句话"一个巨人在成长",中国机器人已成长为巨人,承载着中国几代科技工作者的中国梦,行走在世界之林。

结　语

中国机器人的成长凝聚着中国几代科技工作者的心血,他们用东方智慧打开机遇之门,怀着一颗炽热的产业报国之心,励精图治,开拓进取,以核心技术抢占市场先机,实现了中国机器人产业一次次新的跨越。长篇报告文学《中国机器人》直观地诠释了中国故事的定义,从蒋新松与王天然到曲道奎为代表的中国科技知识分子研发机器人的曲折经历,通过作者收集的文献与材料,重新构建了历史现场,真实地讲述了中国机器人研发者们不为人知的心路历程,多少次艰难抉择背后的坚定信念,多少次思索之中的求变与创新,多少次走出现实困境的精神支柱。何谓产业报国，如何打破西方技术封锁，如何在世界面前拾起中国科技尊严，《中国机器人》这则故事回答了所有的疑问。长篇报告文学《中国机器人》紧扣时代命题，在这个时代，我们需要这样的讲述。大国崛起，中国机器人开启新的时代华章。

新时代文学中的小镇青年形象

在新时代的社会文化与文学语境下，小镇青年作为青年文学形象谱系中的重要分支，在当下逐渐成为一种类型化的文学创作景观，以其独特的文化特征、精神风貌、成长变化与社会价值，成为反映当下时代发展变迁的重要镜像。当下对小镇青年形象的刻画，既是传统小镇青年形象塑造以及青年问题书写在全新时代背景下的接续与发展，也与时代发展和社会文化组成重要的同构关系。因此，探究当下小镇青年形象创作景观的生成原因，梳理小镇青年形象创作的文学传统，并挖掘小镇青年"还乡"背后的"乡土"意义与社会价值，是感知新时代文学发展趋向的必要路径，以及捕捉时代发展脉搏的重要维度。

现实与在场：小镇青年视野下的时代镜像

近年来，许多作家以个人的小镇成长生活经历为创作基础，对小镇和小镇青年进行持续关注，如徐则臣书写熟悉的"花街"生活，朱山坡再现"蛋镇"的生活图景，张楚、林培源、鲁敏分别描绘"桃源镇""清平镇"与"东坝"的人生画卷等。作家以城乡之间的中间地带,逐渐建构起一个相对独立的文学叙事空间,形成鲜明的文学类型。文学创作中的小镇青年形象大量涌现并呈现出一种群聚效应,成为备受关注的文化现象。这一现象的形成根植于对小镇职能、城乡问题、青年发展的全新思考,意味着当下的小镇青年形象具有与时代发展同步的社会文化属性,产生了一种带有"在场"和"及时"意义的时代情感共鸣。

作为小镇青年的实际成长空间与文学叙事空间,小城镇带有一种"半城半乡"的社会属性。费孝通曾提出,小城镇"既具有与农村社区相异的特点,又都与周围的农村保持着不可缺少的联系"。同时,在他看来,"小城镇的发展只是城市化的一部分,也可以说是最早的一部分。城市化过程是从小到大的,只有各级城市的发展才能巩固小城镇的发展,而区域经济的发展要有小城镇作为基础"。20世纪90年代以来,国家小城镇发展规划的提出促进了乡镇企业的快速发展,为农村青年提供了大量外出发展的工作机会,小城镇成为乡村青年进入城市的重要中转站。在社会不断发展和"城乡中国"格局的建设当中,小镇承载的任务也在不断发生变化。2016年国务院印发《关于深入推进新型城镇化建设的若干意见》,其中指出,要加快培育中小城市和特色小城镇,推动小城镇发展与疏解大城市中心城区功能相结合,全面提升城市综合承载能力。2018年我国城镇化率达到59.58%,已经成为一个城镇化进程过半的国家。小城镇成为构筑中国特色城乡发展之路、推进城镇化进程的重要中间样态。

在这样的时代背景下,以往"城乡对望"的二元创作方式和表现内容得到了丰富与超越,小镇成为文学创作中被探索与挖掘的重要对象,新世纪城镇化的迅猛发展、乡土传统与现代城市之间的差异、青年人的精神困境与人生道路选择等话题成为主要的书写内容,时代的缩影在其中一一呈现,并承载于小镇青年的形象刻画当中。小镇青年对于故乡与城市的复杂情感浓缩了城镇化发展中人们的精神思考。徐则臣在"花街"世界中探寻"理想的远方",在《夜火车》中他塑造了喜欢扒火车的陈木年,在陈木年看来,扒上火车是他实现自己"见识远方"梦想的重要方式;阿乙的《小镇之花》中,一心渴望离开小镇的益红迫于世俗压力,放弃了离开故乡的想法;路内的《少年巴比伦》中,路小路与白蓝都厌倦工厂单一的生活,在平淡的戴城小镇生活与车水马龙的繁华都市生活中反复取舍,展示出小镇青年关于未来选择的斟酌;朱山坡的《荀滑脱逃》以颇具浪漫色彩的笔触,描绘了一幅荀滑跳进电影银幕中的火车的奇幻画面,他跟着这列火车离开蛋镇,"到世界上去了"。小镇青年的身上被打下时代与文化的烙印,他们所面临的境遇与选择忠实再现了社会发展变迁中一代人的生命境遇和时代感受。

距离与审视:小镇青年形象的时代书写

根据阿甘本的观点,"同时代性"就是指一种与自己时代的奇特关系,这种关系既依附于时代,同时又与它保持距离。作家创作的"同时代性",强调的是作家与生活之间的文学距离,指向高于生活观察与切身体验的"审视"眼光和反思意识。对小镇青年形象的塑造,本质上体现了作家关注青年一代、反映青年问题的创作立场。在我国现当代文学的范畴内,当下通过小镇青年形象塑造,展现对小镇青年问题的再次思考与强调,顺应了我国文学创作当中的青年书写传统,并激发了小镇青年形象全新的时代特质。

20世纪20年代,以鲁迅为代表的大批作家开启了书写小镇青年形象的先河,青年问题被纳入启蒙与革命的重要组成。鲁迅以"鲁镇""S城"等作为故事背景,塑造"狂人"、涓生、吕纬甫、魏连殳等新派知识分子,反映出封建礼教重压之下知识青年的苦痛与挣扎。叶圣陶聚焦于时代风云变幻中的小镇青年的内心世界,其笔下的倪焕之先后经历了教育改革的失败、投身社会革命的重新振作、大革命失败后的悲观绝望。倪焕之的身上负载了厚重的时代变迁与发展过程,浓缩了特定时代下青年群体的精神境遇,成为青年形象的经典。20世纪30年代至40年代,关于青年问题的思考浸润于对小城镇文化空间的认知,以及战乱时代下青年的生活际遇之中。萧红、茅盾、沙汀、师陀等作家以小城镇青年作为观照对象,在创作中,凸显小城镇介于乡村与都市中间的独特文化属性,在这一传统文化与现代文明斗争交融的特殊空间当中,描绘青年人的反抗意识、革命精神。在海派作家与国统区文人的笔下,塑造出小镇青年在战时辗转飘零的生活困境,生动真实地再现了特殊的政治、经济、地域与历史文化面貌。自新中国成立至新时期到来之前,在新中国文学体制的要求和指导下，文学创作转向工农兵方向，强调文学的"典型化"与"社会主义新人"塑造，青年形象的塑造被纳入新中国的"文学想象"。此时期，文学地理空间的界限一定程度上被打破，以梁生宝为代表的农村青年成为青年人物的典型。新时期以来，现代化改革之下的小城镇变化与对小城镇传统文化关注的复归，成为讨论青年问题的重要文化背景。《古船》中洼狸镇的隋家两兄弟，路遥笔下的孙少平、孙少安等形象，为小镇青年的发展提供了更多文学可能。对小镇青年的书写与对青年问题的回答，构成了观察社会现实与时代变迁的重要窗口。

当下，城镇化的社会转型为小镇带来政治、经济、文化、环境、教育等多方面的结构性变革，极大程度改变了小城镇的生活风貌，催生出小镇青年形象塑造的新特点与新景观。小镇青年如何应对时代变革之下产生的新时代精神与文化语境，成为文学创作的重要主题。作家以敏锐的时代感受与理性的社会反思，传达出对小镇青年的关注，流露出对青年命运选择的思考。在徐则臣、阿乙、路内、林培源等诸多作家的创作中，小镇青年的精神世界得到集中的展示与描摹，开启了新时代小镇青年成长的全新文学表达。

离乡到还乡：青年发展的另一种可能

纵观当下小镇青年形象建构的审美特征，可发现其总体上呈现出了一种"离乡—还乡"的结构特征。文本中，大部分小镇青年在经历了大城市的打拼生活后，选择回归小镇，重返故乡。小镇青年形象带有"乡土"的文化底色，这种"乡土"不指向题材范畴内的乡村书写，而是强调"原乡"与"故土"的情结，这种深层的地域记忆、文化记忆内化为一种乡愁和反思，在近年来的小镇青年形象塑造中得以集中地表达。在林培源的《小镇生活指南》当中，作家刻画了多位"离乡—归乡"的"清平镇"青年，如姚美丽少年时离开故乡到漳州打拼奋斗，经历几年的奔波后又选择回到故乡，为小镇带来全新的风尚和潮流。《拐脚喜》中的庆喜、《濒死之夜》中没有姓名的"他"，都在离乡之后因现实与理想之间的差距选择回归故乡。阿乙、魏思孝等作家的笔下，也不乏对"还乡"青年的刻画。这种带有一致性的情节安排与创作审美倾向，标志着小镇青年的"回归"不是带有私人化性质的个体选择，而是通过文学预示着当下小镇青年的人生选择。当下的小镇青年形象塑造，适当保留了一些关于未来结局的"留白"，一定程度上构成了关于"青年还乡"的寓言效果。《2024年小镇青年事业生活洞察报告》的调查结果显示："64.53%的小镇青年表示更喜欢小县城生活，在他们看来，留在家乡并不意味着'佛系躺平'，而是另一种奋斗的开始。""还乡"意味着小镇青年对故土的眷恋与信赖，并带有行为选择的主动性与自发性，具有投身家乡建设的意识。

小镇青年形象的"还乡"昭示着当下青年人发展的一个重要选择，小镇青年形象不再局限为地理空间限制下的人物类型，而演化为一种文学精神符号，象征着青年一代的家园意识与责任意识，为青年形象的持续创作提供了全新的创作维度。在新型城镇化建设以及新乡村建设时代背景下,作为重要社会群体的"还乡"小镇青年成为小城镇发展的主力军,成为推进新型城镇化和城乡融合发展的重要载体。这种时代发展现状在创作中得到持续融入与呼应,如关仁山的《金谷银山》将个人命运与时代背景紧密联系在一起,塑造了放弃城市生活而毅然返回家乡创业的小镇青年范少山,讲述了范少山凭借自己的努力而改变家乡面貌的故事,以此展现在新时代乡村振兴的历史任务下,青年人的道路选择与价值判断。

总的来说,当下小镇青年形象的产生、丰富与发展,超越了文学创作的意义本身,它因反映了社会现实的多维面貌而具有广阔的文化深度与社会价值。小镇青年形象群体的逐步丰富与演变,以深刻的社会寓言,构成了社会变迁的镜像。小镇青年形象的涌现,体现着社会发展与文学创作之间形成了一种相互促进、共同发展的良性循环,这种文化现象不仅丰富了文学传统中有关青年写作的内涵与外延,也从现实角度为小镇青年的成长和发展提供了更多的精神指引。小镇青年形象塑造是一个蕴含着实践和行进意义的创作主题,期待创作者们不断加强小镇青年形象的美学意蕴,并持续扩充其身上的文化深度与社会价值,塑造出小镇叙事空间下的青年形象经典。

后 记

文学创作需要一种情绪和灵感上的冲动，同样，学术研究往往也需要一股首先"面向自己"的激情。学术研究不是严苛的理论判断和冰冷的严肃批评，它更是一种情感的投入，一种对美好理想不懈追求的热情。当这部关于新东北文学的学术文集付梓之际，我心中涌动着难以名状的感慨与触动，这本小书不仅体现着我近些年来所侧重的学术方向，更凝结着我这个土生土长的东北人对于东北深厚的眷恋之情。选择新东北文学作为研究对象，对我而言，既是一种学术上的自觉追求，也是对东北文学及东北文化的重新审视与发扬。

"新东北文学"这一概念的提出，表征着东北文学的发展进入了一个全新的繁荣阶段。新东北文学在审美层面所呈现出的全新特征，超越了文学本身的意义，文字的背后是时代变迁的镜像，以及东北地域文化精神的深厚滋养。新东北文学是东北文学发展的延续和东北文化精神的传承，它在当下因呈现出"跨媒体"的特点，而形成了一个影响力更为突出的文学现象，于是，带着对故乡炽热的情感，新东北文学成

后记

为我重新审视东北文学的重要切入口。它穿透时空的壁垒，成为勾连起东北过去、现在与未来的桥梁。对新东北文学的研究与阐释，是我故乡情感的流露，也是我一场酣畅淋漓的文化"寻根"。

在这段学术研究的过程当中，我仿佛踏上了一场超越时空的心灵旅途，每一步都重重地落在东北广袤而深情的黑土地。我将当下风格鲜明、个性迥异的新锐东北作家创作，以及超越传统创作习惯，不断突破自我的老东北作家创作纳入自己的研究范畴，我试图在或飘散着先锋气息，或高举着现实主义旗帜的多元风格当中，重新认识、理解、提炼东北文学得以强劲发展的文化支柱与精神根基，捕捉东北人民经过岁月风霜雕琢后仍然熠熠生辉的地域性格和人性光芒。黑土地上孕育出粗犷豪放、乐观豁达、勇敢坚忍的东北文化，东北文学正是在这样的文化土壤中生根发芽，形成独特的东北风格，它们记录着东北人民在历史洪流中的坚忍与不屈，展现着东北人民在困难中的乐观与希望。我的脑海中无数次闪现关于故乡的画面，那是飘扬的飞雪，无垠的土地，热闹的工厂大院，是风雪中人们仍发出爽朗笑声的人间。

以新东北文学为契机，我在文字中重新寻找东北人民的生活足迹，再次理解他们如何在平凡的生活中呈现着属于自己的诗意。这部文集不仅蕴含着我对新东北文学蓬勃发展的欣喜之情，更蕴含着我努力宣传东北文学、发扬东北文化、重塑东北印象的意识与理想，这是我对东北文学的致敬和对东北的无限眷恋。新东北文学是一个带有成长意味的概念，象征着东北文学、东北文化的强大生命力和无限可能性,我期待通过对新东北文学的阐释,激发出更多人对东北这片广袤土地的探索,这是我作为一个学者和东北儿女的使命与责任。

感谢我供职的辽宁大学文学院、东北文艺振兴研究院。这部文集的文章先后发表于《当代作家评论》《当代文坛》《小说评论》《中国图书评论》《华夏文化论坛》《粤港澳大湾区文学评论》《人民日报》《光明日报》《新华文摘》《文艺报》《东北大学学报〈社会科学版〉》《长江文艺》《关东学刊》《山西文学》等刊物,一并致谢以上报刊相关的编辑老师。

感谢我的授业恩师张福贵先生为本书作序,感谢新东北与新南方学术热点的策划者韩春燕主编,感谢辽宁大学文学院胡胜院长的鼎力支持,感谢辽宁出版集团首席编辑姚宏越老师的精心策划,感谢本书的责任编辑周珊伊老师的认真负责,感谢家人的支持与陪伴。你们的辛勤付出成就了这本小书,使理想照进现实,帮助一位东北青年学者完成了阶段性的夙愿。

这本书出版之际,正逢我在鲁迅文学院学习,鲁迅文学院第四十六期高级中青年作家高级研讨班是我人生中的一次重要的学习之旅,我收获了丰富的学术知识,结交了来自全国各地的中青年优秀作家,我在鲁院举办的青年学术论坛《一个人的地方》,与我的师友和同学们分享了关于新东北文学研究的心得,地域性与世界性之间的构建是我们共同关注的问题。这段弥足珍贵的学术时光,均得益于鲁迅文学院老师们对学术选题的精心策划与辛苦付出,感谢鲁迅文学院的培养与照顾。

  新东北文学仍在等待我们更加深入地挖掘与探索,愿这部文集能影响更多人迈向东北文学与东北文化的旅程,在对地域文化的认识当中,找到属于个体的生命感动与精神启示。

胡　哲

2024年11月27日

写于鲁迅文学院609室